陽炎《かげろう》の台地で
上

郷原茂樹
Gohara Shigeki

南風図書館

――わが友

故・小林泰宏氏に

PROLOGUE

魔物が人々を殺したという話はよく聞くが、たった一時間あまりで十万人を殺すのは、魔物でもできないであろう。

昭和二十（一九四五）年三月十日の未明、東京の下町で、たった一時間あまりに、十万人が殺された。

日本映画の誇るゴジラのもっとも恐るべき武器は炎だ。光線のようにゴジラは口から炎を放つ。それが建物を焼き、街全体を燃え上がらせる。人々はその炎から逃げ惑う。そして全身がぼうぼうと燃えた人々の死屍が、見渡す限り累々ところがる。

これは映画の世界だが、現実の世界ではゴジラではなく、人が、一時間あまりに十万人を殺したのである。

この夜の被害は後に広島に投下された原子爆弾による被害より大きかったといわれる。

★

ベトナム戦争をリアルに記憶する人は少なくなった。もはや時代は過ぎ去ったのだ。戦争はいつの時代も炎で彩られるが、ベトナム戦争ではアメリカ軍の爆撃機がナパーム弾を投下し、それがつくりだす炎が、都市や農村を焼きつくした。

あの戦争ではジャーナリズムに主体性があった。自由闊達で、真実を世界に伝えた。たとえば炎で焼かれるベトナムの少女が真っ裸で泣きながら国道を走って来る、その一枚の報道写真が、ナパーム弾の恐ろしさを告発した。写真は世界をかけめぐった。

アメリカ軍は報道で呼び起こされた世論に屈し、ナパーム弾の使用を中止した。

最近、ロバート・M・ニーアの著した『ナパーム空爆史／日本人をもっとも多く殺した兵器』＝太田出版＝という本を読んだ。

ナパーム弾といえばベトナム戦争と、その本を読むまで意識は固定していた。が、実はすでに太平洋戦争で用いられており、日本人をもっとも多く殺したというのだ。

アメリカ軍は東京をナパーム弾で襲った。その後、日本列島の二百を越える都市を無差別に攻撃し、そのほとんどを焼きつくし、およそ五十万人を殺した。ナパーム弾に続き、次は原子爆弾で広島、長崎を襲うのだが……。日本を降伏させるという大義名分の下、列島全体で、まさにジェノサイドをくり返した。

宇宙の遥か遠くで、人間のやらかすことを眺めているものがいるとしたら、アメリカ軍がナパーム弾でジェノサイドを強行した太平洋戦争の顛末を見て、人間は悪魔もできないことをやるということに絶望したに違いない。

その頃の日本では世界でもっともたくさんの軍歌がつくられ、国民は盛んにそれをうたわされ、心を一つにして高揚し、やがて人間が爆弾になってアメリカを迎え撃つことを神聖なロマンとして熱狂するに至った。

人間が人間でなくなり、国家ごとに敵と味方に分かれ、ナパーム弾と人間爆弾で殺し合う。……そんな時代があった。

宇宙の遥か遠くから眺めているものは、人間に対する希望を回復するために、人間がもともとの人間に戻るための道筋を見出させようとして、人間が自ら人間でなくなった経緯を人間に対して語り続ける。

★

太平洋戦争は日本軍の真珠湾攻撃から始まった。アメリカ軍の艦隊が結集するハワイ準州オアフ島の真珠湾を突然攻撃し、その戦力を壊滅させる。……それが日本軍の作戦だった。
真珠湾攻撃の作戦は、日本本土の最南端、大隅半島に建設されたばかりの海軍航空基地で練られた。そして大隅半島に臨する錦江湾を真珠湾に見立てて、戦闘機や爆撃機などによる奇襲作戦の訓練がなされた。

この〝不意打ち作戦〟はアメリカ軍に甚大な被害を与えた。日本軍は一見、大勝利をおさめた。日本の国民は熱狂した。しかしアメリカ軍は素早く立ち直った。反撃を開始した。

日本とアメリカの間に太平洋がある。ここが両国の主戦場だった。広大な海における戦争は主に飛行機で展開された。飛行機を出撃させるには航空母艦が必要である。数多くの飛行機を積載した巨大な母艦は、飛行機を出撃させるために、滑走路をもっている。そして母艦を敵の攻撃から守るために大小さまざまな戦艦が結集する、いわゆる艦隊が形成される。

日本は真珠湾攻撃の後、アメリカに近い太平洋の北側の島々に、艦隊の寄港する拠点を構えた。ここをアメリカ軍が攻撃した。日本軍はたちまち多くの飛行機を失い、将兵を死なせ、艦隊はほぼ全滅した。

両国の主戦場は太平洋の北方から南方に移った。その以前に日本は太平洋の南方の島々を統治していた。もはや劣勢に陥っていた日本は、この島々を奪われると、アメリカ軍がこの島々に飛行場を建設して日本の本土を空襲することになる、と恐れた。そしてこの島々を「絶対国防圏」とした。

アメリカ軍の攻撃で日本は次々とこの島々を失った。最後の決戦となったのは、フィリピンのレイテ島であった。

日本軍の戦闘機や爆撃機が出撃すると、アメリカ軍の艦隊は林立する大砲と、艦隊から発進する凄まじい数の戦闘機で迎え撃った。日本軍は世界最大級の航空母艦「武蔵」を出動させた。しかしすでに数多くの戦闘機と熟練のパイロットを失っており、武蔵を守る力がなかった。アメリカ軍の戦闘機は空が真っ黒になるほどの大群で襲った。武蔵は爆破され、沈没した。

★

『ナパーム空爆史』によると、この頃からアメリカ軍はナパーム弾を使いだしている。猛烈な火炎地獄が出現するようになった。

フィリピンの戦略目標であるイポダムでは、二日間におよそ五十万リットルのナパーム弾が日本軍に投下された。二百機をはるかに超える戦闘機が、四機から八機の横列編隊を組んで低空から波状攻撃を仕掛けた。それぞれの波状攻撃は十秒から十五秒間隔で重複的に爆弾を浴びせ、その後、専門の爆撃機が飛来し、ナパーム弾を雨あられと降らせた。最後は機銃掃射で締めくくった。
日本軍は陸上の戦闘ではしぶとく長期間でも反撃するが、ナパーム弾を積んだ爆撃機が飛来すると、たちまち陣地をすてて逃げる。炎を恐れ、開けた場所に走るので、機銃掃射のかっこうの餌食となる。生き延びてもひどいやけどを負った日本兵は、持ち前の精神を喪失し、戦闘を放棄する。

レイテ島の戦いで、ナパーム弾の猛威の前に、日本軍はもはや軍としての作戦を立てられなかった。反撃の手段で残されているのは、兵士個人に命じ、爆弾を飛行機に積んで敵艦に体当たりさせることだった。それは特攻（特別攻撃）といわれた。

初めての戦果として一人乗り戦闘機「零戦」に二百五十キロの爆弾を搭載した五機が、アメリカ艦隊に突っ込み、護衛空母を爆破沈没させ、いくつかの戦艦に損傷を与えた。海軍はこの特攻隊員たちを「悠久の大義に殉ず」、「忠烈万世に燦たり」とたたえた。

そして特攻は日本軍が戦闘に勝つ唯一の「希望」となった。

日本のジャーナリズムは熱狂した。新聞は「神鷲の忠烈、万世に燦たり」という見出しで、特攻隊員たちをまつりあげた。「いまだ世界の航空戦上にその例はなく、個の命を捨てて国を守る、この崇高な精神こそわが皇国にしてはじめてなし得る凱旋である」。

海軍ばかりか陸軍も特攻隊に希望を抱いた。両軍はレイテ島およびフィリピン各地の戦闘に、競い合って特攻機を次々と出撃させた。新聞・ラジオもその報道を競った。現実を確認するすべもないまま、軍の発表通り、「十機が十艦船に体当たり、八隻を撃沈させせる」など大々的に報じた。

鹿児島の地方新聞は「特攻隊に郷土の健児も」という惹句を誘導口にして、「両親を引き出し、「国のためよくやってくれた」とか、「素直で親孝行な息子だった」とか、誇りと美談に満ちた談話をとり、大特集している。さらにその記事の下には出身学校や町内会、同窓会、在郷軍人会などが出費した広告が掲載されている。「少年よ、郷土の鷲神につづけ」、「さあ、次に歴史に燦然と輝く英雄になるのは君だ」

日本軍はフィリピンで敗北した。特攻ではアメリカ軍のナパーム爆撃を阻止できなかったのだ。日本軍は国内に撤退した。そしてアメリカ軍との次の戦争に備えた。

一九四五年一月十八日、日本の首相や陸海軍大臣で構成する最高戦争指導会議は、「全軍特攻化」を決定した。もはや特攻以外にアメリカと戦える手段をもたなかった。

翌月に海軍は特攻を行うための部隊を編成し、日本の本土最南端、大隅半島に司令部を新設した。

大隅半島に全国最大の特攻基地ができた。

★

アメリカ陸軍太平洋戦域の航空軍司令官、カーティス・ルメイ将軍は、この時期、日本列島を空襲する戦略を練っていた。

ルメイは味方でさえ脅えさせる人物であった。あごが張った四角い顔をいつも苦虫を噛み潰したようにしかめ、話す言葉は食いしばった歯の間からごもごもとつぶやくので、何を言っているのか聞き取れなかった。しかし彼が戦争についてどう考えているか、誰もが理解させられていた。「人を殺すのが戦争だ。十分に殺して見せると、敵は降参する」

ルメイ以前のアメリカ軍は敵国を空襲する際、軍事関係を標的にして、一般の国民に被害が及ばないように心がけていた。ルメイは違った。夜間に無差別の空襲を行うことを指示した。それもナパーム弾を投下し、短時間に集中して、大量殺戮をなせ、と。

三月十日未明、春一番の強風が吹いて気温も冷え込んでいた東京に、二十五万発、三百数十トンものナパーム弾が投下された。東京は炎の海と化した。

ルメイは日記にこう書いた。「世界の航空戦の歴史において、もっとも圧倒的な急襲作戦が成功した」

★

アメリカ軍は日本の統治していた南方の島々を占領すると、航空基地を造成し、日本列島全域を継続的に空襲する作戦を開始した。

しかしその島々の中で、硫黄島だけはいまだ占領するに至っていなかった。アメリカ軍は硫黄島に進撃した。

硫黄島には日本軍の二万人をこえる将兵がたてこもっていた。アメリカ軍はこの小さな島を艦隊で包囲した。日本軍は援軍も期待できず、食料や弾薬、武器の補給もままならなかった。防戦する策として岩盤の固い島のいたるところに地下壕を掘った。アメリカ軍をあえて上陸させ、地下壕から反撃する作戦だった。硫黄島の戦いは壮絶をきわめた。日本軍のしたたかな反撃により、アメリカ軍も途方もない痛手を被った。しかし結局、アメリカ軍が勝利した。ナパームを活かした火炎放射器が威力を発揮したからだ。

恐るべきナパーム弾を活かし、兵士が携帯して手動で炎を放射できる、新しい武器がつくり出されていた。七十メートル先まで炎が走り、ほぼ九十パーセント的中して、一千度以上の高温で焼け落とせるのだ。これを戦車にとりつけた火炎放射車も登場させた。硫黄島の地下壕にたてこもる日本兵は、ピンポイントで光の帯のように噴射される火炎には、ひとたまりもなかった。瞬時に炎に包まれ、生身のまま燃えて、形も残さずに焼けこげる。日本軍にはこのような兵器は皆無だった。日本兵は初めてこのような兵器を知った。

硫黄島の日本軍が陥落して一ヵ月も経たぬうちに、アメリカ軍は沖縄に進撃した。大規模な艦隊を接近させ、猛烈な艦砲射撃を断行し、さらに爆撃機を出撃させてナパーム弾を投下した。こうして沖縄を破壊した上で、上陸し、日本軍に地上戦を挑んだ。

沖縄にはおおむね十万人の日本軍がいた。これに「ひめゆり部隊」といわれた女学生など、沖縄の民衆が戦闘員としてかりだされた。苛烈な戦闘で、全民衆の犠牲者は軍人よりはるかに多く十五万人にも及んだ。

日本軍は地下壕を掘り、ここにたてこもってアメリカ軍を迎撃した。沖縄には「ガマ」と呼ぶ天然の洞穴がある。ここにも兵は立てこもった。が、民衆にとっては戦乱から身を守る唯一の隠れ場所だった。しかしアメリカ軍はナパームによる火炎放射器で、地下壕やガマを掃射した。日本軍の所有しないこの武器は、圧倒的な威力を見せつけた。

アメリカ軍は太平洋に進出した各師団ごとに、おおむね二百五十基の携帯型火炎放射器を配備していた。

『ナパーム空爆史』には、ある従軍兵の証言がこう記述されている。

洞窟に向けてナパームを噴射した。火炎地獄から逃れようと日本兵たちが飛び出してきた。ナパームを浴びているのに、どうしたわけだか、着火していなかった、そのひとりにこちら側から曳光弾を撃ったところ、日本兵はたちまち燃え盛るたいまつになった。日本兵は喉の奥から絞り出すような叫び声をあげた。人間が燃えるという残酷きわまりない光景に、私たちは歓声を上げた。戦争だからという言い訳は通用しない。私たちは野蛮人になり下がっていたのだ。

日本軍は沖縄戦に対して、「全軍特攻」の方針に基づき、沖縄の沖に結集する艦隊をめがけて特攻隊を出撃させた。国内の各都市が凄惨な空襲を受けているさなか、特攻隊は沖縄への出撃をくり返した。けれどアメリカ軍によってほとんどが撃ち落とされた。

★

最も多くの特攻機が出撃したのは、大隅半島の鹿屋市にある海軍の航空基地であった。

大隅半島といっても、日本中のほとんどの人が知らない片田舎である。ここに特攻隊の航空基地ができた理由は、沖縄に最も近い本土の最南端だったからだ。

大隅半島から見て、夕日に染まる位置にある錦江湾は、およそ三万年前に爆発した時のカルデラである。地球規模でも有数の巨大爆発だったそれは、南九州の全域を火砕流となって襲った。その時に堆積した火山灰は百メートルにも及ぶ高さのシラス台地を形成した。その後、人々はこの台地の上で暮らしはじめた。季節の反復するなかに人と人のつながりで継承される共同体が長い歴史を紡いできた。

ある人物は大隅半島のシラス台地を、日本一の陽炎の郷だという。

海軍はこのシラス台地に特攻隊の出撃基地を造成するため、にわかに農民から広大な農地や山林を奪った。あらかじめアメリカ軍の空襲に備える意図で、特攻機を匿う掩体壕や軍備施設を守る地下壕などを掘らせた。何千人という学徒や朝鮮人などが動員された。そして飛行機をつくるために数万人が働く軍需工場ができた。

鹿屋の基地に全国の航空隊から特攻隊員たちが続々と集結した。彼らは基地の中だけで過ごしていたのではない。青木町と呼ばれる遊郭をはじめ街中の飲み屋などに通った。鹿屋の街はにぎわった。いわば特攻バブルだった。そして特攻隊員たちは市民に大歓迎された。市民の家々に下宿している特攻隊員も少なくなかった。下宿先から出撃する特攻隊員たちを、地元の人々は身内として見送ったのだ。

特攻隊が出撃すると、アメリカ軍は反撃してきた。鹿屋の基地は空襲で徹底的に破壊され、ナパーム弾で焼き払われた。そして基地を支えていた街も周辺の農村も、とてつもない被害をうけた。

特攻隊はわずか五ヵ月で、鹿屋の航空基地から撤退した。

シラス台地の陽炎のように、特攻隊は出現して消えた。

台地は残った。そこには台地に生きる人々がいた。

★

たった一時間あまりに十万人を殺した、魔物でもできないことをやってのけ、日本列島の各都市を徹底的にナパーム弾で焼き払う作戦を指揮したアメリカ軍のカーティス・ルメイ将軍に、日本政府は勲一等旭日大勲章を捧げた。
それは日本が敗北して二十年あまりが過ぎた時点のことで、航空自衛隊の育成に貢献したという名目によるものだった。

宇宙の遥かかなたから地球の人間たちを見ているものがいるとしたら、この戦争のしがらみが今日に至ってなお深刻さを強めていることに、きっと、何といいようもない、やるせなさを抱いているに違いない。

陽炎の台地で（上巻）

苅茅介宏《かりかやすけひろ》……祖父は七十七歳で逝いた。
たくさんのメモを残し、
生前は折にふれて
数々の思い出を話してくれた。

特攻隊の話をするつもりじゃないよ。
けど、何を話してもそうなってしまう。
私が鹿屋国民学校の校長だった頃、
地元の海軍航空基地に「神風特攻隊」が進出して
たった五ヵ月で撤退した。
その間に出会った隊員たちとのさまざまな出来事が
今もふと、心の奥に、陽炎のように立ち昇るんだ。
特に話しておきたいのではないが
後の世には歴史として、どういう人が
どんな風に特攻隊のことを話すのかな。

1

大隅半島の鹿屋市をアメリカの爆撃機が空を埋めつくすほどの大群で襲ってくるのは、昭和二十（一九四五）年の正月を迎えた時点から、わずか三ヵ月後であった。

ここでは海軍が猛烈な勢いで特攻隊のための諸施設を造成しているさなかで、神風「桜花」特別攻撃隊神雷部隊が進出したばかりだった。

苅茅介宏は新年の書き初めに、『滅私奉公』と『尽忠報国』という二つの標語を毛筆で書き、額に入れて校長室の壁に掛けた。それから新学期の朝礼で、全校生徒と教職員に訓辞を述べねばならぬため、自分のメモ帳や官報綴り、新聞の切り抜き帳などをしきりに読み返し、その内容を考えた。

「天皇をいただく神国の日本民族は三千年という悠久の歴史を誇り、いま欧米からアジアを解放する聖戦にたちあがった。欧米の科学力がもたらす戦争物量は膨大なものであるが、それは単なる物にすぎない。特攻隊に象徴される神国の至高の精神を破壊するほどの力はない。一億の民族が一丸になり、玉が砕けるように体当たりするならば、敵をことごとく殲滅できる。新年に当たり、校長として、私は諸君に言いたい。日本が勝利するために、一億総特攻の精神で、自己のすべてをなげうち、『滅私奉公』、『尽忠報国』、与えられた任務に精励しなければならないのだ」

介宏はそんな草案をつくり、何度も何度も口に出して読み、朝礼ですらすら言えるように暗記した。ふと、毎日新聞の切り抜き記事をみると、「殺せ、米兵を殺せ。人的損害が敵の急所」と書いてあった。これも自分の草案に取り入れたいと思った。草案を書いたり消したりして、いろいろと悩んだ。そうして草案ができ上がり、それを全校生徒と教職員の整列する前で演説した。まことに新年にふさわしい話だったと軍服に軍刀を腰に下げた配属将校がほめた。

昭和十六（一九四一）年に従来の小学校は国民学校と改称された。それは政府がナチス・ドイツにならって公布した「国民学校令」によるもので、軍国主義的な教育を行う目的で教科書も一新された。とりわけ太平洋戦争に即応する錬成が主となり、すべては「皇国の道」とうたわれた。

鹿屋国民学校が発足した、そのとき、介宏は校長に抜てきされた。いわば国民学校という時代の、彼は大隅半島におけるエースだった。

鹿屋市長の永野田良助は新年に当たり、市内の国民学校、中学校、女子校、青年学校など、すべての学校の校長を呼び集めた。

苅茅介宏も参加した。彼が鹿屋市で中核をなす国民学校の校長に抜てきされたのは、市長の口添えによるものだった。このため彼は真っ先に市の主催するすべての行事に参加し、市長の側にたって他をリードすることを心がけていた。

市長は老練な政治家で、国会議員を兼務しており、市民の圧倒的な支持を得ていた。

「諸君。この鹿屋市が四年前に周辺二村を合併してスタートしたのは、ひとえに海軍の基地建設に即応するためであった。基地とつながる道路や水道などの大規模な工事を進めるには、それなりの莫大な資金がいる。そこで市財政を膨らませるため二村を吸収合併したわけだ。ことほどさように、わが鹿屋市は海軍と一体になり、特攻基地を核とする日本一の軍都になることをめざしているのだ」

市長は熱弁をふるった。介宏は市長の言葉の連射を一言も聞きもらすまいと夢中でメモをとった。しんしんと冷え込む日だったので、メモをとる手がかじかんだ。「単に特攻隊の飛行場が建設されているだけでなく、戦闘機や爆撃機などの組み立てや整備を行う大規模な工場もできた。その雇用たるや想像もできなかった規模であり、わが鹿屋市はいまや新しい軍都として産業経済も大躍進している。そうだ、わしが死に物狂いで海軍を地元に誘致した成果が、いま一足飛びに現れているところだ。……諸君は地元の校長として、そのことをしっかり知らねばならない。で、本日はかねて立ち入れない場所を、特別に案内することにした」

市役所のバスが二台待機していた。

介宏は他の校長たちをバスに誘導し、自分は一番後から乗り込んだ。あらかじめ市長のために一番前の席を確保しておいた。そして自分はその横に腰かけた。

海軍の旗をあげた草色のジープが、バスを先導した。海軍兵士がオートバイ六台で、バスの左右を伴走した。市街地を走り抜けるとき、往還する人々がこちらを見ていた。

バスが海軍基地のゲートにたどり着くと、数人の兵士が整列して、捧げ銃の姿勢でバスの速さに合わせて首を振った。広々とした敷地に刈り込まれた芝生が輝いていた。巨大な三角屋根の建物が幾棟も建ち並ぶ前に、真っ白い制服に金モールをかけた海軍の幹部たちが横一列に並び、挙手の敬礼をしていた。「お、すげぇことになったな」。介宏の背後で誰かが呟いた。まったくだ、と介宏は思った。市長は真っ先にバスを降り、基地の幹部たちと親しく挨拶し合った。介宏たち全員がバスを降りると、市長が幹部の一人を紹介した。前に進み出たのは航空工廠を統括する参謀長であった。

「みなさん、ようこそ」

あまりに声が大きくてびっくりした。まるで人間拡声器だった。「いま、日本はまさに戦争のさなかだ。今日の戦争は飛行機の数で勝敗が決まる。我々が勝つためには飛行機をつくって、つくって、つくりまくらねばならない。現実、日本は飛行機が足りず、他の基地の航空工廠でも、あるいは三菱など全国各地の民間工場でも、総力を上げて、一刻も休まず、ひたすらつくっておる。いわば今日の日本は、一億総特攻の精神で飛行機づくりにあたらねばならぬのだ」

介宏はメモをとった。

参謀長が案内した航空工廠のなかは、途方もなくひろく、高々とそびえる鉄骨に支えられた鉄板の屋根の下で、数多くの飛行機が組み立てられていた。旋盤がずらりと並び、耳をつんざく金属音が響き、溶接の火花が飛び散っていた。奥に進むと飛行機のプロペラやエンジンを組み立てる現場もあった。

そこで働いているのは、ほとんどが十代の女性だった。介宏は油まみれになって働いている彼女たちの数があまりにも多いことに、度肝をぬかれた。学徒動員でかりだされた鹿児島県内外の各高等女学校の生徒たちに違いない。男たちは戦場に出征しており、それを彼女たちがカバーさせられているのだった。一部には男の中学生たちが動員されている。自分の教え子もいた。

「正確な数は言えないが」

参謀長は説明した。「この基地の外にも航空工廠の分工場が多数あり、全体ではおよそ数万人が働いている。いずれの工場も昼夜をぶっとおしで稼働させるので、女子挺身隊員たちであろうと三交代で勤務し、深夜でも働いている」

彼女たちはもんぺ姿で、日の丸に神風と書いた鉢巻きをしめ、ただひた向きに飛行機をつくっている。

介宏はメモをとりながら彼女たちを見て、校長室に貼り出した「滅私奉公」、「尽忠報国」という標語を思い出した。

ふいに背後から肩を叩かれた。振り向くと西原国民学校の校長だった。古谷真行という名で、師範学校の同期生である。

「お前、こんなところで、一から十までメモをとらなくていいだろう」と古谷が言った。

「よけいなおせわだ」

介宏はメモ魔と言われていた。師範学校の頃からそうだった。メモをとって何かに生かすわけではない。メモをとる理由を問われても、返事ができない。とにかくメモをとらないと落ち着かないのだった。

それを古谷は師範学校の頃から知っているので、「まったく、馬鹿につける薬はないな」とからかった。

何が切っ掛けだったかもう忘れたけれど、古谷とは師範学校の頃からつき合っている仲で、今はどの校長より親しかった。しかし正直に言えば、市長の目の届くところで、彼には会いたくなかった。いつもシニカルな笑いを浮かべて、聞き捨てならないことをずけずけと言う。ただし、彼がそういう面を見せるのは、介宏に対してだけのようでもあったが。

「お前の教え子もいるだろう」

古谷は語りかけてきた。「俺の教え子で、ここの作業中、機械にはさまれ、指三本を切り落とされた娘がいるんだ。それがまだ働いているんだぜ。ほら、あそこで」

介宏は聞こえていない振りをした。他の校長たちと連れ立って古谷から離れた。

航空工廠の視察を終えると、今度は司令部庁舎に案内された。四階建ての白亜の大きなビルで、一階に広いレストランがあった。そこで介宏たちに昼食が振る舞われるという。海軍の名物と言えばカレーである。その香りが漂っていた。

介宏たちは思い思いのテーブルに着いた。すると介宏の横に古谷が陣取った。やれやれまたこいつが……。介宏は内心舌打ちをした。

「どうだ、このレストランは」

古谷は言った。いつも周りに聞こえないほどの低い声で、ほとんど唇を動かさずに話すのだ。「幹部はこんなところでカレーなんか食っているんだぜ。夜は贅沢にフルコースもあるんだってよ。幹部じゃねえ奴等のこと、知っているかい」

「ああ」

介宏はまともには返事をしなかった。

でも、知っていることを思い出した。学徒動員されて海軍の使う洞窟を掘っている中学生たちが、農学校の体育館で雑魚寝し、蚤や虱がわいてぽりぽり体をかきむしっていることを知っていた。彼らが一様に腹をすかしていることも知っていた。

けれど市長の手前、介宏は今この場でそんなことは思い出したくなかった。

「この司令部庁舎のなかの事務所や会議室もだが、宿泊部屋なんて東京のホテル並みだっていうじゃないか」と古谷が言った。

「ふーん」

「お前、耳が聞こえなくなったのか?」

若い頃から古谷はこうだった。

親しい介宏には他の者に見せない面を見せた。過剰なほど辛らつに対象をけなすのだった。それは時勢に妥協せず、自分を律するためなのかも知れないが、隣にいる者としては聞いて気持ちのいいものではない。しかし介宏はそんな古谷とずっとつき合ってきている。古谷は介宏にないものをもっていた。古谷の目鼻立ちや表情、しぐさ、たたずまいなどは都会で裕福に生まれ育った者の洒脱さがあった。何よりもハンサムだった。けれど無骨でそっけないほど無口で、他の者と接するのを避けていた。孤立するのを怖れていなかった。自分を偽らないシニカルな態度は何もかも投げ捨てているような倦怠感をともなっていた。そしてふとのぞかせる独特の一人ぼっち感のような寂しさとともに、不思議なあやうい色気をかもしだしている。そこに魅了される女性がいた。師範学校で事件が起きた。古谷は学生なのに、教師の妻と関係を結び、しばらくたってその女性が自らそれを暴露した。学内はもとより社会も騒然となった。新聞沙汰にさえなった。始末書をとられたとき、古谷は「できてしまったことには後悔していないが、暴露されるに至ったことには後悔している」と書いた。みんなを笑わせたせいか、ともかく師範学校を卒業できた。その後も、浮いた話がいくつもあったが、すべて介宏が知っているかぎり、古谷は受け身だった。そして結婚はせず、今もって独身である。

「さて、カレーが来たぞ」と古谷が言った。

「うん」

「こんなもの、何でそんなに有名なんだ」

古谷はそう言いながらも丁寧にカレーをたいらげた。その後、広い会議室に移動して、事務などに関する説明会が開かれた。ここでは古谷と離れようとしたのだが、あっという間もなく、古谷は横に腰かけた。

「ちょっと黙っていてくれないか」と介宏は言った。

「まだ何も言ってはいないぜ」

「説明会が始まるんだ」

介宏は演台に立った人物を見て、一瞬、あれっ、と声をあげた。カーキ色の軍服みたいな服を着ているが、そのあどけなさの残る少女に見覚えがあった。四年前、鹿屋国民学校で学んでいた生徒に違いない。学業優秀だったので記憶している。卒業して鹿屋高等女学校に進んだはずだった。

「私は学徒通信隊の一員です」

彼女は壇上に立って話した。介宏は早速メモをとりだした。「昨年夏、航空基地司令部で働く女子挺身隊員の選抜試験がありました。筆記や面接、身体検査、身元調査などに合格して、鹿屋、高山、志布志、末吉の各高等女学校からそれぞれ二十五人、あわせて百人が入隊しました。私の配属先は司令本部の作戦電話室で、海軍省や佐世保鎮守府からの直接電話を参謀室にとりついだり、参謀室の作戦を地元の串良や国分などの航空基地に連絡したりするのが任務です。勤務は二十四時間を三交代で行います。遅番は真夜中ですが、眠いのをこらえ、鉢巻きを頭に結び、みんなで挺身隊の歌を大声でうたいながら早足で出勤します」

いきいきとした口調で華やかなほどの表情で語る。介宏は引き込まれた。これこそ滅私奉公、尽忠報国を具現化した本物の姿だと、つくづく感じ入った。そして自分のその思いもメモしておいた。

彼女の話を補って担当参謀が「とにかく海軍の機密を扱う任務であるから、女子隊員が外部と接触するのは制限され、帰宅は月一回、夜の短時間しか許されない」と説明した。介宏はそれももらさずメモした。

すると古谷が低い声で言った。

「ひでぇ。それって監禁じゃないか。十五、六の小娘たちをよ」

「余計なことを言うなって」と小声で咎めた。

古谷はにやっと笑った。突然、手を挙げて大声を上げた。「質問があります」。会場は一瞬、凍りついたようになった。

「ごはんはどうしているのですか？　食事は……。みなさんが寮で自炊ですか」

古谷はいかにも柔和に、発表者を慈しむような表情をつくっていた。「自炊しているのなら、どんなものをつくるのですか」

会場はほっと和み、あちこちで笑い声が起きた。

「はい。私たち参謀室付きの者は別棟の食堂で、将校のみなさまと同じものをいただいています。ひもじい思いは一度もしたことはなくて、自分の家では食べられない珍しいお料理もあり、とてもとてもしあわせです。お休みのとき、家に帰るのですが、お土産として羊羹やケーキなどをもらえるので、家族は大喜びしています」

女子挺身隊員はあっけらかんとして説明した。その前に進み出て、担当参謀がいかめしく、「質問は受け付けていないので、悪しからず」と言った。

女子挺身隊員が降壇するのを待って、担当参謀は「ちょうど時間となりました。まずはこれにて」と直角に一礼した。

壇上に市長が現れた。

すぐさま介宏はメモ帳をひろげた。

「諸君。私が頼んで女子挺身隊員の生の声を聞かせてもらったわけだが……。食事の話は別にして、任務に関する話はどれもこれも、じんと胸に迫るではないか。こんな少女たちまでが、特攻精神で、国のためにと頑張っておるんだ、先ほど見た航空工厰の女子挺身隊もしかり、必死に飛行機をつくっている姿が、私には神のようにこうごうしかった。諸君。このような人材を続々と育てるのが、諸君の任務だ。本日のこの視察を決して無駄にしないでほしい」

市長は声を詰まらせて力説した。

「ああ、聞いちゃおれんな。俺たちは学校で、生徒をみんな下僕に育てろというのかい」

と古谷が呟いた。

「うるせえ」

介宏は薄笑いを浮かべて言った。「そんなことばかり言うけど、お前、特高や憲兵がこわくないのか」

「何の話だ。……あのな、そんなもの、鼻紙をつかませたらおとなしくなるんだぜ」

「鼻紙?」

介宏は少し赤面した。

実は古谷からときたま旨い洋酒を飲ませてもらっている。師範学校の頃、女を買いに連れて行ってもらったこともある。古谷は鹿児島市の資産家の息子なのだが、家業を継ぐのを拒否し、田舎教師となった。そして何かの手蔓で校長にまで出世した。介宏には理解できない世界をもつ人物だった。それだけに介宏の知らない世界を体験させてくれる秘術をもっていた。おそらく古谷は介宏をからかうのがおもしろくてたまらないのだろう。介宏はしみじみと思うとき、自分の心の遠くに影を落とす孤独が、古谷に利用されている気がするのだった。古谷と決別しようとして、そうできない。引き下がって考えると、自分も古谷も一種のドロップアウトした者どうしだった。第三者には理解されないところでつながり続けている。

「海軍の幹部たちがよ」

古谷は言った。「こんな白亜の殿堂で、十五、六歳の娘たちを身辺にはべらせるなんて、ロリータコンプレックスの最たるものじゃねぇか。監禁して一ヵ月に一度、夜のほんの短い時間だけ、家に帰すのだとさ。どうだ、お前もそんな身分になりたくないかい？」

「やれやれ。相変わらず、お前という奴は」

「俺たちはできないよな。軍の幹部なら戦争という名の下で、それが許されるんだ」

★

苅茅介宏は国民学校の校長官舎に住んでいたが、妻のキサは別居しており、彼の本宅に住んでいた。彼はできるだけ頻繁に妻の住む本宅に帰ることにしていたが、新学期を迎えて忙しかったため、十日も帰っていなかった。彼の本宅は学校のある市街地から八キロほど離れていた。「苅茅」という名の農村で、「苅茅の丘」とよばれる小高い山の麓にあるのだった。市街地からたどり着くには、その道程のおよそ三分の二をしめる家一軒ない畑作地帯の台地を横切らねばならない。彼はその集落で生まれ育った。

　その日はいかにも雨をぱらつかせそうな黒雲が空をおおい、広大な台地に寒風が吹きつのっていた。向かい風に逆らって身を縮めて自転車を漕ぐと、突き刺さるような冷たさを受けて、涙や鼻水がたれた。

「校長先生、負けてはいけないよ」

　自転車を一緒に走らせている鈴木正太が大声で言った。大声でないと風に声が吹き飛ばされるからだ。

　正太はいつも介宏の後をついて来る。五年前、介宏がまだ校長ではなかった頃、担任になった学級に正太がいた。それは問題児だった。登校しないのである。介宏は毎朝、その家まで正太を迎えに行き、登校を促した。すると二、三日は学級の机につくのだが、それ以上は続かなかった。その後、介宏が迎えに行くと、家を出て学校の門前まで一緒に来るのだが、そこからすばやく逃げてしまうようになった。それでも介宏は毎日、正太を迎えに行った。正太は門前まで来て、いなくなってしまう。その繰り返しだったが、いつしかそれが二人の習慣になった。さらにまた次の習慣ができた。介宏が学校から官舎に帰るとき、正太が門前で待っていて、介宏を官舎まで送るという習慣である。その距離は実に短かった。そこで正太は介宏が苅茅に帰るときもそうするようになった。

すでに正太は国民学校を卒業した年齢になっているのだが、二人のその習慣は正太によっていまなお続いている。

「こんな寒い日はもう帰りたまえ」

介宏は正太に言った。

「いいんです。校長先生が無事に帰宅するのを見届けなくては」

「私のことを心配しなくていい」

二人は大声で言い合いながら後になり先になって自転車を走らせた。

広大な台地は一年あまり前から、別世界さながらに様子が変わっている。海軍の飛行機を匿うための掩体壕《えんたいごう》がいたるところの畑をつぶして造成されつつあった。正太が教えてくれたことによると、苅茅の前の台地には、現時点でおよそ五十基が、そして航空基地をとりまく広範囲に二百二十基が、ものすごい勢いで造成されているというのだ。正太はその一つ一つの場所を地図を描いて詳細に説明することができた。しかしそれを他の人には絶対に話してはいけないと、介宏は口止めした。下手すると特高や憲兵に捕らえられる恐れがあったからだ。

掩体壕は高さ五メートルの土手を築き、一辺の長さ百メートルほどで、全体をコの字型に造成する。土手を築く土砂は起伏する台地の高い部分を削ったり、あるいは周辺の里山を切り崩して確保する。作業はほとんどが鍬やスコップにたよった人海戦術で進められている。正太はそんなことまで詳しかった。

実は介宏の所有する畑にも掩体壕が造られていた。文書一枚の連絡で畑を奪われた。

二人が自転車を走らせている道路の、すぐ近くでもその作業がなされていた。寒風の吹きすさぶ中で、二、三百人の男が土砂を積み上げたいくつものトロッコを力を合わせて押しあげている。そのかけ声が聞こえた。耳慣れない言葉だった。それは朝鮮人たちだと介宏は知っていた。身体も服も泥まみれで、伸び放題の髪やぼろぼろの服が強風に揺れている。いつだったか、正太が教えてくれた。三千人の朝鮮人が掩体壕を造るために働いていると……。そればかりか地元の中学生はもとより、鹿児島市の一中や二中の学生、そして県内各地の中学三年生以上が動員されており、その数は多いときで五千人に及ぶ。さらに最近、熊本の中学生二千人もやって来たという。台地の全体が突如としてとてつもなく騒然となっていた。

正太は登校できない問題児であったが、普通では考えられない特異な能力を持っていた。数字に強いのだ。広い範囲に散らばる朝鮮人をざっと眺めただけで、総数が三千人と割り出すことができる。学校の授業でも暗算となると、上級生で算盤の一級を持っている者でもたちうちできなかった。さらに人並み外れて強い好奇心の塊だった。本来なら中学に通わねばならない年齢なのだが、正太は毎日、自転車であちこちを走り回り、掩体壕の造成される様子など、この地がにわかに変わっていく事態を確かめて、つきせぬ好奇心を満たしていた。そうすることが今の正太の生きがいであり、自らが存在することのすべてだった。正太の父母はそんな息子を恥じて、普通の状態に引き戻そうと叱責しつづけていた。周りの人々は正太を精神薄弱児あつかいにして、からかったりけなしたりするばかりであった。けれど介宏はそうしなかった。正太は特別に選ばれた人物だと認識していた。介宏は正太と話すのが好きだった。正太は多くのことを教えてくれた。

しかし介宏は正太の知らないことを、あり余るほど知っていた。昨年五月、掩体壕づくりに県内各地の中学校の三年以上が駆り出されたとき、鹿児島市に隣接する伊集院中学校からも百数十人が来て、それを引率してきた教諭の一人が、介宏と師範学校で同期だった。時々会うと彼はおのずからその話をした。中学生たちは夜明けから日没まで、スコップで土を掘り、もっこで土を運ぶなどのきつい作業を暑い日ざしの中で毎日やらねばならない。それも学校ごとに競わされ、仕事終わりには順位が発表され、遅い学校はぼろくそにけなされる。寝泊まりするのは鹿屋農学校の体育館で、現場とはおよそ片道五キロ離れており、そこを軍歌を歌いながら行進する。たそがれてへとへとで帰ると、あらかじめ準備されている芋飯には真っ黒になるほど蠅がたかっており、おかずは何も入っていない味噌汁と漬け物だけ。とても空腹を満たすことはできない。寝る場所は体育館の板敷きの上で、毛布が一枚あるきり。それが蚤や虱だらけなので、かまれると痒くてたまらないから、寝る前にはそれを爪先でひとつひとつ潰さねばならない。他の学校では蚤や虱が媒介する発疹チフスにかかって苦しみ、死んだ者もいるという。疲労と空腹のために倒れた事例は後をたたないらしい。

介宏はそんなむごい話を聞くと、今の時期に中学生をそこまで酷使して、どうして掩体壕をそれほど猛スピードで造らねばならないのか、疑問がわく。海軍の飛行機を格納するのが掩体壕というのだが、介宏がその理由をはっきり実感したのは、アメリカの爆撃機の群れが来襲してからであった。掩体壕はアメリカの空爆から飛行機を守るための施設だったのだ。海軍はすでにこの時点でアメリカから空爆されるのはさけられないと知っていたわけである。それも空襲されるのはきわめて近いうちだ、と。

しかしこの時点ではまだ、掩体壕が特攻隊の飛行機を匿う施設ということを、介宏は十分に理解できていなかった。新聞やラジオのニュースで特攻隊のことは知っていた。昨年十月……と言っても三ヵ月前だが。

フィリピンのレイテ島で、日本の海軍が初めて「神風特攻隊」を出撃させ、爆弾を積んだ飛行機もろともアメリカ軍の艦隊に体当たりし、空母一隻を撃沈させ、六隻を損傷させた。海軍はこれを〝大戦果〟と発表し、新聞やラジオが怒濤のように報道した。朝日新聞は「必死必中の、さらに必殺の戦闘精神である。聖戦は、これをもって勝ち抜く」と書いた。介宏はこれに赤線を引き、切り抜いて記録帳に貼った。国民も熱狂した。同新聞の投書欄には「特攻隊の崇高さに泣かぬ者があろうか。日本民族の光輝な精神を呼び起こされた今、青少年よ、感奮して叫べ。『私たちも後につづきます』と……」と載った。介宏は学校の朝礼で全校生徒に数多くの新聞の記事を声高に読んで聞かせた。

またこんなこともあった。各学校の校長は映画館に集められ、レイテ島で特攻隊が出撃するニュース映画を見た。誰もが興奮した。その後、各校長の采配で各学校や各集落でそれの上映会が開かれた。介宏が担当した茍茅の集落では、公民館に観客が入り切れないので、集落の中央の広い三つ辻が上映会場となった。子供たちは投光のなかに腕を伸ばし、指で狐の形などをつくり、それがスクリーンに映るのをみて、歓声を上げた。すると大人たちはそんな子供の頭をひっぱたいた。スクリーンに特攻隊が映り、爆撃機が滑走路を飛び立つのを見ると、子供たちも圧倒されて固唾をのみ、それから躍り上がってわめいた。爆撃機が敵艦を轟沈させたというアナウンスがなされると、大人の男たちは唇を噛んで拳骨を握りしめ、女たちは涙をふき、両手をあわせて頭を下げた。

新聞やラジオによると、政府が国民に神風特攻隊をささえるために国債を購入するように呼びかけたので、東京の郵便局はどこも局外まで長い行列ができ、窓口は押すな押すなの大混乱に陥っているという。介宏は感動して地元の郵便局に出かけてみたが、それほどの様子ではなかった。しかし国債を購入し、学校に戻ると、教職員にそれを見せ、さらに額縁に入れて校長室に飾り、愛国心の強さを威張った。

一方には別の心があった。県下の各地から動員された中学生たちがむごい状況で酷使されていることが忘れられなかった。こんなことを許していいのかという怒りがこみあげてくる。しかしどうにもできなかった。校長室に貼り出した『滅私奉公』、『尽忠報国』という標語を目にすると、学徒動員に対する批判や憤怒などの思いがさめてしまう。今は仕方がないのだ、と自分に言い聞かせる。そしてその批判や憤怒などは心の奥に押し込んで、かたくなに口を閉ざさねばならないと思う。そんなことをうかつに口外すると、校長の立場を疑われる。下手すると思いがけない誰かが憲兵や特高に告げ口するおそれがある。もし告げ口されたら「国賊」という烙印を押されかねない。「自分は何よりも立派な校長であるべきだ」と心をさだめる。

ある日、彼はメモ帳にこう落書きをした。

国家にからめとられて人生が自由意志に関わりなく固定させられる時代には、確とした自己などない。

「校長先生。ちょっと」

正太が叫んだ。「前にぬかるみがありますよ。ぼんやり考え事なんかしてちゃ、駄目じゃないですか。ほら、ぬかるみにはまってしまいますよ。ほらほら」

介宏はあわててハンドルを切った。自転車が傾き、道端の草薮に投げ出されそうになった。からくも左足を地面について、転倒するのを免れた。

その後、正太と自転車を走らせて行くと、苅茅の集落の前にあるゲンゼ松の切り株の近くに、兄の惣一が待ち構えていた。寒風にさらされて縮こまっていたが、顔にはふつふつと煮えたぎる思いがどす黒く滲み出していた。

「どうして、もっと早く帰って来ないのだ」

惣一は方言で怒鳴った。「俺は三日も前から、ここに朝から晩までいて、お前を待っていた」

介宏は何も言い訳をしなかった。集落を離れて暮らしたことがない兄に、学校が新学期を迎えて忙しいという理由など、いくら話しても所詮通じはしないのだ。

幼い頃から惣一はガキ大将だった。介宏より八歳も年上で、いつも無条件に屈伏させられていた。けれど悪童たちのいじめから守ってくれていたことは忘れられない。惣一は農業一本に生きてきた。そして介宏が相続した畑が草だらけにならないように、いつも手をまわしてくれている。

「何があったんだい?」と介宏は尋ねた。

「糞ったれ。何ちゅうことだ。あそこまでぶんどられたんだぞ」

惣一は人差し指を突きたてるように激しく振り、熱に浮かされたようにまくしたてた。

茢茅の丘から航空基地のある方に向かって岬状に里山が延びている。彼らはそれをタッバン山と呼んでいるのだが、どういう意味なのかは知らない。何百年も前についた名前なのだろう。タッバン山のほとんどが惣一と介宏の所有地だった。先祖代々そうだったものを、兄弟で相続したのだ。

「俺は遠くから見てたまげたんだ」

惣一は介宏に命じた。「お前は近くまで行き、それをしっかり確かめろ。そこもまた奪うのかと、怒りをぶちまけろ」

「分かった」と介宏はうなずいた。

二人の役割はいつもこうだったので、別に不満ではなかった。タッバン山をめざして自転車を走らせると、正太もついてきた。

東に向いているタッバン山は朝日をもろに浴びる。午前中は豊かな日だまりなのだが、太陽が中天にたっすると山は陰になる。午後はその影が麓まで落ちてくる。麓は一日の半分は陽がささない場所だった。介宏が出かけたときは、午後も遅かったので山影が麓に長く延びていて、夕暮れのように薄暗かった。寒風に木々が揺れ動き、その音が谷川の音のようだった。そこは農作物を植えるのは不向きだったが、父が親しくしていた鹿児島県庁の農業技手が勧めたミカンの木が五種類、各十本ずつ植えられていて、それが三十年ほど経た今、大きく育ち、毎年あふれるほどに黄金色の実をつける。今が収穫期だった。しかし小作人たちのほとんどが戦争に駆りだされているので、収穫する人手がなく、ミカンは実ったまま放置されている。

介宏は自転車を降り、高台になったミカン園に登って行った。一瞬、棒立ちになった。ミカンの木はすべて切り倒されていた。やや谷になった場所にそれは乱暴に排除され、収穫された分のミカンは畑の一画に積み上げられている。怒りがこみ上げてきた。兄が怒るのも当然である。

畑の奥に木造の小屋が建築中で、何人かの人影が見える。介宏は胸騒ぎがしたが、わざとそれを無視した。

「正太、手伝ってくれ。ミカンを持って帰ろう。持てるだけ持って」

「五百個はありますね。そんなに持てないけど、俺、網を持っているから、それに入れれば四十個は大丈夫です」

ミカンは普通の大きさではない。ハッサクやヒュウガナツなど、両の手のひらで包み切れないほどの大きさで、中には人の顔より大きなボンタンもある。二人がミカンを取ろうとするのより早く、奥から一人の男が走ってきた。軍服を着ている、その記章で軍曹だと分かった。ごつい四角の顔は黒い染みが浮き出ているように日に焼け、目をむき出しにしてがらがら声でわめいた。

「何事だ、きさまらは」

「ここは私の所有地です」

「たわけめ、海軍が接収したんだ」

「知りませんよ、そんなことは」

「今ここで教えてやる。海軍が接収した。要するにそういうことだ。後日、書類が届くはずだ。分かったか」

「後方の山もですか?」

「当たり前じゃ」

介宏は陰になった山を見上げ、唇をかんだ。椎や樫など自然のままに樹木が茂っている山なのだが、家で煮炊きに使う焚き木や冬に暖をとるための薪を確保するのに、なくてはならない山だった。俺の山なのに勝手に何をしようとしているのだ。介宏はそう言葉では言えず、唇をかみしめた。

このとき、建築中の小屋の前に、一人の軍人がたたずみ、こっちを見ていた。三十歳前後だろうか、背が高く、肩幅が広く、がっちりと腰が張り、見るからに軍人だった。介宏を手招きした。そして介宏が近づいて来るのをじっと睨んでいた。介宏はその軍人に向き合い、頭を下げた。相手はさっと形ばかりの挙手の敬礼をした。軍服の記章で中尉だと分かった。おそらく海軍兵学校を出たばかりばりの軍人に違いない。ここのリーダーだろうと思えた。

「地主なのか？」

「はい」

中尉は犬が匂いを嗅ぐように介宏を睨めまわし、ふと態度をあらためた。「で、あなたは何をなさっている方なので？」

「鹿屋国民学校の校長を拝命しております」

「なるほど」

中尉は唇の左端をゆがめて笑った。

自分の息子が生きていたらこれぐらいの年齢だと介宏は思った。
「ちょっと焚き火にあたりませんか」と中尉は言った。とても丁寧なそぶりになってい
た。建築中の小屋の横に石が積まれ、その囲いの中で火が燃えていた。焚き火の脇に丸太
の腰掛けがある。介宏はそこに腰掛けながら、あたりを見回した。正太はいなくなってい
た。冷たい風が渦を巻くように吹いている日陰のそこで、兵士の一人が枯れ枝を投げ入れ
たので、ばちばちと音をたてて炎が噴き上がった。
「自分は寺本丈次という姓名です」
寺本は炎に手をかざしながら背筋を伸ばし、押し出すような太い声だが、きちんと標準
語で話しだした。介宏はメモ帳をとりだした。すると寺本は鋭くとがった目で睨んだ、眉
間に縦皺ができた。介宏はしぶしぶメモ帳をポケットに戻した。寺本は話し続けた。
「ここについたとき、霰が降っていました。私たちは電測班で、ここに陣地を築造しな
ければなりません。二月に鹿屋基地に特攻隊を指揮する第五航空艦隊の司令部が移って来
ますので、それまでに完成させねばならないのですが、あと一ヵ月。……見てください。
ここにいるのは私と兵五人だけです。寝泊まりするところもないので、ひとまず、山の木
を切ったりして小屋を建てているのですが、これから山に横穴を掘って部屋をつくり、電

測機器を配備しなければなりません。六人でそれができると思いますか。とてもとても」

介宏は黙って聞いていた。それだったら作業員をそろえればいいじゃないか、俺の知ったことか、と思った。このとき自分は地主としてここにいると思っていた。俺の山なのに勝手にそんなことを……。

「もちろん、施設大隊に支援を頼んだのですが、滑走路の補充や掩体壕の造成で、そんな余裕はないと一言で拒否され、ほうほうのていで戻ってきた次第です。……で、かくなるうえは、学徒を動員する以外にありません」

寺本は介宏の目を見つめた。「先生、この件、その筋にかけあってもらえませんか」

「私がですか?」

介宏は肩をすくめ、思わず頭を左右に振った。自分はそんな立場ではないし、そんなことができるはずもない。それから思い出した。掩体壕づくりで中学生たちが目茶苦茶に酷使されていることを。

寺本はまた眉間に縦皺をよせた。

「いきなりですから、面食らわれたでしょうが……。どうですか、明日の朝までに考えてみてください」

寺本は手をさしのべた。

介宏は仕方なく寺本と握手した。

立ち上がり、ミカン畑と照葉樹の山を見て、ここはもう自分のものではなくなったという現実を飲んだ。しかし学徒を動員することには関わりたくなかった。寺本の視線を背中に感じながら遠ざかっていると、ふいに「滅私奉公」とか「尽忠報国」という言葉が浮かんできた。すると自分はいま、校長の自分に入れ代わらねばならないと感じた。

麓の県道に降りて行くと正太が待っていた。介宏の自転車の荷台に小枝で枠をつくり、ミカンが積み上げられていた。

「ほう、ありがとう」

正太は網に入れたミカンを背負っている、とても重そうだった。二人は自転車には乗らず、ミカンがこぼれ落ちないように気をつけて自転車をひいて歩いた。県道はやや高い位置にあるので、茄茅の台地を見晴らすことができた。間もなく日が暮れようというのに、いたるところで掩体壕をつくる作業が進められている。それらの掩体壕をつなぐ直線道路が、およそ三キロ離れた鹿屋航空基地から建設されていた。その幹線と直角に交わる支線が台地中に張りめぐらされている。それも地主には何のことわりもなく作業は進められているのだ。

自分の畑がつぶされていくのを見て、介宏の兄の惣一は「せめて麦を収穫するまでちょっと待ってくれ」と頼んだ。しかし何にもならなかったので、その後、介宏にわめき散らして鬱憤をはらした。

集落の入口まで来たところで、正太を帰した。ミカンを背負って正太は自転車に跨り、ギーコギーコとペダルを漕いで凍てつく夕風の中を遠ざかった。


介宏の家は惣一の家と並んで、集落の一番前にある。二十数年前、同時に建てた瓦葺《かわら》きの家で、とても大きく、屋敷は広く日当たりがよかった。飲料水は惣一の家の庭先に十年ほど前に掘った井戸に両家が頼っている。この兄弟の妻は、実の姉妹だった。惣一が姉を、介宏が妹を娶り、しかも兄弟と姉妹はいとこだった。介宏の妻は介宏より四歳上である。

このような血族結婚ともいうべき一種の掟が、苅茅の台地の畑作地帯を所有する地主家では先祖代々ずっと守り通されてきていた。一族以外の者に畑が離散しないようにするためであった。介宏も本来ならその範囲内で人生をおくり、相続した畑を自分の息子と血族の嫁のために相続させねばならないのだったが……。そうはしなかった。

介宏は結婚をした後、独学で師範学校を受験した。それにパスすると妻を家におき、鹿児島市に移住して師範学校に入った。

妻は介宏に何も不平を言わなかった。四歳も下の夫をまだふがいない子供と思い、家に残って畑を守るのを自分の宿命と信じている風だった。妻は本名をトメという。七人の兄姉がいて、もう生むなと母は周囲に言われ続けていたのだが、また生んでしまった。それでその赤子はトメと命名された。そして事あるごとに本人は「生まれなくてもよかったのに」と言われつづけた。トメは何も語ろうとしない娘になった。生まれてこなければよかったという思いを、ずっと染み込まされ続けてきたのだ。

一族の長の鉄太郎がトメではかわいそうだからと、キサという名を与えた。戸籍もそのように改めた。しかし当初はキサと呼ぶものは誰もいなかった。

「おい、トメ」と介宏も妻を呼んでいた。

介宏は小学校の教員になると、任地に妻を迎えて一緒に暮らさねばならないと思った。しかし妻はそうはしなかった。介宏が相続した広大な畑は小作人たちに委ねてあるのだが、やはり管理はしなくてはならない。妻はもとからそれを自分の役割だと思っていたので、結局、夫婦は新婚以来ずっと別居していた。ただし彼は春休み、夏休み、冬休みなど、しばしば妻の元に帰っていた。そして一人の息子と二人の娘を授かった。子供たちは成長した。長男の宏之は師範学校に進ませた。しかし軍隊に徴兵されたり、田舎の国民学校に勤めたりして、昨年秋、死去した。長女の文代は十七歳で本家の長男に嫁ぎ、集落の真ん中に立派な家屋敷を構えたのだが、間もなく夫が出征し、今はその家屋敷を守り、ひとりで子供を育てている。次女の房乃はまだ国民学校の生徒で、介宏の校長官舎に同居して学校に通っている。

子供たちが成長する過程で、支那事変や太平洋戦争が起こった。地元の男たちは次々と徴兵されだした。戦争が長引いて激化すると、状況は一足飛びに深刻になった。小作人たちが次々と徴兵されるので、地主の経営土台が崩れ始めた。働き手がいないのだ。介宏も兄の惣一も一緒くたにその状況に陥った。介宏の場合は教職としての収入があるので、まだ何とか救われていたが、惣一の方は打つ手を見出せなかった。困り果てていた。

けれど介宏も畑を荒らしておくわけにいかなかった。勤務のひまひまに帰って、畑仕事に従事した。が、戦争が激しくなるにつれて、そんなひまはなくなった。国民学校でも軍事教練をなさねばならないほどだった。

先の見えない混沌としたさなか、さらに別の問題が起こった。昨秋からにわかに苅茅の台地のいたるところで掩体壕の造成がはじまったのだ。そして否応もなく畑を奪われることになった。

「今は非常時だ」

介宏は惣一に言った。「戦争がおわり、世の中が落ち着くと、海軍は間違いなく、いまの保証はしてくれる」

そんなことは何も聞いていないのだが、介宏はしきりに嘘をついて、惣一をなだめすかした。

明くる朝、目が覚めるとすぐに家を出た。寺本中尉から逃げたかったからだ。それにもまして重要なことがあった。その日は大詔奉戴日《たいしょうほうたいび》だったので、朝礼で儀式を行わねばならなかった。太平洋戦争が始まったのが十二月八日で、天皇が『宣戦の詔勅』を出した。その日を国家をあげて記念すべく、大詔奉戴日とさだめ、毎月八日には国民運動としてそれが展開されていた。午前八時、寒風が吹きすさぶ校庭に全校生徒と教職員が整列すると、国旗の掲揚、そして宮城遥拝を行う。宮城遥拝とは天皇の住む皇居のあるほうに全員が頭を下げることとなのだが、もちろんここから皇居は見えないので、東のほうに頭をさげる。

東のほうには校舎があり、その背景に里山が見える。介宏はあたかも皇居が見えているように全員を導かねばならない。その後、介宏は校長として奉安殿に近づき拝礼する。校庭の正面に独立して建てられた奉安殿には、宮内省から下賜された天皇と皇后両陛下の御真影と呼ばれる額縁つきの写真がおさめてある。それは両陛下そのものとして敬い奉らねばならない。それを直視しては不敬罪となる。過去の全国の事例として学校火災で御真影が焼けた時、校長が責任をとって切腹自殺した。それが三件もある。介宏はそれを知っているので、全校生徒と教職員がかしこまって整列する前で、ひとり奉安殿に進み、その戸を開くのが恐ろしかった。まさに命がけというほどに緊張し、汗びっしょりになった。奉安殿には御真影とともに明治天皇が教育の方針をしめした教育勅語もおさめてある。介宏は白い手袋の手でそれを捧げ持って引き下がり、朝礼台に立ち、全校生徒と教職員が深くこうべを下げている前で、独特の節をつけて読み上げねばならない。

こうした儀式はまったく校長の独擅場だった。それが終わると、女性の教職員がオルガンを弾き、全校生徒が歌う。それは決められた歌ではなく、その日その日で異なるのだが、今朝は「勝ち抜く僕ら、小国民」を歌った。

天皇陛下の御為に
死ねと教えた父母の
赤い血潮を受け継いで
心に決死の白だすき
かけて勇んで突撃だ

この日の朝礼では特別に卒業生の航空隊員が登壇した。

「自分は〝赤トンボ〟と呼ばれる小さな飛行機に乗っている。諸君はそれを見たことがあるだろう。赤トンボに乗ったパイロットが白いマフラーをなびかせ、赤トンボを宙返りさせたり、きりもみで降下させたりしているのを……。それを今度見たら、あ、この前のあの兄ちゃんだって、手を振ってくれ」。「自分は国民学校高等科の二年生のとき、十三歳で海軍の少年飛行兵に志願した。お国のために命を捧げ、靖国神社にまつられるのが、何よりもの誇りと思ったからだ。自分の兄二人も出征しているので、兄たちに続けという気持ちもあった。厳しい訓練期間を経て、今は赤トンボに乗っている。しかし本当は特攻隊員として爆撃機に乗りたいと思っているのだ。必ずそうなりたいと、ひたすら努力している。諸君も後に続かねばならない。アメリカやイギリスなど、恐れるに足りぬ。日本は神の国なので、戦争に負けたことは一度もないのだ。日本男児の精神を忘れるな。いや、子供であろうが、女であろうが、天皇陛下を敬う精神は同じだ。全員一丸となり、悠久の大義に生きねばならぬ」

介宏はこれをメモしなかった。何故なら彼自身がこれを書いて、航空隊員に暗記させ、そして発表させたものだったからだ。もちろんそれは周りの者には伏せていた。けれどそれはそれとして、航空隊員の話は、聞いている学童にこの上もない刺激を与えたと思えた。表向きは大成功だった。

この鹿屋国民学校は大隅半島のトップとされており、そこの校長なら他校より抜きん出たことをしなくてはならない。朝礼で卒業生の航空隊員を登壇させるなんて、誰でも考えつくことではない。介宏はこんなことのできる自分を、ちょっとだけでもほめてやりたい気分だった。しかしそんな気分はおし隠し、おくびにも出すまいと心がけた。謙虚さが大切だと信じていた。それから次の朝礼にはどのような人物を招こうかと思案し、鼻の下にたくわえたちょび髭を撫でた。

朝礼が終わると、午前中は配属将校が指揮する軍事教練が行われる。拡声器を通してレコード音楽の「愛国行進曲」が流れる。それに合わせて全校生徒が運動場いっぱいに分列行進をくりひろげる。ちょっとでも足並みが乱れた者がいると、配属将校は竹刀を振りかざして駆け寄り、ばさっと頭をたたく。男も女もない。昨年秋に着任したこの配属将校は前任者よりそうとう厳しく、真冬の朝、運動場に霜柱がたっているのに、生徒全員に裸足で行進させ、雨で水たまりができている中を腹ばいになって進む訓練なども容赦なく行う。また全速力で校庭を三十周するとき、ほとんどが途中でへとへとになる。苦しいかと聞かれて、苦しいと答えた生徒を、配属将校は殴り飛ばす。本心を言ってはいけないように訓練するのだ。

午後になってようやく授業となるのだが、校舎の半分は海軍が使っているので、教室のない生徒は校庭にゴザを敷いて授業を受けねばならない。しかし最近はそれも行われなくなっていた。上級生の場合は授業の代わりに校庭の隅に地下壕を掘る作業をした。アメリカ軍の空襲に備えるためである。地下壕は全校生徒がはいる分なので、可能な限り大きくしても、五つ六つでは足りなかった。さらにその他にいろいろな作業が待っていた。たとえば家主が出征した農家に出かけ、農作業の手伝いをすることもある。教職員の指示で田畑の草を取ったり、堆肥をつくったりするのだ。

介宏の次女の房乃は上級生なのでその作業に従事していた。ある日は夕暮れてから帰ってきて、介宏と夕食をともにとると、房乃は肥溜めの匂いがした。介宏は素知らぬ顔をしながらも閉口した。農作業のほかにも房乃たちはまだ雑多な作業に従事した。海軍航空基地に通って滑走路周辺の草取りなども行った。基地までは五キロもあるので、その間は整列して歩き、また早駈けをして、みんなで声を合わせて軍歌をうたう。帰宅したときの房乃は疲れ果てていて、夕食の箸をくわえたままこっくりこっくりすることもあった。

一日のうち、介宏が房乃と一緒に過ごせるのは夕食のときだけだった。それは学校の小使いの妻が賄ってくれていた。あらかじめ作りおいた料理が食卓に並べてあり、親子の夕食の場に小使いの妻が姿を見せることはなかった。親子で学校の話はほとんどしなかった。そのかわり房乃が苅茅をめぐる世間話を夢中になってした。そばかすの散らばる頬を膨らませ、上唇から歯をのぞかせて、あきれるぐらいよくしゃべるのだった。けれど今はそのひとときも少なくなっていた。

タッバン山で会った寺本丈次中尉のことを忘れていたわけではないが、学校で忙しく過ごしていると、もうそのつながりは切れている気がしていた。校長室で教職員の勤務評定をしていると、女子事務員が「お客様です」と言いに来た。誰だろう、顔を上げると、もうドアをあけて、そこにあの寺本が現れた。きちっと軍服を着ている。介宏はどきっとして、半ば椅子から立ち上がった。こうなるとはまったく想定していなかった。

「やあ、先日はどうも」

寺本は挙手の敬礼をした。戦闘用長靴のかかとを合わせる音がカチッと響いた。

介宏は応接用のソファを寺本に勧めた。寺本は軍帽を脱ぎ、どっしりと腰掛けた。肩から革のバンドで拳銃を吊っていた。よく磨いた拳銃だった。

「お願いした件、いかがですか?」

寺本は介宏の目を睨んで尋ねた。

こういう場合、軍人は自分の両目の視線を相手の片目に集中させる。そうする方が強い威圧感を与えるからだ。

「それは私の力の及ばぬことです」

介宏は先日と同じことを呟き込むようにして答えた。

「あなたがそうでも、力になってくれる人がいるのではありませんか」

寺本はもそりと身を乗り出した。「その人を紹介して下さればいいのです」

介宏は黙り込んだ。何も答えられることを思いつかなかった。女子事務員がお茶をいれてきた。寺本は茶碗を持ち上げてそれを飲みながらも、じっと介宏の左目を睨んでいた。このまま逃げられそうにはなかった。

校長室の壁には介宏が毛筆で大きく書いた『滅私奉公』、『尽忠報国』という標語が貼ってある。寺本はそれを見ておもむろに言った。

「なかなかの達筆ですな。先生の決然とした意思がよくあらわれている」

介宏は額の汗をふいた。苦し紛れにふとそれを言った。それが口をついて出た。

「市長なら力になってくれるかも知れません」

「市長ですか」

寺本はポンと膝をたたいた。「それ、それ、それは素晴らしい」

介宏は深いため息をついた。

寺本はすくっと立ち上がった。

「よし。善は急げです。すぐ行きましょう」

市長は上機嫌だった。

すでに六十歳に近いが、痩せた長身をしゃんとさせ、皺の寄った糸瓜みたいな長い顔に笑みを浮かべ、大げさなほどのしぐさが親近感をあたえる。他者の意表をつくのを楽しんでいるような人物だった。挨拶もそこそこに市長は言った。

「来月には鹿屋航空基地に第五航空艦隊の司令部が移ってきますな。ということは海軍のトップ機能のすべてがこの地に移されるわけですかな」

「そうであります、市長」と寺本は答えた。

「当市が海軍の本拠地になる、しかも時勢の最先端をゆく特攻隊が結集するとあれば、鹿屋市は前途洋々ですな」

「はい、市長、そうであります」

寺本はすかさず説明を始めた。司令部が移って来るまでの一ヵ月間に、電測班の陣地を築造しなければならないのだが、そのための人手が足りないので、学徒動員はできないか、と。

「分かった」

市長はうなずいた。「私が教育庁に中学生の動員を申請しましょう。任せなさい」

寺本の目がぱっと大きくなった。

「それは、市長、すぐにそうしていただけるのでありますか」

「もちろん」

市長はこともなげに答えて、にやにや笑った。

寺本はソファの背もたれに身体をあずけた。

「まあ、ちょっとはゆっくりしなさい」

市長は寺本にお茶を勧めた。「で、君の電測班は他にどんな築造計画があるのだね?」

「はい、市長、私どもとは別に、通信隊が三十メートルほどの電信塔を建てます」

「どこに?」

「苅茅の丘のいただきであります」

「苅茅の丘?」

市長は介宏を振り向いてみた。その話には介宏も驚いた。苅茅の丘のいただきには、苅茅一族とその集落を護る権現神社があるのだ。

「それは勝手にはできまい」

市長は介宏のほうに親指をたてて、「これだ。オヤッサアの同意を得ないといけないな」と言った。確かにそれはそうだ、と介宏も思った。

オヤッサアとは親父様という意味であろう。苅茅一族では本家の長をそう呼ぶ。そして一般でもずっと昔からそう呼ぶ習いがあった。

「中尉。その件は慎重にな。頼むよ」

「了解しました、市長。通信隊長に申し伝えます」

「よし。その件の窓口はここにいる介宏さんだ。鹿屋国民学校の校長だぞ」

「はい、市長」

「ちょっとその堅苦しい受け答えはやめてくれないか」

市長は大声で笑った。それから壁際の棚に並べていた芋焼酎の一升瓶をとって、寺本に渡した。一本ではなかった。三本がひとつに紐でくくられていた。

「市長、ありがとうございます」

「いいからいいから、これで元気をつけることだな。足りなかったらもらいに来てくれ」

「その窓口も私ですよ」

介宏は寺本に言った。市長も寺本も笑った。こんな冗談をぽろっともらすなんて、自分でも意外だった。そして赤面し、てれかくしに笑った。

★

茢茅一族の本家は集落の真ん中の、茢茅の丘に臨する高台にある。

石門をくぐり、長い石段を登って行くと、正面に幼い頃から見慣れた楠の大木がある。樹齢三百年だといわれる。茢茅一族がここに居を構えたときに植えたという伝説の樹だった。その樹を中心に山の全体に照葉樹が繁っている。深い森をなす木々は食事を煮炊きする焚き木となり、冬に暖を取る薪となる。人々の日常の生活に欠かせないのだ。そして家を建て、家畜の小屋をつくり、橋をかける材木となる。あるいは家具や漆器などの素材ともなる。とりわけ楠は香料、防腐剤、防虫剤などの原料となる。大正時代に神戸の会社がこの集落に加工場を造った。茢茅の本家がそこに楠の葉をまとめて納めた。製品は欧米に輸出された。

本家は山に夥しい楠を植えた。楠の葉を確保するため、成木の枝を切る。場合によっては幹ごと切り倒すこともある。だからといって、木は枯れない。切り株から新たな芽をだし、十年、二十年の歳月はかかるが、もとの大木に戻る。介宏は青年時代に山の南斜面の一区画の楠林が、二メートルほどの高さで一様に台伐りされているのをみた。しかし翌年の春には、台になった伐り口から環をなしていくつもの枝が伸び上がってくる。本家には森を管理する専門集団がいて、その長の古老が「これは萌芽更新というのです」と教えてくれた。木は死ぬことで世代交代をするのではなく、永遠に生き続けて世代を引き継ぐというのだった。「あの中央の巨木が山に根を張り巡らし、全体の木々はつながりあい、栄養を分かちあい、知恵を生かしあっておるのです」

それを聞いたとき、あたかも苅茅一族のありさまが話されている気がした。

本家の邸宅は森を借景にした築山の奥にあり、鉄より固いといわれる椎や樫などの大木でがっしりとくみたてられた茅葺きの豪壮な建物だった。どんな台風や地震にもびくともせず、二百年の歳月を押し切って、何度かの補修で再生してきた。

「オヤッサア」と呼ばれる苅茅一族の頭領は、鉄太郎という名が代々引き継がれている。当代のそれはもう百歳にもなろうとしているが、まだ矍鑠としていた。介宏は鉄太郎の孫である。詳しく言えば鉄太郎の次男坊の次男である。そしてその長男坊の孫が介宏の娘を嫁にしている。……こんな血筋でかためた堅い殻のなかにいると、息が詰まった。それが苅茅から外に飛び出した一つの理由だった。もちろん、それを決行するには死に物狂いで周囲の反対を押し切らねばならなかったのだが、三十年ほど過ぎた今、自分の人生を切り開き、校長にまでなった。けれど結局は苅茅から完全に決別はできなかったのだ。先祖代々から引き継いだ畑や山を守っている妻のキサを斜交いに、苅茅とつながり続けている。それを肯定せずには存在できなかった。否定できないことに嫌悪感を抱くとき、いつもふーうとため息をついた。しかし兄の惣一はそれを自慢にしていた。地元の名家なのが何よりも誇りなのだった。介宏は兄と違う自分を感じて育った。

介宏は幼い頃から鉄太郎に見透かされている気がしていた。鉄太郎が介宏を見る目は、惣一たちを見る目と違っていた。介宏をあたかも一族のなかの異物混入という目で見ていた。鉄太郎は何も言わないが、介宏はいつもそう感じ続けて育った。

何故そうなのか、自分では分からなかった。十代の中頃、自分の顔立ちが本家筋とは異なる気がしだした。例えば惣一は顔がまんまるく、頬がぷっとふくれて、眉も目尻も下がっており、鼻はぺっしゃんこである。総じて本家筋の者はそうだった。けれど介宏はほっそりした顔つきで、一本鼻筋がとおり、額が広い。ずんぐりした体型でもない。痩せてすんなりと背が高い。

彼はひそかに疑った。自分が違うのは、母が誰かと浮気したからではないか、と。

介宏の父母はいずれも鉄太郎の子で、イトコどうしである。その固い絆のなかにどんなほころびがあったのか、介宏は知る由もなかった。けれど鉄太郎ははやくからそれを知っていたのに違いない。いや、鉄太郎だけでなく、本家筋の者たちも、一族の者たちも、それを知っており、それを知らない者たちは彼の顔立ちなどを見て、こいつは何者だ、という目で見ているようだった。

誰も何も言わないけれど、介宏はそういう目にさらされている自分を意識して育った。居場所がなく、ひとりぼっちで、途方にくれているような、寂しい心の影のなかで、いつもひっそり生きている自分がいた。

母にそれを確かめることはできなかった。地主のお嬢さまだった母はおしゃれだった。といっても田舎じみたおしゃれに過ぎなかったが、明るくて闊達で、人を疑うことを知らなかった。そして惣一と介宏を生み育てた。晩年の母は十五年ほど未亡人でくらした。夫が落馬して死んだからだ。それから間もなく、母は糖尿病で視力を失った。介宏と惣一の両家の真ん中に建てた別棟の小さな家屋で、母は日々を過ごした。介宏の子供たちはこの頃の彼女を「見えん婆さん」と呼んで、いつも離れ屋に入り浸っていた。

介宏は母の生前にその疑いを突き詰められなかった。母が逝いて長い歳月がたったのに、まだそれを解けないままだった。

鉄太郎は会うのは久しぶりだったが、介宏は幼い頃のままの視線を向けられている気がした。そればかりか、介宏が師範学校に入るとき鉄太郎がどれほど憤ったか、その時の修羅場は今も生々しく疼く傷を残していた。

「何の用で来たんだ?」

鉄太郎は虎と竜を描いた古い屏風の前に座り、介宏を迎えた。「お前が顔を見せるときは、どうせ、ろくなことじゃないと分かっているんじゃが、むべに追い返すこともできんからな」

「まあ、そう言わんでください」

介宏は手土産の菓子を差し出し、両手を畳について頭を下げた。

「お前は何歳になった?」と鉄太郎が尋ねた。

「四十七歳です」

「そうか。わしも四十七歳のときがあった。ほんのこの前のような気がするが、介宏、わしの年を追い越すなよ」

「はあ?」

介宏は笑うべきかそうでないか、一瞬、とまどった。

「で、今日は何の用なんだ?」

「実は……」

介宏は海軍が苅茅の丘のいただきに電信塔を建てる話をした。「市長があそこには苅茅の権現神社があるから、オヤッサアの同意をもらったほうがよいと、そう申されまして」

「市長がどうして?」

「ええ、まあ、いろいろありまして」

「市長がどうしたというのだ。あいつは人間のクズじゃ。許せぬ」

鉄太郎はぶるぶる震えた。拳骨をふりかざし、かすれた声を張り上げた。「あいつは代議士選挙に初めて出馬したとき、俺に金をもらいに来たんだ、男泣きに泣いて土下座したので、俺はドンと札束を投げてやった。当時は樟脳の輸出でしこたま儲かっていたからな。そうしたのは一度や二度ではない……。それなのにあいつは恩を仇で返した。ある日、俺の土地を含む広大な範囲に、たくさんの小さな旗がたっていた。何のためにいつ誰が測量したのか、俺は知らなかった。誰も知らなかったんだ。やがて分かった。あいつが海軍を誘致し、そこに基地を造ることになったのだと……。くそっ、俺の土地はそのために奪われた。すずめの涙ほどの補償金をつかませようとしたが、俺は、土地は渡せぬ、と突っぱねたんだ。すると軍人が俺に『非国民』と言いやがった。俺が国民でなくて、誰が国民なんだ。お前らこそ非国民じゃないか。軍人の分際で……。最後まで俺は同意しなかった。するとどうだ、軍は勝手にどんどん工事を進めやがった。滑走路はできてしまった。あのドでかい基地も……」

介宏は黙って聞いている振りをした。

学校の父兄会でこんなことを聞いた。岡野原の農民たちは海軍に土地をごっそり奪われ、耕作地がなくなった。無償で奪われたわけではないが、それがあまりにも安かったので、代替え地を買うことができず、村落ごと遠い笠之原に移住し、原野を開墾をするはめになったというのだった。

「おい。介宏、聞いておるのか」

鉄太郎は言い続けた。「いいか、よく聞け。おまえに相続させた土地が、あの基地の中にあるんだぞ。それ、お前は知らぬのか。名義書き換えもなされぬままに。基地のド真ん中にあるんだ」

「そんなのがあるんですか?」

「お前は外に出てゆき、調べもせぬから、わしが代書屋に調べさせたんだ」

「それで分かったのですか？」

「ばか、ばか、ばかか、お前は。土地は命より大切だと、わしが口を酸っぱくして教えておるのに、まだ分からぬのか。お前ときたら……。もう駄目だ。この世の末じゃ」

「すぐ、代書屋に会い、そしてことにあたります」

介宏は何度も頭を下げた。

「それればかりじゃないぞ。今度は掩体壕など造るために、わしの土地もだが、お前たちに相続させた土地も、海軍にどんどん奪われておる。それをどうして黙っておるんだ。命がけで守ろうとしないのか、わしには訳が分からぬ」

「今は非常時で、戦争が終われば海軍が補償してくれるそうです」

「嘘つけ。海軍はもはや国民から奪う以外に、存続できなくなっておるんだ」

鉄太郎は涙を流した。「あの市長の奴はよ、わが家に伝わるおびただしい刀剣を、東京で学術的な展示会を開くとか何とか抜かして、立派な借用書と引き換えに、持ち去ったんだ。そしてそれをわしには返さなかった。海軍が接収したというじゃないか。いや、それは市長の奴が海軍にくれたんだ、そうに決まっている。てめえがいい顔をするために」

介宏はもはや鉄太郎をなだめられなかった。用件を再び切り出すのはあきらめた。海軍が電信塔を建てる話で、鉄太郎の同意をもらえないことがはっきり分かった。もともと同意をもらえる自信はなかったのだが、会ってみて、それがまったく可能性がないと実感できた。しかし鉄太郎に反発する気は起きなかった。

戦争にいたぶられて涙をはらはらと流す鉄太郎を見て、三百年もぎっちりと不変不動のものとして成り立ってきた人間関係による苅茅という名の共同体が、いま突如として解体させられていることをしみじみと体感した。情け容赦もない不条理な事態に襲われて、それに対抗できる手段は何もなく、ただ辛さに耐えるしかない。鉄太郎の境遇をそう受け止めたとき、介宏は鉄太郎の思いに吸い込まれていた。自分の孤独がふと癒された気がした。

その場を辞し、自分の影を踏みながら石門に至る長い石段を降りて行くとき、急に別の思いが息を吹き返した。一筋、隙間風が吹き込んだように心が揺れた。校長室に掲げている『滅私奉公』、『尽忠報国』という文字が現れた。鉄太郎に対して自分は加害者の側にいるという気になった。

彼は立ち止まり、長い石段を振り向いた。石段の上の屋敷の背景を照葉樹の森が高々と領していた。東西から二つの風道ができて、せめぎあって森を揺すりたてながら上空にかけあがった。青空は硬く澄み、奥の遠くに白くかすれた昼の月が浮かんでいた。

★

苅茅の丘のいただきに、鉄塔を建てる工事が始まった。介宏の本宅の庭からそれはすぐそこに見えた。海軍は介宏を仲介に鉄太郎の了承を得るという条件だったのに、それをまったく無視して工事を始めたのだ。介宏は鉄太郎のことを思うと、海軍のやり方に腹がたった。けれどこの件をめぐるあれこれに巻き込まれたくなかった。するがままにさせて、知らぬふりをするのが得策だった。

やがてそれが完成した。海軍がその丘を「電探山」と呼ぶので、いつの間にか地元でもそう呼ぶようになった。苅茅の丘と呼ぶものは誰もいなくなった。

正太は介宏が頼んだのではないが、興味がわくとどこそこ出かけたがる性癖があり、その塔が姿を現すともう我慢しなかった。そこに見にゆき、こう報告した。

「権現神社より五十六メートルはなれた場所に鉄塔が立っていました。台地や山並みの遠くに志布志湾も錦江湾も見える、すごく眺めのよい場所で、すぐ裏手の草滑りのできる坂の下から聞きなれぬ音楽が、日本語ではない歌が、にぎやかに流れてきました。なので、そこに、草滑りをして降りると、崖をくりぬいたホラ穴があり、兵士が十人いました。アメリカのラジオを聞いていると言いました」

「隊員と話をしたのだな?」

「向こうから話しかけてきました。『校長先生を知っているか』と聞いて、『一度、挨拶に行かねばならなかったのだが……』と言っていました。それは少尉でした」

「そうか」

「向こうは、校長先生の家のあるところを知っていましたよ」

「じゃ、近いうち来るつもりかな」

介宏はそれは通信班長だろうと考えた。塔を建てる前ではなく、塔を建てた後に、同意を得るつもりなのか、彼は舌打ちした。それも作戦のうちか、と。

次の日曜日、二人の軍人が訪ねてきた。軍服の記章で一人は少尉で、もう一人は兵曹だと分かった。少尉は三十歳前で学徒出陣組らしい。ちょっと前まで大学生だったのだろう。顔つきが知的で、細めた目もとに笑みを浮かべている。身だしなみはしゃきっとしていた。もう一人は四十代で軍隊生活にどっぷり浸かってきたらしく、軍服は着古して色あせていた。帽子も長靴も形が崩れている。顔は陽にやけ、下半分は無精髭におおわれている。二人は対照的に見えるが、二人とも普通の軍人ではなかった。何となく軍隊からはみだして、少々ながらも気楽に、マイペースでやっているタイプに思えた。

少尉は木名方敏也、兵曹は松田一男とそれぞれに名乗った。まるで遊びに来たみたいに気さくだった。鉄塔を建てた話など何もしなかった。介宏もそれに触れなかった。

「いやいや、ここは日当たりがいいですな」

縁側に腰かけ、松田は背伸びをした。「電波見張り所をおいた洞窟ときたひにゃ、ジメジメ湿気がひどくて、もう息がつまりそうで、ほんま、どないもなりまへんわ」

「あれでは通信機器も傷むだろう」と木名方が言った。

「そりゃそうですわ、少尉。あんな湿気じゃ漏電して、危のうおまっせ」

松田は廊下にごろんと仰向けになり、陽光を顔に浴びて何度も深呼吸をした。ボタンのはずれた軍服の胸元に手を突っ込み、ぽりぽりとかいている。蚤や虱がたかって痒いのだろう。介宏は思わずちょっと身をひいた。

「あれは何ですか?」

木名方が介宏に質問した。指をさしている軒下には、竹さおをわたして唐芋《からいも》が吊してある。

「ああして吊しておくと、芋の糖度が増し、とても甘くて美味しくなるのです」

「サツマイモですね?」

「ここでは唐芋と呼ぶんですよ」

「私は越前に住んでいましたが、芋は珍しく、ましてこんな風にすることはなかったです」

ちょうどそこに介宏の妻、キサがお茶をいれてきたので、介宏は焼き芋を出すように命じた。キサが竹の笊に盛って焼き芋を持ってきた。大根の寒漬けも添えてあった。キサには黙りぐせがあった。介宏が芋の説明をした。

「これが吊し芋です」

「本当だ、これはうまい」

木名方は芋を頬張り、歓声をあげた。

「ひゃーっ、大阪のボタモチより甘いわ」

松田は両手に芋を取り、同時に口に押し込んだ。「いや、うれしおますな。校長先生、あなたが神様に思えますわ。実はですね、海軍は大変な食料不足で、飛行機乗りも整備士も、我ら後方部隊はなおのこと、みんながみんな腹をすかしてけっかるんですわ。今朝も本隊に出かけて食ったのは、粥とすまし汁だけでして、自分はもう背中と腹の皮がぺったりひっついて、ペコペコで、そこらの青草を食ったりしていましたんや。……この芋は美味しい。いやいや、ありがたやありがたや」

松田は芋を拝みながらむしゃぶった。まるで芝居がかっている。けれどそれは嘘ではなさそうだった。彼の大阪弁は純然たるものか、介宏には分からなかった。標準語とごちゃまぜで、たまに軍隊用語が入ったり、言葉なんて通じればいいという感じで、まったくの成り行き任せ、口任せだった。

「こちらの芋は赤いのですね」と木名方が訊いた。

「いろいろありますが、赤いのはどうしてか昔からアメリカと呼ばれる品種です」

「アメリカですか」

木名方が聞き返すと、松田が笑いだした。つられて木名方も笑った。どうして笑うのか、介宏には解せなかった。

「いや、これは極秘事項ですが」

松田が介宏に言った。「我らの任務は、あそこの洞窟で、アメリカ軍の無線を傍受することなのですわ。信号をキャッチし、解読し、司令部に伝える。さらに無線だけでなく、あらゆる手段で、アメリカの情報を掌握しておまんのやが。なのに……」

「ここに来てまで、アメリカとは」

木名方も笑い続けた。

何というか、二人はとても能天気だった。おそらく鉄塔が建ったことを鉄太郎は激怒しているだろうが、二人に接していると、何となく鉄太郎を忘れてしまっていた。

★

ゲンゼ松というのは、どういう由来があるのだろうか。古老すらそれを知らない。まして若い人は知る由もない。ただゲンゼ松と呼び、敬っている。

ひょっとしたら「厳然たる松」という意味だったのかも知れない。苅茅の集落の前面、その真ん中に立っていたそれは、樹齢五百年とも、千年とも言われていた。人が五、六人で両手を広げて輪をつくっても、その幹は囲われないほど大きい。根元近くから幹と変わらない太さの枝が伸びており、全体がどっしりとすわっている。

台地のどこからでもゲンゼ松の姿は浮き立って見えた。あそこに苅茅の集落があると、誰もが分かる目印だった。それは集落の守り神とされていたが、拝礼する施設は何もなかった。人々はただ松そのものを拝んでいた。そして初秋の十五夜にはその下に集落の人々が集い、相撲や綱引きを楽しむのだった。

今度の戦争で日本は神の国だと強調されだしたが、神として崇められてきたゲンゼ松はただの木になってしまった。飛行機の燃料が足りないという理由で、それは松ヤニを集める道具になった。幹に鋸で斜めの傷をつけ、一升瓶を何本も吊り下げる。傷口からあふれ落ちる松ヤニが瓶に溜まると、海軍に届けねばならなかった。

その後、ゲンゼ松は切り倒されるはめになった。日本の輸送船はアメリカ軍の攻撃で破壊され続けている。それをカバーするために造船しなければならない。しかしアメリカに経済封鎖されて鉄資源などが確保できないのだ。そこで木材を活かすべく、政府は「軍需造船供木運動」を発動した。ゲンゼ松は切り株だけになった。

ある日、富山の薬売りが訪れた。世間話がとても上手だった。

「私たちは全国を歩き回っていますが、山々の巨木だけでなく、神社仏閣、農村などの巨木という巨木が切られていますね」

富山の薬売りが言った。「噂によると、わずか六ヵ月で全国から百万本以上もの巨木が供出されたそうです」

「百万本も？」

介宏は聞き返し、それをメモした。

「全土の巨木という巨木が切り倒された、これはまあ、風情がないことと申しますか、日本の大切な心のより所を失ったと申しますか……。ゲンゼ松も残したかったですね」

「まったくまったく」

「私はここ苅茅に通ってもう五十年が経過します。親父も、祖父も、その先の先祖もずっと通っていましたから、ゲンゼ松をみんな見ているんですね」

富山の薬売りは「越中どん」と呼ばれている。介宏も幼い頃からそう呼んで、とても親しみを抱いていた。

越中どんは年に一回か二回、大きな風呂敷で包んだ薬を背負い、集落の一軒一軒を歩き回り、やがて介宏の家にも寄る。各家庭にさまざまな薬が入った箱を置いてあり、その家庭の者が使った薬の種類と数を次に訪れたときにチェックし、その分の代金をもらい、そして薬を補充し、また箱を置いて去る。越中どんは訪れる度に、子供たちにはお土産をくれる。風船やカルタや飴玉や珍しい物ばかりだった。介宏はそれをもらうのがうれしかった。そして越中どんが去ると、また訪れるのを胸を膨らませて待っていた。

「私のこの商売、来年は次世代に引き継がねばなりません。薩摩組の若い者を連れてきますので、どうぞよろしくお願いします」

越中どんは頭をさげた。「歳月のたつのは本当にあっという間ですね。世の中はどんどん変わっていきますが……。それにしても、苅茅の台地の変わりようはものすごいですね。あれは掩体壕というのですか、去年来たときもびっくりしましたが、今年来たら、まったく別世界じゃありませんか。畑も何も台無しでしょう、あれでは」

「ええ」

介宏はタバコに火をつけて、思い切り煙を吸い込んだ。ゆっくりとそれを吐き出しながら、ここらで越中どんとの話をやめようと思った。掩体壕などのことで、地主としての不平不満を聞かせたくなかった。かといって、校長として海軍に協力する気構えを披露する気にもならなかった。

「おい、まだか」

奥の部屋に向かって介宏は大声を放った。誰も応えなかったので、立ち上がり、奥の部屋に行った。キサは腰を曲げて棚の下を捜していた。「どこを捜してもない」と言った。キサは越中どんから預かっている薬箱を捜しているのだった。

「あっちの納戸にもありません」

襖を開けてハマが出てきた。

ハマはこの家の「メロ」である。どういう言葉かは分からないが、介宏はそれを「女郎」ではないかと思っていた。三百年も続く茹茅一族のなかで、ずっと前々から家事の手伝いに雇われている女を、メロと呼んできたのである。ハマはもう七十歳に近い。五十数年前にキサの実家にメロとして雇われたという。いや、雇われたというよりどこかからもらわれてきたのかも知れない。あるいは買われてきたのかも知れなかった。ともかくハマはメロになって、家事一切を手伝い、キサが生まれるとその子守を任せられた。そしてキサが成長するのを手助けし、キサが嫁ぐときには、メロとしてついてきたのだ。介宏は新婚当時から今日まで、ハマも一緒に暮らしている。というより、キサはことごとくハマに頼り切っており、介宏もハマにこの家のすべてを委ねている。妻よりハマが何事も知っていた。

「それはどこにあるんだ?」と介宏はハマに尋ねた。

「これだけ捜してないということは、誰かが家の外に持ち出したのでしょう」

「誰かって誰だ?」

三人は顔を見合わせた。この家にいるのは介宏とキサとハマの三人だけで、官舎に住む房乃がたまに帰ってくる。その他には誰も出入りしない。

介宏はいらいらしてもう一度、ハマに言った。

「誰かって誰だ?」

「それが分からないから困っているんです」とハマは肩をすぼめて頭をたれた。

「誰かって、それは房乃か?」

介宏はハマに尋ねた。「お前の言い方だと、房乃しか考えられぬじゃないか」

「そうかも知れません」

ハマはこんな話をした。

先の日曜日に帰って来た房乃が、ヨードチンキと包帯が欲しいというので、ハマが薬箱から出して渡した。けれど、これでは足りないと言うので、薬箱の中のそれをごっそり渡した。すると房乃は一目散に走り去った。ひどく慌てていた、と。

「房乃が怪我していたのではないのだろう?」

「そうじゃありません」

「どうしたんだ、何かあったのか、誰が怪我したんだ」

介宏は声を荒らげた。「お前は房乃に何も聞かなかったのか、ついていかなかったのか」

「申しわけありません」

ハマはにわかに正座し、手をついた。

黙りぐせのあるキサは離れた場所で、壁際の棚を片付けながら、素知らぬ振りをしている。いつものことながら介宏はこれにいらいらするのだった。

「越中どんは、もう二時間も待っているんだぞ。あの箱がなけりゃ薬の精算も補充もできんじゃないか。困っているんだ」

介宏はハマをなじった。

ハマは立ち上がった。

「ちょっと行ってみます」

「どこに?」

「朝鮮人の住んでいる長屋に」

「何だ?」

介宏は自分の耳を疑った。

タッバン山にほど近い台地の端に、竹の柱をたてて草をかぶせた屋根の長屋が、四、五十棟並んでいた。ここが朝鮮人の宿泊場所だった。正太が数えた三千人あまりの全員がここに仕んでいるのではないが、ともかく大変な人数がひしめいて暮らしていた。介宏はハマについてそこに行った。今は昼間なので掩体壕づくりなどの作業に出かけているのだろう。人影はなかった。小屋の中をのぞくと、人が住める状態ではなかった。雨露をしのげるのか、草や笹の屋根や壁を寒風が揺らしていた。床は土のままで、そこに筵が敷いてある。その筵の上で寝起きしているのらしい。家具など何もない、着のみ着のままに暮らしているのか、介宏はむっとくる悪臭に手のひらで鼻を押さえた。

「これは悲惨ですな」

介宏はいっしょに来た越中どんに語りかけた。「とても人間の住むところじゃないですな」

「噂には聞いていましたが、ここまで酷いとは思っていませんでした。これじゃ赤痢とか、病気にやられて、ばたばたゆきますよ。病院に行くどころか、薬さえないのだから……」

越中どんは顔をくしゃくしゃにゆがめていた。涙をこらえるほど同情していた。これほど情が深いとは思っていなかったので、介宏はちょっと驚いてしまった。

二人の先を歩いていたハマが、小屋の角でこちらを振り向いて手招きをした。

「これ、おぼえておられますか」

ハマが介宏に注目させた。小屋の軒下に人の高さほどの甕《かめ》が二つ置いてあった。ずんぐり胴が張り出した形だが、そのうちの一つは胴から上の部分がない。その破損した甕を見て、記憶がよみがえった。

介宏とキサが結婚したとき、その祝いに鉄太郎が贈ってくれたのだった。茒茅の台地には川がない。生活用水を川に頼れない。火山灰が積もってできた台地は、地下水が途方もなく下層にあるので、井戸を掘って水を確保するのは容易でない。通常ではありえないほど井戸を深く掘っても、地下水につき当たらない事例が多い。このため集落の人々は茒茅の丘の奥深くに湧く泉まで、水汲みに行く。泉までの距離は一キロもあり、そこは起伏の激しい山道である。人々が簡単に水を確保する方法は、雨水を蓄えることだ。集落の各家は大きな甕をそなえている。甕に雨水をためて、食事の煮炊きや風呂、洗濯などに利用する。いわば甕こそが生活の命綱だった。介宏が結婚したとき、鉄太郎が甕を贈ったのはそのためであり、それは一族の長老として何百年も前から引き継いでいる伝統であった。新婚家庭の台所の入口に、二つの巨大な甕をすえるのは、夫婦が一対になって生活を築く象徴とされている。ところが介宏はキサを残して師範学校に入学し、卒業後には小学校の教員となり、各地を転々とする生き方を選んだ。キサは介宏と一緒に暮らさずに、広大な畑を守ってきた。そんな時期のことである。例の二つの甕のうち、一つが割れたのだ。夫婦の絆を象徴する甕の一つが割れるとは、縁起でもない。介宏は任地から帰宅し、誰がいつどうして割ったのか、厳しく問いつめた。黙りぐせのあるキサは、ただ押し黙っていた。そこにはもう一人ハマがいた。夫婦がどんなときにも、ハマはこの家にいつづけて、しっかりと留守番をしていた。

「私の責任です」

ハマは泣きながら謝った。「新しい甕を二つ、私の貯金で買いますので、許してください」

本当にハマが割ったのか、介宏には分からなかった。ハマが弁償するといっても、介宏がハマに月々支払っている給料を思うと、その貯金で弁償するのがどれほど厳しいことか分かっている。それでもハマは泣き続けて、それを弁償したのだった。介宏の意識の中をそんな思い出が一瞬のうちによぎった。十数年前のでき事である。

彼はハマに尋ねた。

「この甕が、どうしてここにあるんだ?」

「タッバン山の隅に捨てたんです。もう忘れていましたが」

ハマは言った。「昨年、朝鮮人がこれを見つけ出して、それから元の持ち主を探し回り、そして私のところに来たんです」

「なるほど」

介宏は理解できた。朝鮮人たちは水の確保に困り、雨水を活かすためにこの甕が欲しかったのだな。現に二つの甕には水がたっぷり入っていた。一つは上半分が壊れているのだが、それでも水を蓄えることができた。

「私のところに来たのは、私より年上のよぼよぼの爺さんで、私が、『いいですよ。どうぞ使ってください。使ってもらったほうがうれしいです』と言ったら、その爺さんは手を合わせて、それからお礼に歌をうたったのです」

「歌を?・」

「はい」

ハマはうなずいてうたいだした。アリランアリラン……。このとき、ハマの歌に合わせて、別棟の小屋の裏のほうから、歌が聞こえてきた。アリランアリラン……。ハマは少し耳が遠いので、それをはっきり聞こうと、耳たぶの後ろに手のひらを添えた。

「あれです。あれがその爺さんです」

ハマは歩き出した。介宏は越中どんと並んでハマの後を追った。歌をうたっている爺さんは一人、しゃがんで火を燃やしていた。竹の棒を組んだものに大きな鉄鍋を吊り、何かを煮込んでいた。風に煙が渦巻いている。爺さんはまるでぼろ屑のかたまりのような服で、髪はだんごの固まりで、顔も腕も泥を塗ったように真っ黒で、腐れた糞のように臭かった。それでも歯の抜け落ちた口から、アリランの歌を穏やかに発している。

「こんにちは」とハマが声をかけた。

「さっき歌ったのは、あんただったのか」

「そう。私もおぼえたわ」

「それはよかった」

爺さんは見た印象と違って、ちゃんと話ができた。

「日本語が話せるんだね」

介宏はハマに言った。

「話せるんです」

ハマはそう言って爺さんの前に身をかがめ、介宏を指さした。それから親指をたてて、爺さんに示した。

「これはこれは、申しわけありません。こんなことでして」

爺さんは地面に手をついて、介宏に深々と頭を下げた。

「いやいや。そのまま、そのまま」

介宏は爺さんに語りかけた。「日本語が上手じゃないか」

「私は若い頃、日本に来ましたね。三池炭坑でずっと働いて、日本人も多かったから、友達になって、いつの間にか日本語おぼえましたね。それから独立して屑鉄商なんかやりました。まあ、いろいろやりましたね。朝鮮に帰って商売もしましたね。それは良いこともあれば悪いこともあって、また日本に来て、こんなに年とったら、けっちょく、行くところがなくて、ここに紛れ込んでいるんですね」

「ところで爺さん」

越中どんが語りかけた。「あんたたちはここでこんな悲惨きわまる暮らしをしているが、どうしてなんだ、何が目的で、こんなに大勢、わざわざ朝鮮から来ているんだ?」

「はあ?」

爺さんはまじまじと越中どんを見つめた。大きく何度も息を吸い込み、唇を痙攣させた。

そしてぼそぼそ話した。「わしはずっと昔、自分で勝手気ままに日本に来ましたね。何度も朝鮮との間を行ったり来たりしました。……だが、今、ここにいる若い男たちはそうではありませんね。ラチされて来たのですね」

「ラチ？」と越中どんは聞き返した。

介宏はその言葉を知っていた。拉致という漢字で、無理やりに連れ去るという意味である。しかしここで爺さんが何故、その言葉を使ったのかは分からなかった。

「ある男たちは畑で働いていましたね。そこに日本の軍隊や警官たちがやってきて、機関銃や拳銃を突きつけて、トラックに乗るように追い立てて、そのまま釜山港に運ばれて、そして日本に連れてこられたのですね。残された妻や子は夫や父がどこに連れ去られたのか、今もって知らないし、ここにいる男たちだって、妻子がどうしているのか、知る術もないですね。ここでこうして働かされるだけ、他には何もない毎日ですね」

「それをラチというのか」。越中どんは低くうめいた。

介宏はここを怨念の火薬庫のように感じた。背筋が寒くなり、黙り込んだ。そしてふと気づいた。いつの間にか自分はメモをとりだしていた。

「海軍の偉い人、この前、視察に来て、『もっとラチしてこい』と部下に言っていましたね。まだ働く者が足りないから、と」

爺さんは話せば浮きあがる奥の虫歯を、左手の人差し指で押さえながら、それでも呟き込むように話し続けた。「朝鮮の学校では日本語をおぼえさせますね。それで若い者は日本語が通じますね。それでそのとき、海軍の偉い人の言ったことを聞くと、腹をたてました。『これ以上、やめてほしい』と言いましたね。手に山鍬を持っていましたね。別に襲ったわけではないのに、海軍の偉い人、拳銃ぬいて、ズドーンと……。三人死にましたね。その日は、それとは別に、下痢したり、吐いたり、熱出したりして、二人が死にましたね。それで山のふもとに穴を掘り、五人一緒に埋めましたね。……アイゴーアイゴーと、みんな泣きましたね。アイゴーアイゴー……」

介宏は横を向いて咳をした。メモ帳をポケットにしまった。こんな奴らと関わるべきではないと思った。不条理な話を聞けば聞くほど、その思いは募った。

「爺さん、ね、爺さんてば。そんな話を聞きたくて来たんじゃないから」

ハマは横目でちらちらと介宏を盗み見ながら、爺さんの声に自分の大きな声を覆い被せた。「あのさ、フーちゃんがさ、爺さんのところに薬箱を持って来たのか、それを聞きに来たんだよ」

「薬箱なら、あそこにあるね」

爺さんはこともなげに小屋を指差した。

「どこよ、それ、持ってきて」

ハマは鶏を追うように両手を広げて前後に振り、爺さんを急き立てた。そして爺さんの後をついて行った。介宏もその方に行こうとすると、ハマが薬箱を持って小屋から駆け出してきた。

「ありました、ありました」とハマは大きく何度も首を振った。

「それはよかった」

越中どんが薬箱を受け取った。そして引き出しをあけ、なかを見た。目がむき出しになったように大きくなった。介宏は越中どんの肩越しに薬箱のなかを見た。からっぽだった。薬は何も入っていなかった。ハマもそれを見た。「どうしたの、この中身は」とハマは爺さんを怒鳴った。

「みんながもらったね。みんなが使いました。怪我をしている者も多かったし、下痢したり熱だしたりしているの者も多かったし、みんな助かった助かったと喜びましたね」

「そんな無慈悲な」

ハマはへなへなとしゃがみ込み、両の掌で顔を覆い、小さな泣き声をあげた。それからはっと気づいたように立ち上がり、介宏を見て言った。「旦那さん。許してください。この不始末、私の責任です、私が責任を取ります。薬代は全部、弁償します」

「バカなことを言うな」

介宏は一喝した。感情が高ぶって、それを抑えるのにその場を離れてうろうろした。

「もういいですよ」

越中どんが落ち着いた声で言った。「箱さえあれば、中身のことは、何とか辻褄を合わせますから。心配いりません。弁償なんかしてもらわなくても。過ぎたことは仕方のないことです」

介宏はそれを聞いてほっとしたが、感情は鎮まらなかった。ハマの近くに行き、拳骨を上下に振って言った。

「房乃がどうしたというのだ。あのおっちょこちょいが。まったく。どうして薬箱をここに持って来なければならなかったんだ。ああん?」

「どうしてだったのでしょうね」

ハマはよたよたと走り出して、小屋の中にいる爺さんを連れに行った。そして連れて来ながら爺さんにそのわけを聞いた。爺さんはこう語った。

昨年夏、爺さんが甕をもらいに来たとき、房乃も家にいて、爺さんがお礼にアリランを歌ったので、房乃もそれを聞いた。その後、房乃は縁の欠けた茶碗皿などを届けてくれて、爺さんの歌を聞いて帰るようになったというのだ。

「フーちゃんが薬箱を届けてくれたのは……」と爺さんが経緯を語った。

先ほど五人を埋葬したとき、みんなが仕事に遅れた。海軍の作業監視士官は懲罰として首謀者を殴った。見せしめに激しく殴り、倒れるとバケツで水を浴びせ、さらに殴った。このとき、たまたま房乃は遠くからそれを見ていた。それでヨードチンキと包帯を持ってきてくれた。けれど首謀者とみなされる者は懲罰として三日も食事を与えられず、野良犬や蛇や蛙などを獲って食わねばならなかった。そして一部の者が腹痛で苦しんだり、あるいは衰弱して高熱を出したりした。そこで爺さんが房乃にそういう薬も手に入らないかと相談したのだった。

「何しろ、薬なんて何もありませんのでね」

爺さんがそう言うと、越中どんが目のまわりが赤くなった顔をくしゃくしゃにして、大きな声で言った。

「そんなことだったら、私の売り残しの薬をあげよう。あとで届けるから待っていなさい」

爺さんはそれが耳に入らなかったらしく、越中どんを振り向きもせず、介宏に手を合わせ、アイゴーアイゴーと泣き始めた。

「旦那さん、お願いします。フーちゃんを叱らないでください。お願いです。叱ってはいけません。許してください。フーちゃんを、フーちゃんを」

爺さんは介宏の足もとに膝を折ってぬかづき、介宏が同意するまで前に進ませまいとした。

「そこをどけ」

介宏は爺さんを足蹴にはしなかったが、脇をすり抜けて、大股で遠ざかった。複雑な心境だった。房乃を許すべきかそうでないか、判断がつかなかった。自分の知らないところで、何をしているのか分からない、それが腹立たしかった。朝鮮人と親しくなり、彼らの暮らす長屋の悲惨さに驚かされ、その暮らしぶりに心を痛めたことは、ほめるべきであろうか。かりそめにも房乃は、地元を代表する国民学校の校長の娘なのである。介宏は思うのだ。掩体壕をつくる中学生がいる、飛行機をつくる女学生がいる。それぞれ何千人もいるのだ。俺が校長としてやらねばならないのは、誰が可哀相ということではない。滅私奉公、尽忠報国という精神を教えることだ。房乃がわが娘であろうと、それを教えないわけにいかない。そもそも房乃は校長の娘として、こんなところに近づくべきではないのだ。

★

「鶏を生きたまま五十羽、まとめて提供してください」

市役所の職員が国民学校を訪れて、介宏にそう頼んだ。

「学校に鶏なんかいませんよ」と介宏は答えた。

「いや、苅茅の集落なら楽に集められるじゃないですか。市長がそう言うのです」介宏校長が苅茅で一声かけると、みんながたちまち持ち寄ると……。五十羽なんて軽いと」

「それは無理です。私には」

「市長がそう言うのです」

「市長が、市長がって」

介宏は困惑して薄笑いを浮かべた。「一体、五十羽もどうするのですか」

「五十羽は介宏校長の分で、全体では三百羽、あるいは五百羽を集める予定です」

「そんなに！」と介宏は半ば叫んだ。

「二月十日、鹿屋航空基地に海軍第五航空艦隊が移ってきます。これが特攻隊の大もとで、司令長官、砂垣纏中将が着任されます」

市役所の職員は姿勢を正し、声を改めてそう言った。けれど、その後はやや勢いが衰えて、咳をした。「市長は砂垣中将の着任祝いに、鶏を生きたまま最低でも三百羽を贈ろうと言われるのです」

「何のため？」

「歓迎の宴のとき、地元名物の鶏の刺身を、最も新鮮な状態で楽しんでもらおうと……。それに薩摩汁や唐揚げも」

「なるほど」

市長のやりそうなことだと介宏は思った。とにかく市長は意表を突くのが好きなのだ。それを介宏はよく知っている。

「市長が、介宏校長なら分かってくれるはずだ、と言われました」

こうしたやりとりも介宏はメモしておいた。

明くる日、介宏は学校を休み、苅茅に戻った。自宅では六羽の鶏を放し飼いにしている。ハマを呼んでそれを全部捕らえるように命じた。市長に提供するために、と……。

「雄でも雌でも構わないのですか」とハマが尋ねた。

「とにかく数をそろえるのが優先だ」

黙りぐせのあるキサがしきりに空咳をしていた。胸に一物あるときは、いつもわざとらしい咳をする。介宏は思わずむかっとなって怒鳴った。

「何が言いたいのだ」

キサは横を向いて「玉子をとれなくなる」と言った。介宏は一呼吸おいて、「いいか、お前なんかに分からぬだろうが、俺は市長に対してメンツがあるんだ」と息巻いた。

隣の家も鶏を放し飼いにしている。兄の惣一にこんな件を述べると、例の通り激怒するに違いない。介宏はこの家に用事があるときは、いつも惣一の妻、テルに会う。それは介宏の妻の実姉なのだが、人柄が全然違っていた。大きな真ん丸い顔で、目も眉も鼻も唇もすべてが左右に引っ張ったみたいで、そのまま笑っているように見える。そして気風がいい。一族の女のなかで、生まれついてのリーダーだった。

「おテル姉さん、鶏をくださらんか」

「うんうん。全部というわけにはいかないけど、そうだね、二羽ぐらいなら……。じきによその鶏が紛れ込んできて、数が増えるからね。その時はまたあげよう」

「とりあえず二羽で結構だよ」

介宏は頭の中で、これで八羽だと思った。残りを思うとそうとう頼んで回らねばならないが、まず行きやすいところから行こう。

集落を縦に貫く通りを歩くと、風は冷たいが日ざしは暖かく、からたちの生け垣が続く通りに面して居並ぶ屋敷には梅が咲いているところがあり、白い花が薫り、メジロの群れが小鈴を振るように鳴き交わしていた。その通りが突き当たりになる三差路は、集落の真ん中で、右手の角に介宏の長女、文代の嫁ぎ先がある。いわば集落のいちばん良い場所に、五反歩もある敷地で、介宏兄弟が比べようもないほど豪勢な家屋敷を構えている。

文代の夫は苅茅一族本家の直系で鉄郎という。誰に媚びへつらうこともなく育ち、農業学校を卒業して結婚すると、集落から市街地まで七キロ、自分の畑だけを通って行けるほどの広大な畑を相続し、それを守るのが自分の宿命と思っていた。しかし偉ぶることはなく、小作人たちと一緒になり、自ら畑で働いていた。

文代は十七歳で鉄郎に嫁いだ。それは三年前で、このとき政府はすでに国民精神総動員委員会を発足させて、贅沢は敵という方針をかかげ、「結婚披露宴等の廃止」を定めていた。介宏は校長なのでそんなことをよく知っていた。そして文代と鉄郎の結婚時にそれを守らせたので、あわれなほどさびしいものになった。

介宏が久しぶりに訪れると、文代は生まれたばかりの娘を抱いて、日の当たる縁側にぼんやりすわっていた。痩せてやつれて、泣きはらしたような表情をしていた。夫の鉄郎が出征して文代は二人の子供と暮らしていた。

「どうしたんだ?」と介宏は訊いた。

「赤ん坊がむずかるので困っているの」

「鉄也はどうしている?」

「風邪みたい。鼻水をたらして、熱を出して、寝たまま動かないの」

「それはいけないな」

介宏は縁側に腰かけ、屋敷を眺めた。赤い花が咲いている椿の木の下で、数羽の鶏が砂あびをしていた。

「あの他にいるのか?」と尋ねた。

文代は返事をしなかった。

「鶏だよ」

介宏は文代を振り向いて尋ねた。「お前のところで何羽飼っているのだ?」

文代は黙っていた。介宏の声が耳に入っていないふうだった。気の抜けたようにぼんやりとしている。

介宏はそんな娘を見たくなかった。どうすればいいのか分からなかった。

「私はひとりよ」

文代が言った。介宏に言っているのではない。独り言だった。

「ひとりなものか。現に、ほら、鉄也と和子がいるだろうが」

介宏も会話にならないままに言った。

「私はひとりよ」

文代は水のような涙を流した。

三ヵ月前、夫の鉄郎に赤紙が来た。そのとき、文代は妊娠していた。親族が集まった席で、鉄郎は目を閉じて言った。「文代が二番目を孕んでいる。それだけが心残りだ。生まれる子が男だったら『和平』、女なら『和子』と名づけてほしい」と。

出征する前日、苅茅の丘の権現神社で、鉄郎の武運を祈る壮行会が催された。一族の幹部が集まった。神事の後、介宏が代表で挨拶した。「お国のために立派に戦い、英雄として苅茅に凱旋してほしい」。その際、玉砕して靖国神社に祭られる栄誉については、意図的に言わなかった。生きて帰ってほしかったからだ。

当日は小雨の中、一族のすべての人々が集まり、日の丸の小旗を振り、ラッパや太鼓の調べとともに、「万歳、万歳」と叫んで、鉄郎を先頭に押し立てて行進した。

介宏は学校の仕事の関係で、鉄郎をその場で見送っただけだった。本来なら文代を連れて鹿児島市の四十五連隊までついて行くべきだったのだが、鉄郎が戦地に向かうのはまだ先のことだと思っていた。近いうちに文代と会いに行くつもりだった。すでに鉄郎の父は逝いており、その日は分家の長老三人が連隊までついて行った。そして帰ってくると、「鉄郎はそのまま出陣した」と告げた。どこに向かったか、その説明もなかったというのだ。

「私はどうなるの?」

文代は介宏に尋ねた。

間もなく、文代は女の子を産んだ。夫の希望した通り「和子」と名づけられた。ハマが産婆役をつとめた。ハマは介宏の一男二女をとりあげた経験がある。つまり文代が生まれるときもそうしたのだった。

文代はいま、豪壮な家屋敷で子供二人を育てている。そこには多々子という十四歳のメロがいる。文代が結婚したとき、介宏が雇って送り込んだのだった。

「多々子はどこにいる?」と介宏は尋ねた。文代は答えなかった。

介宏は多々子がいたら鶏を捕まえさせようと思っていた。椿の下で砂を浴びていた鶏たちは、餌をみつけて、しっぽの羽を風に揺らしながら、庭を走り回っている。目で数えると十羽以上はいる。これでもまだ二十羽にならないな、と思った。

多々子が裏木戸をあけて姿を現した。まんまるく太っているが背の低い多々子は、鉢巻きをしめ、長い竹槍を担いでいる。膨らみすぎた頬におしひしがれ、目は糸のように細かった。もう十五歳になったはずだ。介宏を目に留めると、あわてて立ち止まり、行儀よく頭をさげた。

「竹槍の訓練か」と介宏は声をかけた。

「はい、公民館の庭で、毎日あります。集落の奥さんたちが五十人も集まって、エイ、ヤアって、退役軍人の特訓を受けているんです」

「そうか。みんな元気にやっているんだな」

「それがですね、こんなことより畑仕事があるのに、とか何とか、陰ではぶつぶつ言っていますね。私だって、奥さんを一人おいて出かけるの、ちょっと、心配なんですから」

多々子は竹槍を軒下にたてかけて、文代の元に駆け寄り、赤子をあずかった。赤子は泣き出した。多々子は赤子を上手にあやした。文代は背骨を抜かれたように身体をかたむけて、遠い空を見ている。後れ毛が顔にかかり、頬のそげた顔は影におおわれている。介宏は幼い頃の文代を思い出した。顔立ちが整い、利発で、気立てが良かった。学業の成績もそこそこ優れていたのだが、高等女学校に在籍しているとき、長崎の海軍工廠へ動員されそうになった。介宏は文代を退学させ、鉄郎に嫁がせた。

「お父さんの言う通りにするわ。お父さんはいつでも正しいから」と文代は言った。

介宏はこの結婚で娘は幸せになると信じていた。信じて疑わなかった。鉄郎が出征するかも知れないとは、予想しなかったわけではない。しかし出征するのは鉄郎に限ったことではないのだ。出征しても帰ってくる事例は、その頃はまだ珍しくなかった。

多々子が軒下にたてかけた竹槍を見て、介宏はいよいよ時代の状況は厳しくなっていると感じた。日本と同盟を結んでいたドイツやイタリアはすでに敗北しており、日本も海外の各地での戦争に負け続けており、いよいよ敵が日本に上陸してくる危機が迫っているように察せられる。鉄郎はどこの戦場にいるのかは分からないが、生還する可能性はほとんどないように思える今日この頃だ。文代もそれをひしひしと感じているのだろう。

自分はこのわが娘のために、何ができるのだ。そう悩むとき、ただ一つはっきりしていることがある。自分が弱音を吐いたらおしまいだ、と……。わが娘を支え、励まし勇気づけることが、父としての使命だ。

「おい、『家の明かり』の歌を忘れたのか」と介宏は立ち上がって言った。文代は何も答えなかった。「家の明かり」という雑誌に、ある著名な詩人のつくった歌が載っていた。鉄郎が出征した時期のことである。介宏はその歌のページを切り抜いて額に入れ、文代に贈った。そして学校の音楽の教諭を連れてきて、文代にその節を覚えさせた。その時、多々子も一緒に歌の練習をした。とても良い雰囲気だった。介宏はその時のことを思い出し、娘をまた励ましたくなった。

「多々子、お前はあの歌をおぼえているだろう」

介宏はそれを歌うように促した。

多々子は赤子をあやしながら身体を振って歌いだした。もちろん調子っぱずれだった。

「戦いは、よし、引き受けた
銃後をかたく頼むぞ」と
勇みて征きしますらおの
言葉を強く胸に秘め

日本の妻は立ち上がる
「どうぞ、存分、戦って
銃後は安心ください」と
黒髪ながき国桜
勇士の妻の純情に
晴れて東亜の青い空

介宏は多々子が歌っている間、文代を見ていた。ずっと見ていた。文代は何の反応も見せなかった。介宏は絶望的な孤独を感じた。このとき、庭を駆け回っていた鶏の雄が、コケコッコーと鳴いた。介宏はふと、鶏は平和のままだと思った。しかしそのままにしておくことはできない。鶏を捕まえなくてはならないのだ。気持ちを強く持ち直さねばならない。娘にかまっている暇はない、と自分に言い聞かせた。

★

苅茅の丘のいただきに陣地を構えている通信班の二人が、あらかじめ連絡してきていた通り、介宏を訪ねてきた。この前の二人である。

木名方と松田の二人は、タッバン山で陣地を築造している電信隊を指揮する、あの寺本丈次中尉の部下だった。

「中尉が校長先生を案内してくるようにと、私たちに命じたのです」

木名方が言った。「陣地が完成したので、地主の校長に見てもらいたいのでしょう」

あれから一ヵ月はたっていない。

「もうでき上がったのですか」

介宏は感嘆し、そのために中学生たちが酷使されたことを思った。胸が痛かった。

「まあ、まあ、そういう話は後回しにして」

松田は胸元をぽりぽりかき、唇をしきりになめている。「えらい、ええカザがしますな。ほんまにちょびっとでもたんのうしとうなる、このカザは焼き芋ですやろ」

「こらこら」と木名方がたしなめた。

「わては仕事柄、アメリカにぴりぴりしておるんですわ」

そこにハマが焼き芋を笊に盛ってきた。急須と茶碗もお盆にのせてある。そしてお茶をいれた。ハマは笑っていた。

松田は笑われていいぐらいの勢いで、焼き芋を食べはじめた。しばらくはものも言わなかった。「さあ、どうぞ」とハマが木名方に勧めた。木名方は目を細めて敬礼し、焼き芋に手を差し出した。介宏は素知らぬふりをしていたが、木名方の優しさのにじむ表情に、何ともいえぬ好感を抱いた。

「芋というやつは腹が一杯になるばかりか、腹具合もよくなりますわな。わてはもう一ヵ月も便秘して、もうかないまへんというところでしたんやが、これでほんま、だいないわいと、うれしおますな」と松田が言った。

「だからといって、時と場所をわきまえろよ」

「少尉。よう言わんわ。わてかって一応は人間ですさかい、犬みていにそんじょそこらに糞はたれませんがな」

二人が焼き芋を食べている間、介宏は普段着の和服を脱ぎ、カーキ色の軍服のようなスーツに着替えた。校長も今ではそういう服を着なくてはならないのだった。

介宏を案内するために小さなトラックが待っていた。見るからにおんぼろで、運転手もよぼよぼの兵士だった。木名方が助手席のドアをあけて、介宏に乗るようにすすめた。介宏は運転手の横に腰かけた。松田が窓越しに焼き芋を一個、運転手に与えた。運転手はどぎまぎして、それを手にすると、すぐに食べはじめた。「おい、もたもたするな」。松田は荷台に飛び乗った。木名方も荷台に乗った。ゲンゼ松の切り株のそばを通り、朝鮮人の長屋が群がる脇を駆け抜け、次々と掩体壕の連なるなかをがたがた揺れながら走って行くと、き、群がる作業者たちを脇に追いやるために、ぶーぶーと警笛を鳴らし続けた。多くの掩体壕は完成していた。トラックの行く手に兵士たちが立っていた。何か手旗を振っている。一直線の道路のずっと向こうから、プロペラを回して飛行機が近づいて来るのが見えた。それはとても濃いインパクトを与えた。運転席の上の屋根をドンドンと叩く音がした。松田のわめく声が聞こえた。「おい、この道を走るな。別な道に迂回しろ」。運転手は手に唾をかけてハンドルを握り直し、大きく左に切った。トラックはいったんUターンし、それから横道に入った。その道筋に並ぶ掩体壕には飛行機が匿われていた。緑色の機体に赤い丸が大きく描かれている。プロペラが空に向かって光っていた。掩体壕と呼ばれるコの字形の巨大な土手の中に、飛行機はこのように匿うのか、介宏は初めて理解できた。しかし掩体壕には上蓋がないので、上空から飛行機は丸見えに違いなかった。

目の前にタッバン山が迫ってきた。目的地に着いた。ミカン園だった場所に、杉の丸太を組んだ三角屋根の兵舎が並んでいた。その奥の山に大きな横穴が口をあけている。高さ二メートル半、幅三メートルぐらいだろうか、大勢でそこに電信機材を運び込んでいた。兵士もいるし、学徒もいて、朝鮮人もいる。麓の県道まで軍用トラックが機材を積んできており、そこから高台の洞窟まで担ぎあげているのだ。電信隊の士官たちが笛を吹きながら大勢の動きを指揮していた。

広場の真ん中で焚き火が燃えており、煙が強い山風にたなびいている。煙のはざまに人影が見えた。平らかな石の上に立ち、例の寺本中尉が全体を眺めているところだった。軍服軍帽に磨きあげた革の長靴をはき、鞘に入った日本刀を大きく開いた両足の間に立て、両手で柄の頭を押さえている。

「ただ今、校長先生をお連れしました」

木名方が背筋を伸ばして敬礼した。松田もそれに従った。介宏は二人の背後で頭を下げた。

寺本は石の上から降りないで、介宏を上から目線でじろりと見た。

「どうですか。見てください。もとの姿は何もないでしょう。電信基地が完成したのです。

私は、指令長官の砂垣中将が着任されるまでに、見事、間に合わせたわけです」

寺本の言葉づかいは丁寧だった。けれど介宏の仲介で中学生たちを働かせていることには何も触れなかった。介宏も口にしたくはなかったが……。実はタッバン山に動員された中学生たちが気になり、その様子を調べたことがあった。鹿児島市の中学生たちが主で、良家で育った者もいた。宿泊先の農学校体育館で話を聞くと、蚤や虱にとりつかれた身体をかきむしりながら、ぼそぼそと語った。「兵士はむちゃくちゃに荒れていて、誰か一人でも集合時間にちょっと遅れると、連帯責任で、僕ら全員を殴るのです」、「とにかく腹が減っているし、下着も汚れっぱなしなので、おふくろに連絡していろいろ送ってもらいます。なかに食べ物とか入っていると、兵士は難癖をつけて没収するのです」。彼らはそんな話はしたが、作業の目的に疑問を挟まなかった。国家のためと信じてみせた。その点で介宏は救われた気がした。

「何はともあれ、完成したのですね」と介宏は寺本に言った。

「ここは立ち入り禁止地区だから、今しか見せることはできません」

寺本は部下の士官を呼び、介宏を案内させた。けれど洞窟を外から見るだけのことだった。洞窟の中は裸電球が左右二列に奥まで続き、その明かりの中で大勢がうごめき、電信機器を設置している。左右の壁は木製の煉瓦がずらりと並び、それに板材が取りつけられ、棚が並んでいる。奥行二十メートルもあるかも知れない。左右に机が列をなし、ぎっしりと受信機が置かれている。何十人が働くのだろうか。それにしてもこうした施設を何故、洞窟の中に造らねばならないのか。

「航空隊のビルの中に、どうして造らないのですか」と介宏は質問した。

「それは空襲を避けるためです」

若い士官は几帳面に答えた。「空襲に対抗して、我らは戦わねばならないのです。日本に残された最後の手段は、特攻しかありません。鹿屋航空隊を特攻の基地にするため、砂垣中将が指令長官として着任されるのであります。それとともに鹿屋航空隊には、全国から特攻機および特攻隊員が結集します。いまに目の前の掩体壕は飛行機で埋まるのです。いよいよですよ」

介宏は反射的に身震いした。すべてはもうはじまっている、後戻れないのだ、と思った。この間、例の寺本中尉は石の上に立ったまま、木名方と松田を見下ろしていた。

「アメリカの動向はどうだ」

「はい、中尉」

木名方は気をつけをした。けれど腹の具合がよくないのか、腰をゆがめていた。そして手短に答えた。「新兵器を開発した模様であります」

「新兵器だと?」

「はい、中尉。一つはナパームで、もう一つはウランを活かしたやつであります」

「何だ、それは?」

寺本が身を乗り出した途端、木名方の横にいた松田が放屁した。ぴぴーっという奇妙な音の後、ぶー、ぶー、ぶーと三連発の高音が響いた。一瞬、静寂が走った。「う、臭せえ」と松田が言った。

寺本は躍り上がって石の上から飛び降り、無言のまま松田を殴りつけた。松田は横倒しになり、手を差し伸べて、「中尉。暴発、暴発、暴発しました」と叫んだ。

「おい。木名方、こいつはお前の部下だ」

寺本は真っ赤な顔で怒鳴った。「お前が殴れ。殴り殺せ。容赦するな」

木名方は下腹をかばうようにヘッピリ腰で、松田の襟を掴んで引きずりあげた。

「もたもたするな。ぶっ殺せ」と寺本が怒鳴り続けた。

木名方は拳を振り上げ、腰を回転させて松田を殴ろうとした。このとき、ぶりぶりという音がした。

「ひゃーっ。中尉、糞がたれました」

木名方は尻に手を当てた。

寺本は血相を変えて、日本刀の鞘を払った。ぎらっと光る白刃を両手で頭上に振り上げ、二人に突進しようとした。

二人は逃げ出した。藪の中に飛び込み、藪をかき分けて走り、その向こうの麦畑のなかを跳ね上がり跳ね上がりして、苅茅の丘の方に姿をくらました。まるで狐と猪が逃げるところのようだった。

介宏はそれを見ていた。二人がこういうことになったのは、一度に焼き芋をあんなにたくさん食べたからだと思った。吹き出しそうなでき事だが、この先二人はどうなるのか、笑い事ではなかった。

2

三月が来た。けれど苅茅の台地は色あせたままだった。

数年前まではこちらの山すそからはるか彼方の霧島が丘の一帯まで、この台地は見渡す限り菜の花の黄金色に染まった。煽情的なほどに甘やかな薫りが、風に巻き上げられて大気のなかを流れるとき、淡く霞む空のいたるところでヒバリがさえずっていた。

台地をめぐる季節は人々の営みのなかから郷愁をいざなう風景を出現させる。菜の花が菜種になる初夏、種を収穫した後の菜殻は、畑に山のように積まれて焼却される。空高くひらめき上る炎は、夜が来ても燃えつきず、遠目には闇の台地にいくつもの狐火が出現したように見えるのだった。

その後、畑では唐芋の植え付けが始まる。そして秋には収穫される。一年の半分は菜種。残り半分は唐芋。畑はこのように活かされる。農家によっては菜種の代わりに麦を植えたりする。いずれにしてもそれは畑を一年中遊ばせない方法なのである。そうすることで、実は土壌の連作障害を防いでいた。

介宏は自転車で台地を横切るとき、心の遠くで不如帰の谷渡りの山びこが聞こえてくるような寂しさにひたった。百年も二百年も続いてきた、自分たちの生活をささえる農業がつくりだす風景が、いまこの世から喪失されてしまったからだ。

数年前から男たちが戦場に駆り出されだした。とりわけ小作人の男たちがいなくなった。台地の畑は働き手を失い、いたるところ放置された状態になっている。さらに一年前から方々の畑が海軍に奪われ、掩体壕が造られだした。学徒や朝鮮人など信じられぬほどに数多くの作業者がそこで働いている。三月といえば菜の花が台地を黄金色に染めあげていなければならないのに、そこは荒寥として、戦争の気配が入り乱れているばかりだった。

ある朝、介宏は通勤するため、苅茅から自転車で台地を横切った。台地がつきるあたりから民家が現れる。やがて商店や郵便局や銭湯などが混ざって街になると、国道に出る。すると左手に西原国民学校が姿を見せる。古谷真行が校長なのは、この学校なのだ。介宏は苅茅に行き来する途中、用があるなしに関わらず、しばしばここに寄り、古谷に会うのだった。しかし朝の出勤時には余裕がない。国道は道幅も広く、舗装もされているけれど、急勾配の坂で、自転車で走ると前方に突っ込んでいくような気持ちを抱かせる。国道の両側にはさまざまの小さな商店が並んでいる。この時間には航空工廠で働く者たちが坂を上がって来る。ちょっと昔には人影などほとんどなかったのに、今は違う。なにしろ航空工廠では数万人が働いているという。勤務が朝番の者たちが歩いたり自転車を押したりして、坂を上がって来る。まるで蟻の群れのように。坂は長い。介宏の自転車はブレーキをかけっぱなしなので、鋭い音を絶え間なく発する。それは大勢の視線を引き付ける合図のようだ。

「校長先生、おはようございます」

介宏はひっきりなしに声をかけられる。

航空工廠で働く高等女学生や中学生をはじめ市民にも、介宏から国民学校で学んだ者がいるのだ。「あ、おはよう」と挨拶を返す。こうして介宏の気持ちは苅茅の住民から国民学校の校長に切り替わるのだった。

けれど衆目にさらされてかなりあがってしまっている。何か醜態を見せないようにと緊張してハンドルを操作する。超満員のバスが次々と走って来るので少しも油断できない。

国道は国民学校や市役所、そして繁華街のある中心部まで延々と下り坂なのだが、そのちょうど中間あたりを谷川が横切っている。橋がかかったそこを基準に左側の上流が上谷、右側の下流が下谷という地名で、両側とも昔ながらの集落がある。橋のたもとに差しかかったとき、「莿茅先生」と呼ぶ声がした。振り向くと、大勢が移動しているなかに一人の青年が佇んでいた。軍の作業着に脚絆を巻いている。襟の記章は下士官だ。

「待っておりました。莿茅先生」

過度なくらい直立した姿勢をとり、ぎっと唇をむすんで敬礼した。虫にさされて腫れ上がったのか、片方の頬が赤く、そこだけ剃り残した髯が伸びている。まだ二十歳ぐらいに見えた。

介宏は相手が誰か分からなかった。校長先生と呼ばないので、自分が校長になる前に鹿屋国民学校で教えたのかも知れない。

「覚えておられないでしょうが」

彼は言った。「本地幸一です。小学六年のとき、先生の担任なされていた学級の、その隣の学級にいました」

「そうだったのか。本地君というのだね」

「はい、先生。海軍施設隊の本地であります」

「で、何の用事?」

「正太のことで、ちょっと」

介宏はぎくっとなった。

最近、正太が姿を見せない。気になって先日、正太の家に寄ってみたが、両親はほとんど心配していなくて、「家に帰って来ませんが、あいつのことだからどこかでだらけておるのでしょう」と笑っていた。しかし介宏は変に気になった。何かあったのではないかといまも心配していた。

「自分は地元出身で、正太とは家が近くだったので遊び仲間でした。自分は五つ年上で、正太は子分みたいなものだったのですが。幼い頃の正太はあんなじゃなかったのです。学校に行くようになってすっかり性格が変わり、やがて学校に行かなくなりました。そしてお互いに会うこともなくなったのですが、その後もずっと苅茅先生が正太を可愛がっていることはよく知っています」

「正太がどうしたというのだ?」

「軍に捕まって作業させられています」

「軍に捕まった?」

「上谷の先の岡に軍が高射砲をすえているのですが、そこの土台や塹壕を造る作業に中学生が駆り出されており、そのなかに正太もぶち込まれているらしいのです」

本地は眉をひそめた。「今の時勢なので正太がそうであっても文句は言えません。しかし一緒に働く中学生の中の悪ガキどもが、正太をなぶりものにしているというのです。重労働で気持ちが荒んでいるのでしょうが、その腹いせに正太をいじめていると……」

「それはいかんな」

「自分の目で確かめたわけではありません。向こうの施設隊の者からちょっと噂を聞いただけで……。けど、正太がかわいそうじゃないですか。そうは思いませんか」

「そう思うとも」

「だから、茹茅先生に相談する気になったのです。何とかしてほしいと」

「何をすればいいのだろう」

介宏はとっさに方法が思い浮かばなかった。すると本地が答えた。

「早い話、高射砲をすえている中隊に出かけて、正太を引き取ってほしいのです」

「私にそんなことができるかい?」

「大丈夫です。校長先生ですから」

本地はにやりとなった。「軍って、そういうところです」

ここで初めて本地は介宏を校長と呼んだ。介宏はちょっと満足した。

「分かった」

介宏は頷き、腕時計を見た。月曜日の朝礼を行う時間が迫っている。「今すぐというわけにはいかないな」

「もちろんです。ご都合のよい日時を連絡してください。自分が案内します」

本地は連絡先を教えた、下谷で壕を掘っている部隊に所属し、身分は中隊長だという。

「君、いくつだ?」

「二十歳になったばかりです」

「それで中隊長?」

「困ったことです。人材がいないからで」

その日の午後、介宏は本地に電話を入れた。いまなら都合がよいと伝えた。けれど本地は作業に従事しているので、二時間後にしてほしいと頼んだ。介宏は了承した。本地は学校に車で迎えに行くと言った。介宏はことわった。本地の作業現場を見たかったからだ。

介宏は本地に呼び止められた橋のところに自転車で行き、そこから下流に向かって走った。上谷と下谷を貫く川はちょっとした運河みたいな大きさで、両岸には高く切り立ったシラス土壌の崖がそびえ、川と崖の間の狭い地帯に古い集落がはりついている。百メートルほど走ると、葦が茂る川に軍の工作隊が架けたとみられる仮設の橋があり、ちょうど大型の渋い緑色のトラックが行き来していた。橋は見るからに堅固だった。橋のたもとに警備兵が立っていたので、介宏は近づいて「施設部隊の本地中隊長と面会の約束をとりつけている」と告げた。兵士は橋を渡るのを許可した。自転車を押して橋を渡ると、その先に集落はなくて、白いシラスがむきだしになった高い崖が迫っている。崖下に杉の丸太を組んだだけの三角屋根の建物があった。飯場なのだろう。銃を肩に吊った数名の兵士がいた。何も言わず、一人の兵士が手のひらを突き出して、介宏を立ち止まらせた。鉄の鎖が一本横に張られ、立入禁止という文字の標識がさがっている。介宏はそこで本地を待つしかなかった。奥を眺めると、崖の手前に広い天幕が張られている。目隠しの天幕だ。天幕の向こう側で多くの作業員が働いているらしい、そのざわめきが伝わってくる。おそらく崖に横穴を掘っているのだろう。タッバン山の横穴より、はるかに大きな横穴を掘っているように思えた。警備兵たちは介宏の挙動の一部始終を睨んでいた。実に物々しい警戒ぶりだった。ここは普通の作業場ではないことを感じさせた。

約束の時間がきた。本地が現れた。崖下の天幕を潜ってその前に立ち、介宏の姿を確認すると、さっと走り出した。飯場の脇に停めてあったトラックに飛び乗り、それを運転して介宏のところにきた。まだ新しくてずいぶん頑丈で、野戦を思わせる草色のトラックである。本地は運転席から身体を傾け、助手席のドアをあけた。「先生、自転車はそこに置いておいてください」と言った。

介宏はトラックに乗った。

「すみません。お待たせして」

「なあに、たいしたことはないよ」

介宏は他意のない軽い調子で尋ねた。「それにしても物々しい作業現場だね」

本地は返事をしなかった。

「君はあんな作業場の中隊長だって、大したものじゃないか」

本地は黙って介宏を振り向いた。目を合わせて、じっと見つめた。

「どうした?」と介宏は笑った。

「先生。これは極秘ですよ」

唾を飲み込んで、本地は言った。「他言はしませんよね」

「何を?」

「約束してください」

「他言はしないということか?」

「そうです」

「約束するよ」

「あそこは鹿屋航空隊の司令本部の入る壕を掘っているのです」

本地は低い声で言った。「崖に奥行き百メートルの横穴を二本掘り、奥の横筋でつなぐのです。通信室や暗号解読室などもですが、参謀の作戦室、指令長官の執務室もつくります。つまり航空隊の心臓部をそっくりあそこに移すのです」

「でも、砂垣中将はさきほど着任したばかりではないか。もう地下にもぐる算段なのかい」

「先生。そんな能天気なことを言わないでください」

「あれ、そうかな」

介宏はどう話を合わせるべきかちょっと戸惑った。

「自分らには極秘の重要事でも、先生にはたいしたことじゃないわけですか」

本地は笑い出した。

「いや。絶対に誰にも言わないよ」と介宏は言った。

しかしあらためて考えてみると、特攻隊の中枢本部がここに設置されるというのである。偶然とはいえ、こんな場所を直接に見ることができたのは、やはり大変なことに思えた。今後二度と立ち入れない場といえる。

本地は中隊長だけどまだ二十歳だという。母校の教師に自慢したくて、それをうかつに話してしまったのだ。介宏は彼にわが子をいつくしむような感情を抱いた。

すると緊張が解けた感じで、本地は自分のことを気ままに話した。それはこんな話だった。介宏はメモをとった。

本地は鹿屋中学を繰り上げ卒業し、佐世保の海軍施設部に入り、めちゃめちゃ鍛えられて、十九歳で下士官となり、鹿屋航空隊に配属された。ふるさとに帰れると喜んだけれど、着任するとすぐ中隊長に任命された。他に二つの中隊があり、本地の隊の場合は二百人の作業員で編成されている。その大半は朝鮮人で十分に言葉も通じない。二十四時間二交代の突貫工事で、休日はなく、外出も許されない。作業場と宿舎を往復するだけの毎日だ。

「なるほど、滅私奉公、尽忠報国、そのものではないか」と介宏は言った。

「さすが。やっぱ、校長先生だ。自分は極秘のことをつい口をすべらせましたが、いやいや、何も心配いりませんね」

本地は口笛を吹きながらトラックを走らせた。本当にまだ若かった。トラックの助手席から眺めると、風景を見下ろせる角度なので新鮮に目に映る。そして遠くまで見晴らせた。介宏は痛快な気分になった。坂の国道を横切ると、そこからは上谷という地名になり、川の両岸に狭い集落が延びている。トラック一台がようやく通れる昔ながらの集落だ。やがて川を離れて道は曲がりくねった坂になり、集落が途切れると、台地にたどりつく。畑はどこも雑草だらけだ。

「昔はここ一帯で馬の牧場を営む人たちがいたな」

介宏はその風景を思い出した。しかし今はどこにも馬の姿はない。軍が供出させたのだろう。

「そうですか、牧場があったのですか。どうりで、あれを『馬見岡』と呼ぶわけですね」

と本地が言った。その岡が見えた。広い台地の一角に樹木に覆われてひとつ盛り上がっている。「あの岡に高射砲を据えるというのです」

「正太はあそこにいるのだな」

トラックが岡の麓につくと、そこでは中学生と見受けられる数十人が、汗と泥にまみれて土方仕事をしていた。トラックから降りた二人をみんなが注目している。介宏は彼らを眺め、たしかにガラの悪い連中がいると思った。どこの中学なのだ。そのなかに正太の姿はなかった。引率の教員もどこか荒んでいた。目尻がつり上がり、薄い唇の端に唾をためている。介宏は正太の居場所を訊いた。

「知らぬ。あっちで聞け」

教員は岡の上に向かって顎をしゃくった。

本地が先になって岡を登った。椎や樫の常緑樹のなかに、山桜がちらほら咲いていた。中腹あたりで、眺めのよい場所があった。介宏は立ち止まり、風景を眺めた。一千メートルを超える高隈山の前に百メートルほどの山が並んでおり、一番前の西端に苅茅の丘が見える。いただきに海軍の鉄塔が立っているので、最近は電探山と呼ばれるのだ。その麓から台地が広がり、ここまで途切れることなく続いている。苅茅の一帯には掩体壕が群がっているが、こちらにはなくて、畑ばかりだが、やはり菜の花は見られない。

「先生、反対の方向も見えますよ」

本地が呼んでいた。

細い曲がりくねった坂道を登ると、新たな展望がひらけた。ここから二、三キロ先に森が帯状に延びている。森の底に台地を大昔に浸食した川が流れているはずだが、谷が深いのでここからは見えないが、下流の扇状地に彼の勤める国民学校はある。鹿屋市役所を中心とする繁華街もそこにあるのだ。

「あそこを見てください」

本地が指さした。川をひそませた森の向こう側には、茫々と台地が広がっている。こちら側の台地に比べると何百倍あるいは何千倍も広い。大隅半島の東側半分というほどではないにしても、とにかく一望千里の台地である。

向こう側は広大な分、開発はいまなお遅れている。何も人工的な建造物はなく、はるかに霞む志布志湾まで、ただ原野が広がっているばかりであった。

「あの台地の笠之原にはもう滑走路がつくられています」

本地が両手をひろげて説明した。「ずっと向こうの串良村にはさらに大きな滑走路ができ上がりました。つまり向こうの台地に二つの航空基地が造成されたわけです。いずれにも、もちろん、すでに特攻隊が結集しています」

「あそこにも特攻基地が!」

介宏は手のひらで陰をつくり、目を凝らしてその位置を見た。思わずため息交じりにつぶやいた。「特攻ってはかり知れないスケールなんだね」

「こんなものではありません。まだまだ県下各地にできています」

やがて岡のいただきにたどりついた。樹木群の狭間のくぼみで、数十名の中学生が地下に斜めの穴を掘っていた。そこにも正太はいなかった。奥のほうで土木部隊に所属するとみられる兵士たちがコンクリートの台座を造っていた。やや離れた場所にはコンクリートの台座に高射砲が座っている。そこには砲撃部隊なのか、軍服の整った数名が集まり、何か真剣な雰囲気を醸し出していた。

介宏は近づいて行き、一瞬、わが目を疑った。軍人の中に正太がいたからだ。もちろん軍服ではなかったが、顔をしわくちゃにして笑っているではないか。まったく想定外だった。

「正太」と介宏は呼んだ。

バネのある人形のように正太は跳ねあがり、まじまじと介宏を見た。そして駆け寄ってきた。介宏は正太の肩を抱いた。

離れた場所で、本地は成り行きを見ていた。ついてきた犬みたいにそわそわしている。

介宏は微笑んでみせた。

大砲の座った方から士官が近づいてきた。襟の記章で少尉だと分かった。狐のように顔が鼻に向かって尖っており、目が細く、乙に澄まして首から双眼鏡を吊っていた。それがあまりにも立派な品なので、ドイツ製だろうと察しがついた。介宏は自己紹介し、率直に来意を告げた。

「たしかに正太は中学生にいじめられていました。陰でひどいものだったらしいですが、もうそんなことはありません」

少尉は甲高い声で言った。根っからの軍人ではなく、学徒動員された予備士官なのだろう。「正太は天才だと分かったんです。私が部下に高射砲の撃ち方を特訓していたところ、たまたまそこに正太がいて、驚くべきことをやってみせたのです。私たちは砲弾を目標に的中させるために、計算尺を使って、砲の左右の角度、上下の角度、そして飛行距離を計算するのですが、正太は計算尺を使わずに、暗算でやってのけるのです。しかも計算尺よりずっと速い。いや、まったく信じられません」

「だからといって、正太をここに置いておくことはできないのです」と介宏は言った。

「どうしてですか」

「市長が必要としているからです」

介宏は正太を引き取るために出任せの嘘を言った。


翌日、正太が現れた。さっそく介宏は頼み事をした。今は電探山と呼ばれる苅茅の丘のいただきに出かけ、通信班を訪ねてくれと……。

「ぼくはもうそこに行ったことがあるから、簡単だよ」と正太が言った。

「そこに木名方という少尉と松田という兵曹がいるので、様子を見てきてほしいのだよ」

あの事件はその後、どうなったのか。おそらく二人は追手に捕まり、寺本中尉からひどい制裁を受けたに違いない。そう思うと介宏は飯も喉を通らぬほど気になった。しかし校長の仕事にがんじがらめにされ、ちょっとでもそれを調べる余裕がなく、ずっと心配を引きずったままにしていた。電探塔の建つ一帯は民間人は立ち入りを禁じられているのだが、正太はそれが建ったときそこに潜入した実例を持っている。再びうまく潜入するに違いない。もし捕らえられたとしても、何とか救い出す手は打てると、介宏は思っていた。

正太はぬかりなくそうした。帰ってくるとこう報告した。

「松田さんは元気でした。他の兵士たちと一緒に仕事をしていました」

「そうか、それはよかった」

「でも、木名方さんはダメでした」

「ダメ?」

介宏は心臓に稲妻が走った気がした。そして自分が思いの外、木名方に強い親近感を抱いていたのだ、と気づいた。「生きているのか?」

「半分は死んでいました」

「どうしているんだ?」

「別のほら穴に寝かされていました」

「それだけか?」

「詳しいことは聞けませんでした」

正太は唇をわななかせて言った。「でも、松田さんが詳しいことを直接に説明したいから、校長先生の都合のよい日時を聞いてきてくれ、と頼みました」

「そうか。正太、ありがとう」

介宏は正太の背中をたたいた。

「ぼく、すぐにまた電探山に行きます」

「すまんすまん」

自分の都合のよい日取りを三件ほどメモし、介宏はその紙を正太に持たせた。正太が行き来し、松田と会う日が決まった。

三日後の日曜日。

介宏は茹茅の自宅で松田が訪れるのを待った。車の警笛が聞こえたので、介宏は家の門前に出て行った。松田は運転してきたおんぼろの車を石垣にぶっつけた。もともとドアの開閉部が壊れていたのだろう、松田はドアを蹴飛ばし、外に出てきた。挙手の敬礼をしたのち、介宏に案内されて歩き出したが、前屈みに姿勢をぎくしゃくさせて、まるでゴイサギのように背中の首筋を曲げている。

「腰をやられたんですわ」と言った。

介宏は家に導き、座敷に上がるように勧めたが、松田は服が汚れているからという理由で、縁側にかけた。

ハマが茹でた殻つきの落花生とお茶を持ってきた。

「今日はピーナツでおますか」

松田は大笑いした。「何でや言うたら、芋でまたまたやらかしてしもうたら、ほんに、あほさらすちゅうことや」

介宏も笑って「落花生を殻つきで茹でて食うのは、この地の名物でして、『茹でダッキショ』というのです」と説明した。

「ダッキショというんですかいな」

「松田さん。食べたことがありますか」

「あるものですか。いや、ありがたやありがたや」

松田は殻を歯で割って食べだした。日ざしは暖かく、庭の築山の真ん中で枝ぶりのよい桃の老木が、目に染みるほど深紅の色の花を咲かせている。花は薫り、風が肌にやさしく触れる。

「平和どすな」

松田は胸元をぽりぽりかきながら目を閉じて深呼吸をした。「わては岸和田なんですわ。あのダンジリの町や、親父はブリキ屋でしたんやが、南洋で戦死し、おふくろは放り出されて、わての弟や妹の五人、それにくたばりかけた親父の親父、みんなにメシ食わすのに、難儀しておりますんや。……わてが帰ってやらないと、どうにもならんのですわ」

そんなことをとりとめもなく話した後、やがて松田はあの日のでき事を話しだした。けれどなんでもないことのように、大声で、勢いよくまくしたてた。

あの日、二人は追っ手に捕まり、寺本中尉の元に引き立てられていった。日本刀で斬られはしなかったが、「海軍精神注入棒」で殴りに殴られた。中尉も殴ったが、中尉に命じられた何人もの兵士も殴った。気絶するとバケツの水を浴びせられた。その棒は鉄よりも固い樫の木でできており、殴るほうは力任せに殴られるほうの尻をめがけて振り下ろす。まるで殺人未遂さながらの蛮行だった。

「なあに、こんなのは初めてやおまへん」

松田は鼻毛をぬきながら語った。ここはどうしてか、大阪弁ではなかった。「入隊直後の数ヵ月、新兵教育の期間には、毎日夕食後、それをやられましたな。初めて海軍精神注入棒をくらったときは、脳の芯に灼熱が走り、二発目で息がとまり、三発目で意識不明で倒れましたな。こんな様子をおふくろが見たら、半狂乱になるだろうと思い、心の中でおっかあと叫びました。それが毎晩で……。叩かれたあとは『ありがとうございました』と最敬礼しなければならない。自分は一時期、巡洋戦艦に見習いで乗っていたことがありましたが、そのときは係留用ロープを塩につけて硬くしたやつで、ひっぱたかれましたな。これは精神注入棒と比べものにならぬほど痛かったもんですな。いや、こういう風に暴行されますと、自分なんかどうなってもいい、いつでも死んでもかまへん、という精神になるんですわ。つまり、それが軍隊精神というものなんでしょうがね」

「木名方さんはどうなんですか」と介宏は尋ねた。

「あの人は大学生のとき、いきなり海軍に入隊を命じられ、娑婆っ気が抜けていないまま、軍隊でさんざんやられたはずですな。お互いにそんな話はしませんがね」

松田は木名方の話になると、声をつまらせた。「この前、中尉の注入棒をくらったとき、あたりどころが悪くて、あの人は、腰の骨が砕けたようなのですな。罰則として軍医に見てもらうこともできず、死んだように転がっているばかりですがな」

介宏は何と言い様もなかった。自分はどうすればいいのか、何ひとつ思い浮かばなかった。松田が去ってから介宏はメモをとるのを忘れていたのに気づいた。松田の話を聞いていると、声が大きく、口調に勢いがあり、さらに大阪弁やら標準語やら軍隊語やらをごちゃまぜにして、聞き手を引き込もうとたくらんでいるので、メモをとるどころではないのだった。

★

市長から電話がきた。朝一番、秘書を介さずに自ら電話してきたのだった。

「この前はおおきに。介宏校長、あんたがトップだったぞ」

それは鶏のことである。「全体では三百羽にいかず残念だった。けれど、司令長官の砂垣中将は鶏を生きたままドバッと贈られたので、度肝を抜かれたそうだ。はっはは」

「それはそうでしょう」と介宏も笑った。

「ところで、介宏校長よ、また折り入って頼みたいことがあるのだがね」

市長は楽しげに言った。「あんたのところの苅茅は、昔から蕎麦の美味しいところだろうがよ。で、ひとつ、名人の蕎麦打ちを連れて来てくれんかね」

「名人ですか?」

介宏はすぐに兄嫁のテルを思い出した。

「実はな、この度、鹿屋航空隊にわが国初の桜花特攻部隊が来たんだ。それを率いる飛行隊長の野中五郎という少佐は日本一の飛行機乗りと言われておるらしい。何せ南太平洋のギルバート海戦で、自分で編み出した独特の飛行戦法でよ、さんざん敵艦隊を痛めつけたというんだ。ところが普段にあっては、海軍の枠組みをはみだして、べらんめぇ口調の親分肌でな、異彩を放っているとか。それでも部下の特攻隊員をよく訓練し、また慕われてもいる、海軍にとどろく名物男なんだと……。それもだぞ、それも、あんたは、二・二六事件で決起した青年将校のリーダー格だった野中四郎大尉なら、知っておるだろうが」

「たしか、反乱が失敗したとき、陸軍大臣官邸で拳銃で自決したのでしたね」

介宏はそのときの新聞やラジオのニュースを思い出した。

「表沙汰にはされていないが、特攻隊の野中五郎飛行隊長は、その野中四郎大尉の実弟だというんだ」

「ほんとうですか」

「それにもう一つ、その親父は日露戦争で名をあげた陸軍小将だったというじゃないか」

「すごいですね。まさに純粋培養された軍人ですね」と介宏は声をはりあげた。

「それみろ。介宏校長、あんたも興味がわいただろうがよ。わしもだな、野中隊長の顔を見てやろうという気になって、わが家に招待することにした。その際、蕎麦の一つでも振る舞おうというわけなんだ」

「どうして蕎麦を?」

「わたしゃあんたのソバがいい、というじゃないか」と市長は自分で大笑いした。

介宏は電話口でもずっとメモをとっていた。市長の駄洒落も書き留めておいた。

翌日、介宏は苅茅に帰り、女房やハマに「苅茅に蕎麦打ち名人がいるか」と尋ねた。

二人ともすかさず「おテル姉さん」と答えた。

「やはりそうだよな」

介宏は隣家に行き、兄の女房のテルに会った。

「市長がそんなことを言うのは、昔から選挙の度に演説をしに来ると、婦人会がいつも蕎麦を打ってふるまってきたからね」

テルは大きなまん丸い顔に笑みを浮かべて言った。「それにこのご時勢、米や麦などは国家に供出しなければならず、市長がその料理を振る舞うのははばかられるのかもね。蕎麦なら供出は義務づけられていないから、特攻隊員に腹一杯食べさせられるというわけさ」

「なるほど、そこまでは気づかなかったな」

介宏はちょこっとメモしておいた。

「あたしでよければあたしが行くさ。ただし、市長の家ではガチガチになるだろうから、あんたがずっとそばにいておくれよ。それが条件だね」

「うん。もちろん、初めからそのつもりだよ」

介宏は野中五郎という特攻隊の隊長を一目でも見たいと思っていた。

当日は市役所の車が迎えにきた。テルの手伝いにハマも付き従った。テルは蕎麦を打つための長い棒を携えていた。介宏もその車に乗って市長宅に向かった。

市街地を横切った先の農村に市長の生まれ育った旧宅があり、門構えのある豪壮な屋敷のなかには、洋風の堂々とした二階建てが新築されていた。洋館は客を迎えて歓談する場で、古民家の方は日常的にくつろいで過ごす場だった。テルは古民家の昔ながらの広い土間の台所で、蕎麦打ちの準備にとりかかった。市長の家の女たちが大きな鉄鍋のかかったかまどで、火を焚いていた。その女たちがテルを遠巻きにしてささやきあっていた。

「苅茅の姉さんが手伝いに来てくれた」

テルは出るところに出ると一種の威厳があった。やがて蕎麦打ちを始めた。土間の真ん中に置かれた広い木の机で、テルは蕎麦生地のかたまりを長い棒で転がして伸ばし、幾重にもたたんだ。それをハマが大きな包丁でトントンと小気味よい音をたてて切りそろえていく。実に手際がよくて、まるで踊っているようだった。実は苅茅には「蕎麦うち踊り」という伝承芸能があるのだった。介宏は土間の上がり口に腰かけてお茶をもらって飲み、それを眺めていた。

特攻隊員を迎える準備は他にも進められていた。台所に一メートルもある鯉が持ち込まれ、それがまだぴちぴち尾ひれを動かしており、そして水泉閣という老舗の板場たちがそれを料理していた。その奥のほうでも多くの人影が動いている。

「客人がおつきだ」という声が聞こえた。

介宏は台所を急いで出て、庭園を横切り、門前に行った。すでに軍のトラックがついていた。市長が出迎えている。そこには特攻隊員たちを一目見たいと集落の者たちが集まっていた。紋付袴の古老もいた。介宏は市長の背後に佇んだ。

トラックはおんぼろだった。この前、本地が乗っていた司令部のトラックとは雲泥の差である。トラックから降りて勢揃いしたのは、七人で、全員が特攻隊員なのだろう。誰もが若かった。緑色の作業服を着ており、見るからにたくましく、きびきびして、戦場の匂いがした。見物者のなかから拍手が起きた。

介宏が一番初めに特攻隊員を見たのは、まさにこの時だった。

隊員の中心にいる人物は、一番小柄で、痩せており、そしてやや猫背ぎみで、体格は貧弱だった。その人物が市長に挙手の敬礼をした。これが野中飛行隊長だろうか。話に聞いていたのとイメージが違いすぎる。介宏はまじまじと彼を見つめた。

よれよれの飛行帽を少し斜めに傾け、その下から鼻筋が一本通っており、目もとの彫りが深く、何か思慮深そうに見える。彼だけが年上で、三十歳過ぎだろうか。「野中でござんす」と市長に敬礼した。市長は礼を返し、野中たちを導いて母屋に向かった。このとき、野中が先頭になった。ちょっと見ただけの印象が覆された。野中は肩をつりあげて前後に振り、膝を曲げずに踵で地面を踏み砕くように歩いた。後ろ姿は野中の意気が自然のままにふるい起こす光源体に見えた。介宏は一瞬、野中に畏怖の念を抱いた。

市長は玄関に導き、野中たちはそこで座敷に上がり、表の間に腰をおろした。あらかじめその隅に介宏の座る場も市長が準備してくれていた。野中は帽子を脱いだ。頭は剃ったように髪を短く刈り込み、顔は帽子のつばの陰になる上半分と、そうでない下半分は日焼けの状態が極端に異なり、その境目の当たりの目が薄く笑っていた。そして畳に両腕の拳をつき、顔を上げて、磊落に言った。「本日のお招き、有り難うござんす。てめぇ海軍無双の弓取り、少佐の野中五郎というケチな野郎で。ま、お見しりおきくだされ」

「ゆくさおじゃしたもした。ほんのこて、あいがとしゃげもし。おいどんま国会議員と市長を兼務しちょいもす永野田良助という、てんがらもんござんさ。よろしゅたのんもんで」

市長は鹿児島弁で挨拶した。鹿児島弁の中でも格式の高い言い回しと、くだけた言葉が入り混じっていた。介宏は笑ってしまった。

「こんな品、お口に合わぬかも知れませぬが、ほんの気持ちでござんす。どうぞおさめてくだいまし」と野中は風呂敷をほどいて、木箱を差し出した。

「ほお、虎屋の羊羹ござすか。これはまためずらしいものを」

市長は驚いてそれを見つめ、木箱を両手で頭上にあげて、頭をさげた。「ということは、茶をたてておられるのかな」

「はあ、兵舎の一室でちょっとした真似ごとを、こいつらと楽しんでおります」

野中は目を細め、周りの隊員を見た。

市長が介宏を野中に紹介してくれた。

「鹿屋国民学校の校長なのですが、今日は隊長のために蕎麦打ち名人を連れてきたのです」

「それはそれは」

野中は微笑し、介宏の顔を見た。介宏はそのまなざしを受け止め、自分はこの一瞬のまなざしを死ぬまで忘れないだろうと思った。

「あのう、すみません」

介宏は野中に頭を下げた。『私はメモ魔と言われていまして、隊長の話を聞くとき、メモをとりますが……」

「メモですか。金をとろうとなされても文無しですが、メモならいくらでもとってくだされ」

野中が笑ったので、介宏も笑った。

「この校長はとにかくメモをとるんです。わしがあれこれ指示をするとき、メモをとる奴はやはり信頼できますな」と市長が言った。介宏は子供のようにはにかんだ。

「てめぇの言うことなら大いにメモしてくだされ」

野中は介宏に言った。「そして天下に広く、てめぇの言うことを広めてくだされ」

「そうそう。今日は隊長、思う存分に話してほしいですな。それを楽しみにしておったのです」と市長が言った。

このとき、蕎麦の丼が配膳された。丼から湯気がたっている。介宏にもそれが配られた。けれど箸をつけるのを忘れ、野中がそれを食べるのを眺めていた。丼にもられた蕎麦の上に、夏蜜柑の皮が細かく刻んで振りかけてあった。野中はそれをちょっと口に入れて、傍らの隊員に何かささやき、唇の端を吊り上げて笑った。それから箸で麵をつかんだとき、麵がぽろぽろと折れ、小さく切れて丼に落ちた。これがこの地の蕎麦の特徴だった。野中は隊員たちを見回して何度もうなずいて、一気に食べて、丼を両の手のひらで包み、顔をあげて残り汁を飲み干した。それは薩摩鶏を煮込んだ汁だった。

「もう一杯どま、いけんぐわしか」と市長が勧めた。

「これは美味うござんす。ぜひ所望いたしたいですな」

野中が言うと、隊員たちも丼を差し出した。五杯も食べた隊員がいた。それと同時にザル蕎麦も出た。

「ちょっと後先になって申しわけなかったが、地場の唐芋焼酎も楽しんでくだされ」

市長が急にあらたまって焼酎をふるまった。それは薩摩焼きの黒ぢょかを火鉢の炭火にかけ、人肌程度に温めた焼酎だった。

「いや、焼酎はこうして飲むものでござんすか」

野中は底の尖ったちょこで焼酎を受けた。底が尖っている理由は、飲み干さないままにちょこを膳に置けないようにしてあるのだ。焼酎が入るとにわかに賑やかになり、グイグイ飲んだ隊員の一人は、上着を脱いで立ち上がり、腕まくりし、「生まれ在所の歌を懐かしんでうたいます」とドラ声で言った。いっきに盛り上がった。歌いながら舟の櫓を漕ぐ真似をすると、周りの隊員が手拍子をとり、エンヤートット、エンヤートットとかけ声をかけた。野中も立ち上がり、歌う隊員と肩を組み、身体を大きく傾けあって声も限りに歌った。

「いやーあ、こうくるとは思わなかった」

市長も手拍子をとった。「こういうことならわが村の棒踊りを手配しておけばよかったな」

台所にいた女たちがわずかに広げた襖の間から、顔をのぞかせていた。つられて手拍子をとる者もいて、笑い声がもれた。「おい、こら。肴を出せ。早ようせんか」と市長が大声で言った。すぐさま、新しい料理が出された。水泉閣の板場たちがそれを運んできた。介宏はそれに圧倒された。川で捕らえたばかりの一メートルもある鯉の姿のままに切りそろえた刺身、やや小さな鯉を油で揚げた上に唐芋の粉で炊きあげたタレをかけてあるパリパリ、手作りの田舎味噌の鯉こく。……それから漆塗りに螺鈿をほどこした小型の重箱に鰻の分厚い蒲焼と、食膳は郷土色で賑わった。

焼酎の振る舞いはここで庶民的になり、一升瓶とお湯の入ったヤカンがもちこまれた。ガラスコップに焼酎とお湯を注いで濃度を割り、それぞれが回し飲みした。介宏も断り切れずに飲まされた。話がはずんだ。介宏はそれを聞いていた。

「これは秘密事項でしょうがの」

市長が焼酎をやりとりしながら野中に話しかけた。「お国のために命をすてる、人を越えた神々しい特攻隊の精神は、一体、どうしてはぐくまれるのか。それをあなた方に聞いてみたいと思っておったんです」

「そんなもの、糞みたいなものでござんす」

野中がこともなげに言った。市長は一瞬、息をとめ、まじまじと野中の顔を見つめた。介宏は自分が聞き違えたと思った。メモをとろうとしていた手が止まった。

「いま、何と申された?」と市長が問い直した。

「特攻隊なんか、糞だと申したのです」

「ちょっと、あんた、酔っぱらったのか」

「いいや。酔っぱらっていようが、そうでなかろうが、これは本心でござんす」

「あんたね……」

市長はちょこを引っ込め、歯を食いしばっているような顔で野中をにらんだ。「かりそめにも特攻隊の飛行隊長、いわば特攻隊を最先端で率いておる立場じゃないのか」

「それだから、こう言うのでござんす」

野中は少しも気張らず、普通の通りにさらりと言い続けた。周りにいる特攻隊員たちも平然としていた。こういう野中に驚いている風ではなく、お互いに笑いさんざめいて焼酎を酌み交わしている。市長は言葉を失って野中をにらみ続けていた。介宏はうろたえた。野中が急にどうしてこういう風に出たのか、まったく訳が分からなかった。この場がどうおさまるのか、予想もつかなかった。

野中は市長と張り合うのは避けて、やや姿勢をあらため、顎を引き、視線は斜めから宙に向けて、自然な口調で話しだした。それはこんな話だった。介宏は目立たないように気をつけながらメモをとった。


我々は軍人なので、戦うことを本命としており、死ぬのを恐れはしない。むしろ戦わずして死ぬのを恥としている。戦う以上は勝たねばならない。そうであればこそ、言わねばならない。特攻作戦は愚の骨頂だ、と……。爆弾を抱え込んで敵に体当たりするなんて、うまくゆこうがゆくまいが、一回限りで必ず死ぬのだ。そもそも日本はアメリカに比べて圧倒的に飛行機の数が少ない、パイロットの数もまたしかり。いまあわてて飛行機を増産し、パイロットの卵をかき集めているが、その間に特攻なんかしていたら、元も子もない。特攻をやるということは、飛行機を一回限りで捨てて、パイロットを一回限りで死なすことになる。いよいよ日本の飛行機不足、パイロット不足は深刻になり、そしてにっちもさっちもいかない最悪の状態になる。

我々が望むのは、敵と戦って生還し、また敵と戦って生還する。何度でも敵と力の限り戦い、そして敵を撃ち落とす。そうするためにこそ我々は訓練を積んできた。

「さらにもう一つ、糞みたいなことがござんす」

野中は甲高い声ではなく、低い声だが、呼吸が深いので声に力があった。話をしながら人差し指を一本立てて、上下に小さく振って弾みをつけた。「巷の噂になるにはまだ早ようござんすが、さきほど海軍は『桜花』という名の新兵器をつくりだしたのでござんす。まあ、これは兵器と言うべきかも分からぬ代物でして、いわば、爆弾そのものに人間が乗って操縦するのです。考えてみてくだされ、飛んでいる飛行機から動いている戦艦に爆弾を落とすと、なかなか命中しないわけですな。で、爆弾をバラバラ落とすのではなく、爆弾に人が乗って操縦すれば命中率が上がることになります。ごく単純な発想ではござんせんか。軍の上層部ではこいつをフィリピン戦線で使うことにしやした。そこで大量に製造し、船艦で運ぶことにしたけれど、途中、アメリカの潜水艦に襲撃されて沈没しやした。二度におよんで、おびただしい数の桜花が海の藻屑となったのでござんす。おまけにフィリピン戦線そのものが惨めな敗北となりましたからね。それから桜花をどこで使うか。……つまり、早い話、鹿屋航空隊に決まったわけで、そこで我々はその桜花を使うための特攻隊『神雷部隊』として、鹿屋に送り込まれてきたのでござんす」

桜花とは何か。野中はさらに詳しく説明した。分かりやすくするために、話の速度を落とし、ときおり人差し指で宙に絵を描いた。介宏はしきりにメモをとった。専門的な用語も多く、いろんな仕組みも分からないので、メモは半分もできなかった。それにもう一つ、野中は立て板に水というような口調で話した。がまの油売りやバナナの叩き売りみたいな大道芸人の口上のように俗っぽくはないけれど、人を引き付ける独特のリズムを打っていた。介宏はそれをそのままメモしたかったが、文字で書き表すのは不可能だった。まずその速度についてゆけなかった。介宏のメモは単なる文章になった。

桜花は一・五トンの爆弾に、木製の翼と、一人が乗れる操縦席をセットしただけの構造で、自ら飛ぶことはできない。離陸も着陸もできず、隊員は閉じ込められたままで脱出はできない。それだから桜花は通常の飛行機に吊り下げられて移動する。そして敵の艦船の上空まできたところで、飛行機から切り落とされる。落下する数分の間に、後尾の火薬ロケットを噴射させて勢いをつけ、敵の艦船をめがけて体当たりする。もちろん桜花に乗っていた隊員は死ぬのだ。

野中の率いる神雷部隊は、一式陸攻と呼ばれる飛行機で、桜花を吊り下げて運ぶのを目的に新しく編成された。一式陸攻は七人乗りで全長二十メートル。桜花に乗り込む隊員も、神雷部隊の所属である。一式陸攻は海軍の戦闘機の主力をなしており、対空戦闘力の優秀さが評価されている。しかし被弾したときすぐ発火する弱点があるため、アメリカ軍は「ワンショット・ライター」とあざ笑っている。そんな戦闘機に桜花を吊り下げて出撃するのである。

その一方で、アメリカ軍は戦闘機の機能開発を進め、一式陸攻のスピードをはるかにしのぐ新鋭機を投入している。つまり一式陸攻はのろまと言われる事態に陥っている。そこにもってきて、一・五トンの桜花を吊り下げるのだから、一式陸攻はますますのろまになる。身動きがとれないところに、敵が攻撃すると、ワンショット・ライターにすぐさま火がつく。

あまつさえアメリカ艦隊の防御、および攻撃の態勢は強化の一途をたどっており、空母、戦艦、巡洋船、駆逐艦などが各数隻で未曾有の大規模な編隊を組むそこに、一式陸攻は桜花を吊り下げて突っ込まねばならない。半径百キロの中に入ると、何千機という戦闘機が襲いかかり、凄まじい艦砲射撃が開始される。そして広域にレーダー網を張り巡らし、特攻機が基地を飛び立つとき、すでにそれをキャッチしているのだ。

「桜花がそんなものとはよく分かった」

市長は野中を見つめて言った。「しかしあんたの見解はよく分からぬ。あんたの父上や兄君はあんたに対してどう言われると思う?」

「そりゃ、こう言うでしょう。『べらぼうめ、そんなうすみっともねぇことをぬかしてどうするんだ』ってね」

野中は声を出して笑った。市長は眉をひそめた。「特攻なんて糞だって、てめぇが言いますのは、所詮それは憶病者だからでござんす。死ぬのはおそろしくて、ただ逃げたいと思っておりやんす。しかし司令部から『特攻隊を率いるのはお前をおいて他にはいねぇ。余人をもって代え難し』なんて言われて、ついその気になっちまったのだが……。そうなりゃそれで覚悟したわけでござんす。飛行機乗りにあこがれて軍人になった以上、いざというとき、卑怯未練なふるまいは断じてすまい、と」

「それは自分も一緒です」と特攻隊員の一人が言った。野中は部下たちを振り返って見た。もう一人の隊員が「自分も一緒です」と言った。みんなが笑った。野中も笑った。そしてみんなと盃をあげて乾杯した。ぐっと焼酎を飲んだ隊員が「隊長、上着を脱いでいいですか」と大声で尋ねた。「いいとも。てめぇも脱ぐことにするか」。野中は上着を脱いだ。ほかの隊員たちも脱いだ。野中は市長を見て「失礼します。焼酎がうますぎて、汗かさやした」と言って、掌で額の汗をふいた。

この間に市長は野中を見つめていた。何も言わず、野中だけをじっと見つめていた。野中はそれに気づいた。そして向き直り、背筋を真っ直ぐにして市長に語りかけた。

「市長さん、考えてみてくだされ。こいつらの乗る一式陸攻機は桜花を吊り下げた重みで、よたよたと飛んでいくのですよ。それって、敵機にとっちゃ、鴨がネギを背負ってきたどころではない。思うままに、あしざまに、撃ち落とせる好餌食ではござんせんか。あっという間に我らは全滅。……全滅でござんす。たとえ敵機の群れをかいくぐっても、次には空一面に火を噴く艦砲射撃を浴びる。それでもなお何とか飛行をつづけられたにしても、一式陸攻機は桜花を切り落とさねばならない。今まで寝食をともにして、喜びも悲しみも分かち合ってきた仲間が、ただ一人で死ぬために桜花に乗っている。それを切り落とさねばならぬなんて、こんな情けない、なぶり殺しのようなことをしていいはずがあろうか。敵と戦うにはまだ他の戦法があるじゃないか、それを言いたいのでござんす」

市長は言葉を発せず、頭を前に傾けていた。目をとじている。膝に置いた手が震えていた。野中はにわかに自分をからかうような口調になった。

「口幅ったいことを言いますけれど、かくいうてめぇは、大小合戦あわせて二百五十余り、敵に後ろを見せたことはなく、果敢に戦って生き延びてきた、言うなれば日本一の空の勇者でござんす。その男が、はっきりと言うのです。たとえ国賊とののしられ、はては極刑をくらおうとも、言わずにおれない。特攻はやめろ、桜花作戦なんて直ちに放棄せよ、と……」

介宏はメモをとれなくなってしまった。

市長はずっと黙っていた。

「市長さん。こんな話をする気はなかったのですが、あなたの気風のよい人柄に接し、思わず自制がきかなくなっちまいました」

野中は頭を振った。少年のような笑顔を浮かべた。「ぐちゃぐちゃ女々しいことを言うて、憂さを晴らそうというのではござんせん。ただ、聞いてほしかったのです。戦局の真実を良識のある方に……。きわめて近日中に、鹿屋航空基地からわが国初の桜花特攻隊が出撃するでしょう。もちろんてめぇがそれを率い、若いこいつらとともに征くわけですが、その先のことははっきりしています。全滅すると……。日本一の空の精鋭隊がまともに戦うこともできずに全滅するのでござんす。てめぇはこんな結果が分かっていても拒否はしません。軍人として雄々しく出撃しますが、そのことを無意味に終わらせたくはない。あの精鋭隊がむなしく全滅したではないか、だから桜花特攻は無理なんだ、止めなくてはならないのだ、そういう生きた教訓として死にたいのでござんす」

これが特攻隊だ。……介宏は書き散らしたメモ帳に、最後の一行、そう記入した。

介宏の長女、文代はやっかいな状況に陥っていた。夫の鉄郎が出征したので、その後の生活が警察の訪問調査の対象となった。

調べてみると、内務省警保局は出征兵士の留守家族宅に警官が訪問して調査を行い、それで得られた情報を一定の書類に記載し、完全管理するように、各警察署に指示していた。これを受けて鹿屋警察署もそのために動いており、文代の場合は苅茅地区の交番の警官が担当となった。それは初老の小柄な一徹者であった。文代の都合は関係なく、毎日毎日訪ねてくる。男の出入りはなかったか、しつこくこまごまと聞いて、書類にそれを書き込む。そして座敷に上がり込んで、お茶を飲んだりしながら、文代の暮らしぶりを監察する。

「出征兵士の妻の姦通は、いまや国家的な大問題になっている」

警官は威張りくさって言う。「これを防止する対策として、疑いのある男を現行犯として押さえねばならない。署上層部より、そのための尾行や張り込みもせよ、という命令が降りてきている」

介宏は文代に泣きつかれ、文代の家に行き、警官に会った。そんなことはやめてくれ、

★

と抗議した。警官はにべもなかった。

「あんたは校長先生だから、世の中を教育的に見ておるから、世間にうとい。姦通なんて、ざらにある。とりしまらねば蔓延するばかりじゃ」

「私の娘はそんな心配はいらない」

「そりゃそうだろうけど」

警官は咳払いをした。「本官はだな、あんたの娘さんのところに、盛りがついた狐がうろつかぬよう監視してやっておるんだ。娘さんを守っておるのじゃから、感謝されて当たり前じゃぞ。……どうじゃ?」

介宏は何も言えなくなった。

そっと、自分の身の上のことが思い浮かんだ。物心ついた頃から、何となく自分を周りと違う人間に感じた。そして成長する過程で、自分のことを、母が父ではない誰かと交わって生まれたのではないかと疑いだした。姦通なんていう言葉は使いたくないが、自分は姦通によって生まれたという疑いを、今日まで晴らせずにいる。それは誰にも言えないし、誰も言いもしない、彼だけに巣くっている深い陰のような思いだった。

介宏は限りなく孤独になった。

警官は薄い唇をなめながらちらちらと介宏を見た。

「あんたがいくら校長先生であろうと、どっちみち生身の人間じゃや。人に知られたくないみだらなことがよ、昨日今日のうちにも、一つや二つはあるじゃろうに」

「何を言うか」

介宏は怒鳴った。自分の声がすっとんきょうに裏返ってかすれてしまった。それをとりつくろおうと、何度も咳をした。顔を隠すようにして眼鏡を押さえた。眼鏡が気になった。警官は介宏を言い負かし、今後も文代の家に通い続けると告げた。そして靴音を響かせて立ち去った。

文代はぐずつく赤ん坊をあやしていた。そして目をしばたいて言った。

「こんなこと、夫の実家には相談できないわ。お父さんが何とかしてくれると思っていたのに……。お父さんはいつもこうなのね。私のために本気になってくれたこと、一度もないわ」

「仕方がないだろうが、今は非常時なのだから」

介宏は逃げるように文代の家を出た。

牛小屋の匂いがする集落の道を歩きながら、タバコをくわえ、マッチをすったが、しけっていて火がつかなかった。タバコを唇からはずし、唾を吐いた。唇が濡れているのでタバコをくわえなくてよかった、唇にタバコをはり付かせたまま、眼鏡の真ん中を左の人差し指で押さえた。買い替えたばかりの眼鏡は、ちょっとしたことでずり落ちる。文代はその眼鏡に気づかなかったのか、何も言わなかった。介宏は後ろめたかった。

三日前、写真屋を経営する菊子を発作的に抱きしめたとき、菊子が激しく身を振りほどいたので、介宏の眼鏡は吹き飛び、足もとに落ちてレンズが割れた。そして急きょ新しい眼鏡を買ったのだった。

★

菊子の夫は山本保之助という。二年前の夏、兵役に服して中国の戦場に送り込まれたまま、音信不通だった。十歳あまり年下の後妻である菊子はいま、独力で二人の息子を育てていた。菊子は夫の写真屋の経営を引き継ぎ、夫のやっていたとおりのことをしゃにむに追いかけている。

保之助は出征する前、国民学校に入り浸っていた。記念行事などの撮影を学校が依頼することも多かったが、何の依頼もしていないときでも、学校に通っていた。学級ごとの小さな行事であろうと、そのなかの生徒をこまめに撮影する。そして生徒の家を訪ね回り写真を売りさばいていた。ここの校区は鹿屋市で一番の繁華街であり、裕福な商店の経営者や医師、会計士、郵便局長などが層をなしている。子供や孫の写真を彼らは喜んで買ってくれるので、保之助の写真屋はそれで十分になりたっていた。

介宏は保之助と親しくつき合っていた。お中元やお歳暮を保之助からもらうのを当たり前だと思っていたし、ちょっと高級な飯屋などで接待を受けるのも苦にはならない、そんな仲だった。保之助が出征した後、菊子も同じ目的で学校に通っており、介宏に盆暮れの付け届けも欠かさずに続けている。街で接待する代わりに、菊子は自宅で手作りの料理を振る舞う。介宏は菊子の子供たちもよく知っていた。

ところが最近、街の様子が急変した。特攻隊員がにわかに増え、街にあふれているのだ。特攻隊員ばかりでなく、偵察隊パイロット、整備兵、通信兵などの他、航空工廠で飛行機をつくる労働者にしても一万人に及ぶ。それは新たな購買層になり、商店街は活気に満ちている。とりわけ夜の飲屋街は足の踏み場もないぐらいに賑わい、鹿屋川添いの青木町はそれぞれの売春宿がにわかに規模を拡大し、娼婦の数も急増している。料亭やレストランを経営する老舗の「網屋」も来客が倍増、倍増の状態で、おまけに海軍の食料納品業者に指定され、笑いが止まらぬ勢いだった。こんな背景により菊子の営む写真屋もいっきに経営が好転した。新しい上得意様は特攻隊員だった。出撃する前に個人、あるいは同僚たちと記念写真を撮りに来るのだ。菊子は来店する特攻隊員たちを福の神として、お茶や菓子を振る舞って歓待した。

この街にとって特攻隊は繁栄をもたらすまさしく神様だった。彼らは街のどこに行っても特別扱いにされた。流行という言葉は妥当ではないかも知れないが、いまや特攻隊員をもてなすのが街中で流行していた。家に招いてお茶を出し、あるいは食料が手に入らない状況なのにどこかで調達して「ちらし寿司」とか「混ぜご飯」とかを用意して、焼酎でもてなした。街の篤志家は特攻隊員が休日に寝泊まりできるように自宅の部屋を提供した。それは「下宿」と呼ばれた。やがて一般の家庭もこぞって下宿を始めだした。菊子の家に下宿したのは特攻隊員そのものではなく、海軍の広報に関わるカメラマンであった。彼らは初めネガを現像する暗室を借用するようになった。そのなかに横須賀洋一というカメラマンがいた。あきれるほどに背が高く、西洋人みたいな目鼻立ちで、ただ黙り込み、何かをたえずじっと考えている二十代なかばの少尉だった。(戦争が終わった後、彼はアメリカに渡り、商業ベースの写真業界で修業した。そして帰国すると、日本の化粧品会社のコマーシャル写真を手がけ、たちまちマスコミを賑わす新時代の寵児となるのだが……)。そのときはまだ先の見えない戦時下で、彼は唇を噛み締めて自分の才能を芽生えさせようと苦悩していた。

横須賀は菊子の家におびただしい撮影機材を持ち込み、下宿するようになった。ある夜、介宏が菊子の手作り料理を食する相伴にあずかると、横須賀に向き合って話をしなければならなかった。焼酎が入ると彼は重い口を開いた。彼は自分のことしか話さなかった。自分のことをまるで最短距離の言い方で話しつづけた。

「ぼくは『写真週報』の専属です。大日本帝国の政府広報誌ですよ、それは。……ですから、はっきり言えば政府のプロパガンダのために撮らねばならぬのです。それが使命というより、ぼく的に申すなら、それに徹することで世に認められ、一流にのし上がれるわけです」

二人の会話は介宏が彼に質問するだけで成り立っていた。介宏はメモをする気にならなかった。

「鹿屋航空隊に選抜されてきたのですか?」

「自分の意志もありまして」

「やはり特攻隊を撮るために?」

「もちろんです」

横須賀は胸を突き出した。「あまつさえ、鹿屋は日本の歴史上初の桜花突撃隊が出陣する基地です。ということは、つまり、ぼくはそこに立ち会える、千載一遇、絶好のチャンスをつかんでいるわけです。ここで、ぼくは、ぐっといきますよ。歴史に残る写真を撮りますよ」

横須賀は拳を振った。

介宏はふと、飛行隊長の野中五郎を思い出した。彼の率いる初の桜花特攻隊は全滅するという、その話を思い出した。それなのに横須賀は絶好のチャンスと息巻いているのだ。介宏の気持ちは冷めていた。

「他に撮りたいものはないのですか?」と介宏はなげやりに質問した。

「実はそれがあるんですよ」

「何です?」

「ここ鹿屋の町のことです。つまり、鹿屋は日本で初めての特攻隊のある町になったわけですが、思いもしない状況が起きているではないですか。具体的に言えば、その一つが特攻隊員の下宿です。鹿屋市民がこれほど熱心に、本心から、特攻隊員を歓迎し、もてなし、励ましてくれる。こんなところは日本広しといえども、他では起こりえないでしょう。ここはまさしく特攻隊の聖地です」

「ぜひそれを撮ってください」

菊子が頬を赤くして横須賀に言った。「あなたがそれを撮ってくださるなら、校長先生も力を貸してくださいますよ。お国のために、心底から尽くしておられる方ですから、校長先生は」

「そうしてくださいますか？」と横須賀が尋ねた。

「そうしましょう。菊さんがそういうのだから」

介宏は菊子を見て言った。

翌日、横須賀が大きな軍用オートバイにまたがって鹿屋国民学校に現れた。生徒たちが大騒ぎした。オートバイが珍しかったこともだが、彼があまりにも背が高く、信じられぬほど大きいカメラを肩に吊っていたからであった。介宏は校長室で彼を迎えた。

「モデルに生徒を貸してください」

横須賀は来意を語った。

近々、桜花特攻隊が初出陣する。そこでその特攻隊員のために、小学生たちが御守りの人形をつくり、手紙を書いて、それから鹿屋航空隊にでかけ、それを特攻隊員たちに届ける、そんな写真を撮りたいと言うのだ。

「さて、どうしたものか、そんな生徒はいませんけどね」と介宏は答えた。

「いなくてもいいのです」

横須賀は掌を左右に振った。「政府のプロパガンダの写真ですから、政府の方向に合致する物語を創作し、それを撮ればいいのです。カメラマンなんて、そういう物語を作れるか作れないか、そこで能力をためされる。ぼくは気鋭の新人ですからね」

介宏は黙っていた。心が別のほうに動いていた。特攻隊への思いは野中によって心に刷り込まれていた。

横須賀はふいに立ち上がり、小さな手持ちのカメラで校長室の壁に貼られた墨字の標語を撮った。「滅私奉公」、「尽忠報国」と書いたそれを……。

「あなたは素晴らしい。校長の立場をわきまえておられる」と彼が言った。

介宏はハッとなった。そうだった、俺は校長なんだ。そう気づいた。政府のプロパガンダの写真はとても重要なのだ。

横須賀は介宏にこう頼んだ。

写真のモデルとして七人の生徒をそろえてほしいと。……そのうちの二人は菊子の子供を起用することにしているので、残り五人が必要だと……。介宏はメモした。

「ぼくのイメージしている五人は、女ばかりで、ふっくらと幸せそうな顔立ちをしており、いまにも笑みがこぼれ落ちそうな、やや小柄であどけなさの残る、かわいい生徒です。要するに良家の育ちというわけです」

介宏は職員会でそれを伝え、候補者を募った。そして十数人の候補者が選ばれ、横須賀が直接面接し、試しに写真に撮ったりして最終的に決定した。

その後、介宏は決定した生徒の父母を呼び集めた。校長として素晴らしい役割を果たしている気がした。それが誇らしかった。

「政府が全国に配布する広報誌に載るのだから、名誉この上もない。手元にずっと残るので、家宝にも匹敵する本になる」と説明した。父母たちは撮影のときどんな服装をさせればいいのか、いろいろと質問した。横須賀がそれに答えた。結局、服をそれぞれ新調することになった。その父母たちのなかで菊子は特別扱いだった。息子が二人とも起用されるとあって、いつになく得意満面にしゃべりまくった。介宏はそれが不愉快だった。

写真を撮るために準備しておかねばならぬこともあった。一つは生徒が特攻隊員に贈る御守りの人形をつくるシーン。その人形作りはあらかじめ家庭科の女子教員が指導することになった。もう一つは、生徒が特攻隊員に届ける手紙を書くシーン。それも手紙の内容を写真説明として掲載するというのだ。生徒が気ままに書くのではプロパガンダの要件を満たさない。というわけで介宏は生徒たちに手紙を書く指導役を引き受けるはめになった。

これはちょっと難しかった。少女たちが見も知らぬ特攻隊員にどんな手紙を書くものだろうか。それもそれぞれ違うことを書かねばならないのである。介宏は戸惑った。そこで手紙文の手引きを探しに本屋に行った。びっくりするほどの広いスペースに、その手の本がぎっしり並んでいた。もちろん少女が特攻隊員に出す手紙文の見本はなかったが……。たとえば出征兵士に送る手紙文例であれば、女性の場合、母として、姉や妹として、妻として、娘として、いいなずけとして、叔母や姪として、恋人として、さまざまな立場の手紙文の例が載っており、それを見習って書けばよいのであった。

ふと、文代を思い出した。文代が戦場の夫に手紙を出すとしたら、どう書くべきか、参考までに拾い読みをしてみた。「あなた様のことをひたすらお慕いして、心の支えとして、毎日を明るく元気に過ごしております。子供たちも健やかにすくすくと育っていますのでご安心ください。あなた様が戦地でご活躍なされていることを何よりもの誇りとして、私は家を守り、銃後の使命をつらぬく覚悟で、これからも精一杯、頑張ります」

読んでいるうちに、介宏はむなしくなった。文代の夫は赤紙が届くとすぐに出征し、そしてどこに送り込まれたのか、軍の機密で何も分からない。手紙を出そうにも、出す先がないのだ。文代だけでなく、菊子も同じであった。

しかし本屋にはそんな本が氾濫している。お国のためという時勢を逆手に取り、東京の出版社はこぞってこんな本を出し、抜け目なく儲かっているのだ。介宏は自分の探している手紙の文例を探し出せず、本屋を出た。

三日後、菊子から電話連絡があった。

横須賀が特攻隊員に手紙を書く子供たちの写真を撮影するという。場所は菊子の営む写真屋のスタジオなので、「校長先生もぜひ立ち会ってください」というのだった。

介宏はそこに出かけた。

すでにモデルになる女の子供たちが精一杯におめかしをして集まっていた。それに付添いの母親なども一様に飾り立てて参加している。菊子が叫んでいた。「ちょっと、静かに。撮影時に気が散りますから。はい、そこは写りますよ。後ろに下がってください」

スタジオの真ん中に大きな円卓がおかれ、その周りに子供たちが行儀よく腰かけている。そこを見下ろす位置から撮影するためか、高い脚立が据えられている。横須賀は脚立を登ったり降りたりしていたが、やがて脚立の前に佇み、両手を高くあげた。そしてみんなが注目すると、流暢な東京言葉で歌うように説明しはじめた。

介宏はメモをとった。

「みなさん、『写真週報』を見たことがありますね。そうです、政府の内閣情報局が刊行している国策の重要な週刊報道誌です。発行部数は三十万部ですが、学校、役場、職場、町内会などあらゆるところで回し読みされていますから、全国五百万人が見ているといわれるのです。つまり、本日ここで撮影する写真は、全国津々浦々の五百万人が見るのです。それほどの報道誌だから誰でもこれに載れるのではないのです。これに載れるチャンスは普通の人なら一生に一度もないのです。いいですか、あなたたちの子供さんは、国家のために選ばれた光輝なる存在なのです。そのことをしっかり分かってください」

母親たちは横須賀を凝視し、頬を染め、熱い息を吐き、拍手する者もいた。子供のもとに駆け寄り、何かを耳打ちし、身だしなみを整え直させる者もいた。

「では、これより撮影をはじめます。ここで撮ったのは一枚しか載せませんが、その一枚のために百回以上いろいろと工夫して撮ります。それから日をあらためて、子供たちが特攻隊員に贈る人形を作るところも撮らねばなりません」

横須賀が話し終わり、軽く一礼すると、今度は母親たちの全員が拍手した。子供たちも母親を振り返ったりしてさかんに手をたたいた。横須賀のもとには五人のアシスタントがいた。みんな若くきびきびとして、ストロボの傘やライトのポールをセットしたり、大きなカメラと円卓の間を巻尺で測ったり、横須賀がカメラをのぞくとピントを合わせたり、無言のままに動き回った。

横須賀は写真の絵を決めるのに、子供たちを眺めながらしきりに声をかけた。

「はい、そちらの子、お名前、何だったっけ。あ、柏原芳絵ちゃんか、そっちは……、うん、河合那保子ちゃんね。よし、二人、入れ替わってみて。そうそう芳絵ちゃんが手前、那保子ちゃんが奥ね。それで、と……。じゃあ、芳絵ちゃんが手紙を書いていて、那保子ちゃんがその手紙をのぞき込んでいる。ほかの子はとりあえずそれぞれに手紙を書いていることにしようか」

そこで何枚かシャッターを切り、脚立に登ってシャッターを立て続けに切った。そして脚立の上から手をさしのばして言った。「あのね、にこにこしてごらん。全国の人が見てくれる写真だからさ。本当に特攻隊員に手紙を書いているんだ、心をこめて書いているんだ、それが伝わらなきゃいけないのだよ。全国の人がすごく感心な子供たちがいると感動してくれるように……。こんな機会は一度しかないのだからね。それにまたこの写真はね、あなたたちが大人になった後、すごい宝物になるんだよ。うれしそうに、幸せそうに、うーんといい顔をしなくちゃ」

横須賀は脚立を降りたり登ったり、そして部屋中を移動して、シャッターを切り続けた。アシスタントたちは忙しく動き回った。ときおり横須賀はアシスタントを鋭く叱責した。けれどモデルの子供たちにはこの上もなく優しかった。その態度を崩さなかった。

「じゃあ、ここでちょっと入れ替わってもらおうかな。そう、そっちの子は左に寄り、そっちの子は右に寄り、それから奥にいる子、そうそうあなたはね、立ち上がってくんない。そしてちょっと横を向く、そして特攻隊の人に手紙を渡すところを空想して、うれしそうに笑う。いや、歯を見せちゃだめ。そんな風に笑うのではなくて、ほほえむのよ。ちょっと難しいかもしれないけど、あんたならできる。だいじょうぶ。何度かやってみて。そうそう、頰をふくらます。それだ。上手、いいね。片頰に笑みを浮かべて、ちょっと横の上を向く、何となく恥じらいがあって、ばっちりだよ」

まるで催眠をかけているようだった。

その様子を介宏はずっとメモしていた。横須賀はいつもの横須賀ではなかった。まるで別人だった。恥も外聞もなく変われるのがプロフェッショナルなのだ。介宏はまざまざと知った。そうか、政府の求めるプロパガンダの写真はこんな風にして撮られるのか。おそらく彼はこんな風にして特攻隊員たちも撮るのだろう。すると限りなく幸せそうな特攻隊員たちの写真ができるのに違いない。介宏は急に咳き込んでしまった。また野中を思い出した。

このとき、スタジオの脇の扉の陰から、菊子が手招きしているのが見えた。介宏は周りの者に気づかれないように、それとなく移動して、菊子のもとに行った。廊下に出ると菊子は扉を閉めて、おろおろと取り乱して言った。

「息子たちが帰ってこないのです」

「どうした?」

「写真のモデルにしてもらうつもりだったのに、二人とも帰ってこないのです」

言われてみると、モデルになっているのは女の子ばかりだった。介宏は菊子の息子がいないのに気づかなかった。

「どこに行ったんだ?」

「町内会の行事で、退役軍人の板山さんに率いられて田崎神社にお参りに出かけました。早く帰してくださいと、しつこいほどに頼んだのですが」

「それは無理だ、あの退役軍人なら」

介宏はため息をついた。「自分のほうが後生大事で、意地でも帰すまい」

おそらく今頃、田崎神社で板山は号令をかけて、子供たちに歌わせているに違いない。神社に手を合わせて、板山自身が作った歌を、子供たちは声も限りに……。


神様、日本の国を御守りください。

兵隊さん、敵をさんざんにやっつけてください。

ぼくらも力をあわせて突撃します。


その歌が聞こえてくる気がした。

「どうしましょう?」と菊子が訊いた。

「どうしましょうって。要するにキクちゃんの息子たちをあいつに撮ってもらいたいということだろう?」

「こんな機会はありませんでしょう」

「しょうがない。今日は駄目だったけど、他の日に他の手を考えるしかないだろう」

「他の手って、何がありますか?」

「そう、急がすな」

こうしている間に、撮影は終わった。

介宏は菊子を喜ばす手段を一晩考えた。そして明くる日の夜、菊子の家に行き、横須賀に頼んだ。

「今度の企画で、こういう写真を撮ったらどうですか」

介宏は言った。「この写真屋の保之助どんは中国に出征しているのですが、銃後をまもるべく、菊さんは女だてらに写真屋を守っておるんです。まだ幼い息子たちも菊さんを懸命に手伝っています。そんな家庭の息子たちが特攻隊の人たちに、頑張ってください、ぼくたちも立派にお国の役に立つように頑張ります、という手紙を書くという筋書きでは」

「それはいい」と横須賀は即座に答えた。

実は横須賀にしてもついうっかり、菊子の息子二人を入れて撮らなかったことを、後で反省し、菊子に平謝りに謝っているところなのだった。

この企画は一枚の写真だけでなく、まず子供たちが手紙を書く写真、次に特攻隊に届けに行く写真を組むことにしていたが、「そこにそれも加えましょう」と横須賀は意気込んだ。そしてその写真は菊子が写真屋として撮影しているシーンで、息子たちがそのアシスタントをしているところにすればよい、というアイデアをだした。

思いの外、すんなりと話が決まったので、介宏はほっとした。実はくだらない思い付きなので、横須賀から一笑されると思っていたのだ。しかしそう決まれば決まったで何となくいまいましかった。菊子を持ち上げるために横須賀が写真を撮る。そんな現場には立ち会いたくなかった。他の用事があるという口実で逃げた。

二日後、菊子から電話の連絡が入った。

その撮影は昨日終わり、これから現像するので、見に来ないかという誘いの電話だった。昼間なら横須賀がいないので、介宏は自転車に乗り、菊子の写真屋に出かけた。五分もかからぬ場所にそれはあるのだ。

そこには菊子しかいなかった。スタジオの脇に暗室がある。菊子はそこで例の写真のフィルムを現像するという。

「この前撮ったのも、全部ここで現像したんですよ」と菊子が言った。

「あんたも手伝うのか」

「それはそうですよ」

介宏は何でもない振りをした。けれど胸糞が悪かった。

「写真、見てみます?」

「まあ、そのために呼ばれたんだからな」

菊子のあとから介宏は暗室に入った。

真っ暗い小さな部屋に、小さな赤い電球がほのかに灯り、酸っぱいような薬品の匂いがしていた。何となく紅灯の小部屋を連想させた。菊子は現像を終えて、それを写真にして見せようとした。定着液の中から柄の長いピンセットで写真を取り出しながら、いつになく茶目っ気を見せて、小さな鼻唄を歌っている。それは軍歌ではなく、「山の寂しいみずうみに……」という歌詞だった。

介宏は孤独を募らせている自分に気づいた。この孤独は何なのか、よく分からなかった。

菊子がすぐそばにいる。横顔を赤いランプがほのかに照らしていた。介宏は「なあ」と声をかけた。判断の基準となる自分がスーッと消失した。

次の瞬間、介宏の眼鏡が落ちて、レンズが割れたのだった。眼鏡屋に行くと、どうしてレンズが割れたのか、気さくに話しかけられた。うん、ちょっとしたことで……と口を濁した。翌朝は新しい眼鏡をかけて教職員会を開き、こう言いつくろった。自転車で通勤する際、直前を猫が横切ったので、あわてて急ブレーキをかけ、その拍子に眼鏡が吹き飛んでレンズが割れた、と。

翌々日、介宏は苅茅に戻り、長女の文代の家に行った。

★

介宏は警官と対峙し、言い負かされて事態をおさめることができなかった。その前後に、文代は眼鏡のことは何も聞かなかった。これ幸いと、介宏は何も取り繕わなくてよかった。

しかし警官は眼鏡のことではないが、あたかも菊子との経緯を知っているかのようなことを言った。介宏の心中に猟犬を放ってつつかせるような言い草だった。介宏はうろたえてしまった。警官が去った後、その思いは濃霧のように彼の心を陰らせた。

その日はそれで終わらなかった。文代のことをめぐり、唐突に、別の動きがあった。文代の家を出て集落の道を歩いていると、ふいに警笛が聞こえた。介宏は道路脇に飛び退き、振り返ってみた。草色のおんぼろな軍用トラックが、速度を落としてすぐそこに迫っていた。見覚えのあるトラックだった。荷台に数名の兵士が腰をおろしていた。

「やあ、校長先生」

兵曹の松田一男が助手席から身を乗り出し、挙手の敬礼をした。「どうしたのですか。ここを通りがかったところ、たまたま校長先生が歩いているのが見えたのでありますが、いつもと全然違って、何か元気がなさそうなので、人違いかなと思いました。いや、こんなところで会えてよかった。にしても、どうしましたか、何かあったのですか」

大阪弁を松田は使わなかった。

「うん、ちょっとね」

介宏は力なく言った。

自分のこともだが、警官がまとわりついている文代のことでも心がひしゃげていた。ふと、松田にそれを相談したい衝動にかられた。思わず松田のほうに歩み寄った。松田は目を見ひらいて介宏を見つめた。しばらく二人は黙っていた。すると松田はドアを開き、「校長先生、乗りませんか」と言った。

松田は運転していた二十歳前の兵士を荷台に追いやり、自分が運転席に移った。そして助手席に介宏を乗せた。トラックは走り出した。松田の背中の首筋はまだゴイサギのように曲がっていた。

「松田さん、腰はどうなんです?」

「そりゃ痛みまっせ。しかしそんなこと言うちゃおれへん。軍人ですさかいな」

松田は二人きりになると大阪弁を使い、笑い飛ばすようにしゃべった。

介宏の自宅がある集落の南端を通りすぎ、トラックは広い台地に出て、掩体壕の群がる中を横切り、航空隊のあるほうに走った。どの掩体壕にも特攻機が匿われていた。この地におびただしいそれが全国から集結していることが、まざまざと分かった。掩体壕はまだ造成されつつあった。

「実は困ったことがありましてな」

介宏は文代のことを話した。「嫁にやった娘の夫が出征したのですが、その家に警官が通いつめているのです。娘はそれを嫌がっていまして……。私が何とかしてやろうとしたのですが、何ともならなくて」

「そりゃしんどいことでおますな。いや。そんなことやったら、わての出番や」

松田は唇をなめて首を振った。「自慢するわけやありませんが、わては若い時分にそんなよろず悩みを片付けるテキ屋で禄を食んでおましてからに。そんなことをやりくさるあほんだらの扱いはお手の物や。一発かまして、びっくりさしてこましたらんならん」

「どうするんです?」

「ほんに、せいてせかんようなものやけど、明日の宵の口はどうでっしゃろ。わてが娘さんの家に行きまっせ。校長先生、ちょぼっと一緒においなはれ」

二人はどうするか打ち合わせた。とにかく警官が「舞い舞いこんこ」して逃げていく手を打とうと、松田がやたら意気込んで言った。けれど介宏としては万事円満に片付くことを望んだ。

次の日の宵の口に、あらかじめ打ち合わせていたとおりに、二人は動いた。介宏は文代の家で、警官にちょっと飲ませて、いい気分にして帰そうと、酒盛りの準備をした。一方の松田は文代の家の外をうろうろ歩き回り、密《みそ》か男《お》の真似をしている。そこに警官が現れて松田を見る。そして咎めると、介宏が間に割って入り、松田に事情を尋ねる。松田はこの辺りで下宿できるところを探しているという。「それだったらここに下宿してください。

海軍さんなら安心できる。警察の方も大喜びでしょう。毎日出かけて来る手間が省けますから……」ということにして、これまで手間をかけてくれた警官にお礼として、一献差し上げたいという意味で、簡単な酒盛りをする。これが全体の粗筋であった。

三月というのに寒い夜で、小雨が降っていた。介宏は文代の家でその時が来るのを待った。居間の囲炉裏には太い薪が何本も差し込まれ、赤々と燃えている。炎のそばに川魚を刺した竹串を立てていて、もう数日を経ているらしい。ほんのりと香っている。焼酎の肴にもってこいの品だ。囲炉裏のある場と出入り口の雨戸がある場所との間には、かなり広い土間があった。

外の雨は降り続き、しのつく雨の音が竹林を揺らす風音とともに高まった。このとき、男の怒鳴り声が起こった。次の瞬間、入口の雨戸がすごい音をたてて倒れた。松田がひっくり返って土間に尻もちをついた。「何奴だ、お前は!」と警官がわめいた。

打ち合わせた粗筋では、そこに介宏が割り込んで、警官をまあまあとなだめることにしていたが……。想定外の事態になった。警官が松田を引きずり起こし、力任せに顎を殴った。松田はよろよろと数歩下がった。警官は手錠をとりだし、松田の腕を掴んだ。松田が手錠を払いのけたので、警官はさらに一発、松田の顔に拳骨をくらわせた。

「おんどりゃ、いい気になりやがって」

松田はせせら笑い、両の掌をすりあわせてぼきぼきと骨を鳴らした。そして躍り上がるようにはねて、警官に体当たりした。警官は吹っ飛ばされ、壁に激突して倒れた。「海軍をなめるのか、巡査のぶんざいで」。怒鳴りながら警官を担ぎあげた。一本背負いで土間にたたきつけた。横たわる警官の顔を反動をつけて蹴りまくり、さらに引きずりあげて、血だらけの警官の顔を殴った。襟をつかんで首をしめあげ、警官を宙で反転させ、土間に投げ飛ばした。うぉー、うぉーと松田は吠えた。警官を蹴って蹴って蹴りまくり、引きずりあげて殴って殴って殴りまくり、やにわに担ぎあげて土間にたたきつけると、馬乗りになって警官を揺すりたて、頭をがんがん土間にぶちあてた。

松田の怒りは警官に対するものを突き破り、内に鬱積しているあらゆるすべての怒りが、次から次へと連鎖して一挙に爆発していた。自ら鎮められるものではなかった。介宏は松田が警官を殺してしまうのではないかとおびえた。海軍の下士官が地元の警官を半殺しにしたという事件は、その発端が地元を代表する国民学校の校長だった。……ということで激しい批判を浴びるに違いない。介宏は恐れた。校長を罷免されることを覚悟した。

翌日、警察の事情聴取をうけた。それは一通りで終わった。その後は何もなかった。

海軍は別の動きをみせた。翌々日、寺本丈次中尉から電話があり、会いたいのでその時間と場所を指定してほしいと告げられた。いつもとは打って変わった口調だった。午後の遅く、タッバン山の通信部隊本部と決めた。すると軍の車が迎えにきた。介宏はそこに行った。寺本中尉は待っていたが、いつもと態度が違った。肩肘を張って威厳を誇示する風姿ではなく、従順にまるく治まって丁寧だった。介宏はその理由がすぐに分かった。そこに上司の古村正実少佐が来ていたからである。

古村少佐は鹿屋航空隊司令長官の砂垣中将に仕える通信部門の防衛参謀だった。そのように名乗った後、古村は介宏に打ち解けた風に語りかけた。

「校長先生のことなら、わが通信部隊の影の恩人だと聞いております。いつかお会いして直接お礼を申し上げたかった次第です」

「いや、それは……」と介宏はうろたえた。おそらくタッバン山を無償で提供したということではなくて、洞窟を掘る作業員として中学生を動員するために、寺本を市長に引き合わせたことをさしているのだろう。

「ところで、校長先生の親族には、蕎麦うちの名人がおられるそうですな」

「はあ？」

「野中飛行隊長から聞きましたよ」

古村は大声で笑った。「なあに、蕎麦を食わしてほしいという意味じゃないです」

「それはいつでもそうしますとも」介宏も笑った。

「それでしたら野中も一緒に」と古村は冗談のように言った。二人はよほど親しい関係なのだと、介宏は感じた。すると野中が特攻隊を非難したことを思い出した。その意見に古村も同調しているのだろうか。介宏は古村をしげしげと見つめた。古村は大柄で、口髭の下の唇が異常なほど分厚かった。目も大きく、耳も大きい。軍人として厳然としているが、それでも覆い隠せないような人情味を感じさせる。

「まあ、お掛けください」

古村は介宏に帆布の腰掛けを勧めた。

介宏が腰掛けると、その時を待っていたかのように寺本が近づいて来て挙手の敬礼をした。

「ほかでもないですが……」

寺本は畏まって言った。「このたびは松田兵曹がご迷惑をおかけいたし、まことに申しわけありませんでした」

「とんでもない。こちらこそ、無思慮な願い事をして、とんだ顚末になりましたことを、お詫びせねばならぬところです」

介宏は頭をさげた。そして古村に言った。「松田さんを罰しないでください」

「あれは営倉にぶち込みましたが、明日には放免するつもりです。ただし転勤させますけどね」と古村が答えた。

「警察の方はどうなりますか」

「この事件で警察がどうのこうのということはありません。ちゃんと海軍として折り合いをつけましたから。もちろん校長先生はノータッチということに……、それで大丈夫です」

介宏はほっとなった。これですべてが片付いたと思った。さすがに海軍だ。深いため息をつき、薄笑いが浮かぶのをこらえた。

そこに若い兵士が欠けた茶碗にお茶をいれてきた。兵士はむっと汗の匂いがした。バラックの建物の外では、中学生と見られる少年や朝鮮人と見られる男たちが、まだ洞窟を掘っていた。それがまばらに張られた板壁の向こうに見えていた。もう夕暮れが迫り、小雨が降りだしていた。

「いきなり、こんな話で恐縮ですが」

寺本が切り出した。「校長先生、あなたは木名方をご存じですね?」

「はい」

木名方のことなら知るも知らないもない。とにかく問題はこの寺本に海軍精神注入棒で殴られ、腰の骨にひびがはいり、電探山の通信班の壕で転がっていることだった。しかしそんなことには全然触れずに、寺本が言った。

「その木名方を、校長先生の家に下宿させてもらえませんか」

思いがけない話なので、介宏はちょっと返事に詰まった。

「能天気で融通のきかぬ野郎ですが、木名方ほどに優秀な通信技官はいません」

古村が言った。「アメリカ軍の空襲が迫っている状況下で、木名方がいなければ困るのです。けれど、今のありさまは、木名方を壕で放置している状態で……。ま、そんなことでして」

介宏は推察した。木名方を半殺しにしたことで、古村は寺本を厳しく咎めたのに違いない。そして二人は話し合い、こう決めたのだ。今後のことはこの俺に委ねるしかない、と。

「分かりました。縁は奇なもの、喜んで引き受けましょう。任せてください」

介宏は晴れ晴れとした気分になった。自分にしかできない大きくて重要な任務を引き受けた気分だった。

帰宅して女房のキサにそれを伝えた。意気揚々として伝えたとき、キサは何も言わず、介宏の夕餉の飯をつぎながら、目を伏せていた。ハマはキサの様子を気づかって、離れた場所でおかずを皿に盛っている。キサは喉に魚の骨でもつっかえているように、小さく喉を鳴らした。自分の意にそまぬことがあると、いつも喉を鳴らす。まるで最悪の事態だと意思表示しているようだった。

「何だ、何を言いたいのだ」と介宏は怒鳴った。キサは黙っていた。介宏から目をそらしたまま、飯をついだ茶碗を差し出した。介宏はその手を払いのけた。茶碗が吹っ飛び、飯が散らばった。するとハマが走り寄り、茶碗を拾い、飯をかきあつめた。介宏はたちあがり、キサを殴ろうとした。ハマが間に入り、二人を引き離した。こんなことは珍しいことではない。しぶとく黙っていたキサが、介宏にさんざんのしられて、ぼそりと言った。

「あんな軍人が来ると、蚤や虱が家に移り、痒くてたまりませんよ」

「はあ？」

介宏は唖然となった。確かにそうだった。松田と会うといつの間にか蚤や虱を移され、あちこちが痒くて、夜も眠れず、寝巻きや下着を脱いで、蚤や虱を見つけ出して爪先で潰し殺さねばならなかった。木名方もそうだった。けれど二人にそんなことは言えなかった。何もない振りをしてつき合っていた。

「あたしも痒くてしょうがないですよ」

ハマが言った。「でも、木名方さんが下宿なさるのなら、あたしが何とか、蚤や虱は退治しますから」

「うん、そうできるのなら、そうしてくれ」

介宏は怒りを鎮めた。キサは何も言わなかった。しかし、仕方なくそれを認めたことが、介宏に伝わってきた。

夕食を終えると、介宏は隣家に出かけ、兄夫婦に会い、海軍をひとり下宿させることを告げた。そして両家に挟まれて建つ小さな家に住まわせることを了解してもらった。その家は介宏と兄の惣一の母親が晩年に一人で住んでいた隠居で、息子の両家で共に母親の世話をしていたのだ。すでに母親は十年も前に逝いており、そこは今、空き家になっている。

母親はそこに住んでいた当時、糖尿病で視力を失っていた。それで介宏の娘などは「見えん婆さんの家」と呼んでいた。

翌日、木名方がやってきた。

介宏は学校で勤務している時間だったので、直接に迎えられなかった。その様子は後でハマに聞いた。……木名方は松葉杖をついていた。腰には竹でこさえたギプスを巻いており、松田が付き添っていた。若い兵士が三人で木名方の生活用具を持ってきていたが、それは多くはなかった。ハマはあらかじめ見えん婆さんの家を清掃していた。しかし雨戸をとざして、なかに入らせなかった。

「誰と誰が入るのですか」とハマが尋ねた。

「木名方少尉と俺だ」

松田が答えた。「俺はつきそいでなかに入る」

三人の兵士が帰り、木名方と松田が残ると、ハマが両手を腰にとり、「裸になってください」と指示した。二人はびっくりした。

ハマは庭に竈をつくり、大きな鉄鍋で湯を沸かしていた。ハマはすべての衣類を脱いで鉄鍋に入れるように、再度指示した。松葉杖をついた木名方が服を脱ぐとき、ハマが手伝った。松田はいち早く褌一枚になった。

「それも脱いで」とハマが言った。

松田は戸惑ったが、決局、まっ裸になった。木名方もフリチンになった。風呂敷に包んできた衣類も、その風呂敷も、それからことごとくを沸騰する鉄鍋に投げ込んだ。鉄鍋には楠の葉がたっぷり入れてあった。庭にはもう一つ沸騰する鉄鍋があり、その横に十個ほどのバケツが置いてあった。バケツには冷水が入っていた。ハマは大きな竹柄杓で鉄鍋の湯をバケツに移し、その湯加減を試してから、二人に頭から浴びせかけた。二人はずぶ濡れになった。

「さあ、身体を洗ってください」

二人は石けんを渡された。

木名方は腰の痛さをこらえていた。松田がその身体を支えていた。しかし木名方は久しぶりに身体を洗うのを喜んでいた。

ハマは衣類を入れた鉄鍋の火力を弱め、冷水を注いで湯をさますと、その衣類をとりだし、物干し竿に吊った。衣類をとりだした後の鉄鍋には、底が見えないほど蚤や虱の死骸が積み重なって浮いていた。

二人はハマの準備したタオルで身体を拭き、それから見えん婆さんの家に入った。衣類が乾くまでまっ裸のまま過ごさねばならなかった。

夜になってから介宏は学校から帰り、その家で二人に会った。もうまっ裸ではなかった。木名方は腰をかばって半ば横たわっていた。

「今夜はわても泊まらせてもらいますわ」と松田が言った。

「ずっとそうすればいいじゃないですか」

介宏が言うと、松田は手のひらをひらひらさせた。

「わてはここにおれませんのや。どこかに飛ばされるということやから。どうせ糞みたいなところじゃろうけど、まあ、この数日、木名方少尉の面倒をみるため、異動はお預けということですわな」

「かたじけない」

木名方が介宏に言った。「一河の流れを汲むも他生の縁と言われますとおり、あるいは地獄にひろう神ありとはこのことです。校長先生、やっと、生きた心地がしますよ」

ハマが古い帯を何枚も重ねて、間に針金を差し込んだギプスを作ってきた。木名方はそれをしっかり腰に巻きつけた。そしてたたんだ寝具に寄りかかり、姿勢を持ちこたえられるようになった。

「洞窟は湿気が強くて、息も苦しかったが、ここなら気分爽快ですね」

木名方は思いの外元気になり、話をするのが苦痛ではない風だった。

この夜、三人で夕食をとり、深夜まであれこれと話をして過ごした。そしてそれはこの夜だけで終わらなかった。介宏は毎日自宅に帰り、夕食を三人で楽しみ、それから歓談した。

木名方は昼の間、電探山の洞窟で勤務しており、松田が送り迎えした。二人が帰って来る頃に、ハマは庭で鉄鍋に湯を沸かして待ち構えていた。

夕食をとるとき、松田が湯を浴びてつやつやした顔で言った。

「あの婆さんに叱咤されながら、まっ裸にされると、親の心子知らずというか、息子がビンビンなりやがる。そいつを股間に押し込んで、両膝をすりあわせて歩くなんて、まあ、これが海軍かよ、情けないですわな」

介宏は腹の底から笑った。松田とは警官を半殺しにした事件もあってほとんど同じ穴のムジナという感情をお互いに抱き合っていた。木名方はもっぱら仕事上の話をした。アメリカ軍の無線やアメリカの国内から発するラジオ番組などで得たさまざまな情報を、木名方はたっぷり抱え込んでいた。それは多分に軍の機密に触れる内容だった。

木名方が話すとき、介宏はメモ帳をひろげた。「メモはとらないでください」と木名方が言った。

「分かりました」と介宏は答えた。

木名方は微笑した。介宏を信じていることが伝わってきた。それを察知して介宏は木名方を同志のように感じた。それにもう一つ木名方が糞をもらしたあの現場を見ていたために、何と言いようもない親しみと、別の意味の笑い合えるような信頼を寄せていた。

木名方が話すとき、松田は黙っていた。介宏と同じ立場で耳を傾けていた。それが身分社会の掟なのだろう。

介宏は毎日帰宅して、深夜まで彼らと過ごした。それは校長という鎧を脱げる唯一の場だった。そしてまったく一人の人間となることができた。生まれてこの方、こんな場を体験したことはなかった。


三月九日のことだった。

介宏は日報を書き、学校を出て苅茅に戻った。木名方や松田と夕食をとり、戦局のことを聞いたり、いろいろ歓談して十一時過ぎにお開きにした。そして母屋に帰って寝た。

間もなく、木名方と松田は緊急事態が発生したという連絡を受け、電探山の部隊に走った。介宏はそれに気づかずに眠っていた。朝になり、目が覚めて、二人がいないことを知った。何があったのか、もんもんとして待っていると、二人がトラックで戻ってきた。木名方はぐったりとして松田に背負われていた。

「大変なことがおきましたんや」

松田も普通の顔ではない。興奮し、息も絶え絶えなぐらい疲れ果てていた。

それでもハマは二人の服を脱がせ、煮沸消毒した。全身を石けんで洗わせてから、家に入れた。介宏は朝食を二人とともにとった。

「東京がやられました。空襲で」

木名方が言った。「アメリカの作戦指揮官のパワー准将が東京上空で打電した、それを私は傍受しました。『東京を空襲し、世界の軍事史上でも最大の壊滅的な打撃を与え、歴史上かつてない多くの人間を殺傷した』というのです。深夜のたった一時間あまりに、殺されたのは十万人と予想されます」

「十万人!」

介宏は聞き違えと思った。鹿屋市の全市民の数倍の人たちを一時間あまりで!……介宏はがたがた震えた。

木名方は痛む腰をかばって、たたんだ毛布に寄りかかった。身体を少し動かすと痛みに顔をゆがめた。東京空襲の情報収集によほど身を入れたのだろう。疲れ果てていたが、それでも話さずにはおれなくて、うなされているように話し続けた。

「昨夜のことなので日本の政府調査は手付かずで、あまつさえ大本営は事実を隠蔽し、新聞ラジオの報道規制を行います。しかし大変なことが起きたのです」と木名方が言った。

介宏は木名方によって国内で最も早くそれを知ることができたのだ。どきんどきんと脈打つ音が胸におさまり切れずに耳元で響いた。

「十万人を殺すなんて、どうして、そんなことができたのです？」

「アメリカ軍は南洋の島々で日本軍を攻め落とし、グアムやサイパンなどに航空基地をつくり、日本を空襲するようになりましたが、今までは軍事的な施設を爆撃し、民間に被害が出るのを極力抑えていました。しかしこれでは日本軍を降伏させる可能性が薄いので、無差別攻撃に転じたのです。それも今までの爆撃では、局所的な打撃にとどまるので、今後は全面的に一瞬のうちに打撃を与える。……つまり、日本の首都・東京を一瞬で全滅させる作戦に切り換えました。実際にそうできたのは、『ナパーム』という新兵器を開発したからです」

「ナパーム？」

介宏は目の前が裂けたような気がした。

これまでに、ナパームなんて、一度も聞いたことがない。木名方はいつもと違い、自分を抑制した厳しいまなざしで、一つ一つの言葉の意味を、自ら確かめるように語った。

ナパーム。……介宏はメモをとる代わりに、頭の中に木名方の声を刻んだ。


俗にナパームと呼ばれるのは、ナフサ（粗製ガソリン）と金属石けんの粉を混合して、ゼリー状にゲル化したものをいう。

ナフサは石油なので燃えやすい。それがゲル化しているのでべちゃっと付着する。つまりただ燃えるのではなく、付着して燃えるのだ。石も人も燃える。水をかけても消えない。

ナパームをタンクに詰めて信管をつけると、焼夷弾ができる。アメリカ軍は三百数十機の大編隊で東京を襲い、およそ六千発の焼夷弾を投下した。つまりナパームを詰めた焼夷弾を……。その一発は三十八発の子弾に束ねられており、地上で二十五万発近くに散らばった。そしていっせいにナパームを噴射し、それがあらゆるものにべったり付着し、発火した。家々はぼうぼうと燃え、人口密集地の下町など東京の約半分が全焼した。人の体にこれが付着すると、服も皮膚も、人体も燃える。

ナパームの火力は強く、千度以上の温度で燃えるので、その作用で「火災旋風」が起こる。東京空襲では突風とともに炎が上昇し、また町中を走りめぐった。人々は逃げ場を失って焼け死んだ。火力が強い分、炎はよけいに多くの酸素を消費する。このため地上は酸欠状態に陥る。人は防空壕に避難していても酸欠で死んだ。

「自分はアメリカがナパーム弾を開発したという情報を、昨年には傍受していたので、絶えず上に報告していたのですが……。その後、ナパームがフィリピンなどで使われたのを知り、その凄まじさを具体的に掌握し、絶え間なく報告しつづけました。それは聞き捨てられたというよりも、対抗する手段がなくて今日に至ったのです。しかしこういう事態が起こると想定はしておくべきでした」

「東京だけで終わりとは思えないですね。アメリカは他の都市も襲うでしょう。きっと」

と介宏は言った。

「もうひとつあるんです」

木名方は首を振った。「アトミックの爆弾ですよ。ナパーム弾の百倍の資金を投入し、並みいる一流の科学者を動員して、ついこの前、ようやく完成させました。これは一発で一つの都市を全滅させる威力をもっているんです」

介宏はとびしさりそうになり、無意識のまま木名方の両手を握りしめた。その手は熱い汗で濡れていた。

「戦争が戦争でなくなったんやな」

松田はこの世にいるように見えなかった。新しい時代の戦争のスクリーンの中に入って行き、こちらに映し出されている人物のような素振りで言った。彼は低く吠えた。

この日、介宏は午前中、学校には行かなかった。木名方の話を聞いていたからだ。そして午後から学校に行き、校長室でラジオを聞いた。臨時ニュースで小磯首相が東京空襲のことをこう述べた。

「空襲は怖くはない。逃げずに火を消すべきだ。今後ますます空襲は激しくなる。断じて一時の不幸に屈することなく、敢然として耐えることが勝利の近道である。国民が聖戦の目標達成のために邁進することを切望する」

朝日新聞は「初期防火と延焼防止　最後まで頑張れ　焼夷攻撃に怯まず敢闘」という見

出しを一面に掲載した。

国民はこんな風にしか知ることができないのだと、介宏はむなしい怒りを抱いた。

初期防火や延焼防止が国民の義務とされ、逃げずに火を消そうとしたあげく、あたら命を失った例が多いことを、後日知った。

介宏はそんな東京大空襲のことを胸に閉じ込めて語らなかった。近くの教職員にも黙っていた。海軍の機密だと思っていたからだ。ただし何故か、古谷にはナパーム弾の恐ろしさを、しっかりと語らねばならないという気がしてならなかった。


アメリカ軍のナパーム弾攻撃に報復する手段として、日本軍には特攻しかなかった。

その日の夜、木名方は食事をとりながら、介宏に鹿屋航空基地の動きを語った。

「海軍は特攻隊を乗せた戦闘機を出撃させ、はるかに遠いカロリン諸島ウルシーのアメリカ軍基地を攻撃するというのです」

「桜花の出撃ですか」

介宏はあの野中飛行隊長を思い出しながらそう尋ねた。

「いいえ、桜花を吊り下げていくには距離が遠すぎますから、『銀河』と呼ぶ攻撃機が選ばれ、八百キロ爆弾を積んで飛び、敵の艦船および基地に突っ込むことになりました」と木名方は答えた。

そして次の日、三月十一日、鹿屋基地から二十四機の銀河は出撃した。木名方たちは無線を傍受していた。戦果はまったく確認できなかったという。そして銀河群は帰ってはこなかった。

三月十四日、ウルシー基地からアメリカ軍は反撃に出た。空母だけで十六隻におよぶ大艦隊が日本をめざしている。木名方はその作戦の展開を無線傍受しており、それを夜には介宏に話した。

「空母は一千機を超える攻撃機を満載しています。数日後、鹿屋基地をその攻撃機の大群が襲うでしょう」

★

三月十八日のことである。

正太は朝早く苅茅に来ていた。特にこの日にそうしなければならない理由はなく、正太の気まぐれだった。

介宏は正太と一緒に苅茅を出た。自転車を並べ台地を走った。間もなく朝焼けの雲が流れる前方に、鳥の影か、黒い群れが見えた。介宏はぎくっとなり、自転車をとめた。瞬時に金縛りになった。空気をふるわせて爆音が聞こえた。

介宏は木名方に聞いていた。アメリカ軍の爆撃機が襲ってくると……。しかしそれが今朝とは考えていなかった。

学校では敵機の機種を判断する授業を行っている。介宏は今、接近しているのはグラマンだと即座に分かった。機体が緑で翼に白い星のマークがあった。

とっさに八日前の東京空襲のことが頭の中でひらめいた。

「正太、逃げろ」と介宏はわめいた。

自転車を雑草の茂る農道に突っ込んで、必死に漕いだ。正太もついてきた。こんなことを経験するのはもちろん初めてだった。ただ自転車を走らせるしかない。広い台地には掩体壕が群がり、戦闘機が匿われている。そして二、三キロ先に航空基地があるのだ。それとは反対方向の山懐をめざした。凄まじい連続音が耳をつんざいた。グラマンの機銃掃射に違いない。介宏は振り返ってみた。グラマンの編隊は翼を傾けて旋回し、航空基地を狙って直進しだした。

東の空には新たにB29の編隊が現れた。「七十三機いる」と正太が跳びあがった。朝日を浴びたおびただしい機体が銀白色にぎらぎら光っている。それらは航空基地に直進し、その上空に達した瞬間、ちびた鉛筆のような形の物体をばらばらと落とした。信じられぬほどの数である。それらは落下するとき、前後に回転した。するとそれぞれに帯のようなものが出てきて、ひらひら揺れると、その物体は回転はしなくなり、垂直に落下しだした。突然、落下地点に火柱がたった。落雷のような轟音が大気を揺さぶった。タッバン山に沿って轟音は疾走し、茆茅の丘に激突して台地に鼓膜を破らんばかりの反射音を炸裂させた。爆撃はなおも続き、航空基地の全景が炎と黒煙に巻き込まれた。

「あれか。ナパーム弾は」

介宏は叫んだ。木名方に教わったことが脳裏をよぎった。

次の編隊が東の空に現れていた。それらは掩体壕のある台地に迫ってきた。介宏は畑の畦の陰に伏せた。周囲のあらゆる音を吸収して、空から耳慣れない鋭利な音がすごい速さで近づいてきた。地面が揺さぶられた。爆発音が轟いた。介宏は跳ね飛ばされた。視界は閉ざされ、真っ暗だ。仰向けに転がった身体に、黒い影がどさどさっと落ちてきた。泥だ。

介宏は両の親指で両の耳を押さえ、残りの両の指で両の目を押さえた。学校で配属将校が生徒に繰り返し指導していたので、介宏もそれを知っていたのだが、いざ爆撃を受けてみると、そんなことは思い出しもしなかった。いま思い出した。

闇になった理由は、闇が晴れて分かった。畑に直径三十メートルほどの巨大な窪みができていた。そこに爆弾が落ちたのだ。畑の土が飛び散り、視界を奪ったのだ。爆弾はまだ至る所で土を飛び散らせている。近くの掩体壕の土手が崩れ落ちているのが見えた。

怪我はない。命拾いした。しかしまだ危険だ。逃げろ。

「正太、どこにいる、正太よ」

介宏は声も限りに呼んだ。畑の境目に植えられた茶の木の茂みから、正太が泥だらけで立ち上がった。

「無事だったか」

「はい、校長先生も大丈夫ですか」と二人は叫び合った。それから正太は自転車にまたがった。

「ぼくは見に行きます」

正太は首から細い革紐で双眼鏡を吊り下げていた。ずいぶん立派な品だ。介宏は見覚えがあった。正太が持っているとは、意外で、信じられなかった。

「どうしたんだ、それは?」

正太はそれをさっと服の中に差し入れ、自転車を漕ぎだした。

「おい。どこへ行くんだ」

「航空基地がどんな風か、見に行きます」

「馬鹿なことを言うな。おい、正太、行くんじゃない」

正太はそのまま一散に走り去った。

後に残されて、介宏は全身の泥を払い、振り返って苅茅の集落を遠望した。山すそのそこは爆撃を受けていない風だった。女房たちは安全だったのだな。そう思うのと同時に、娘の房乃が心配になった。房乃は学校の近くの校長官舎で暮らしている。そこには学校の小使い夫妻が間借りしており、房乃はその夫妻のまかないで朝食を終えた頃だ。けれどアメリカの爆撃機に襲われ、その官舎も爆破されたかも知れない。

敵機の編隊は次々と波状に飛行してきた。介宏はそれを仰ぎ仰ぎ、台地を自転車で走りに走った。坂になった国道に出た。いつもの雑踏は見られないが、敵機を仰ぎ見ている住民がいたるところで騒いでいた。ブレーキもかけず、走り下った。坂の途中で行く手の山の向こう側から敵機が新たに群がり現れた。右手の横道に入り、川沿いの下り坂を走って行くと、河岸段丘が現れ、その下方にある地帯がすでに爆撃を受けて、黒煙を噴きあげていた。軒を並べる倉庫が炎の海に埋没し、最も大きな倉庫は屋根の鉄骨が赤い水飴のように溶け落ちている。そこはできたばかりの海軍施設だったのに違いない。一ヶ月ほど前に出会った本地幸一が司令部のための洞窟を掘っていたのは、この近くのはずだ。

ここと市街地の間には南北に長いシラスの崖がある。高さが数十メートルもある崖は上部に草木が茂り、全体は山になっている。介宏は山道を通り、場所によっては自転車を担いだりして、山を越えた。市街地が見えた。こちらは無事だった。

房乃は官舎の裏の防空壕にいた。小使いの夫婦や近くの住民たちと、息を殺して敵機の飛来する轟音を聞いていた。

★

明くる日、介宏は野里国民学校に出かけた。そこの校長が昨日の空襲で死んだからだ。御真影（天皇、皇后の写真）を守るために、それを捧げ持って避難しているさなか、敵機の機銃掃射で胸を撃たれたというのだった。

介宏は「その状況を調べて報告せよ」と教育庁に命じられた。それも西原国民学校の校長、古谷真行とともに出かけるように命じられたので、ふたり連れ立って出かけた。

野里国民学校は航空基地の西側に、基地と隣り合わせているような場所にある。前日の空襲で基地と西側一帯はことごとく爆破されており、道路も通れないほどだと聞いた。このため野里国民学校に行くにはかなり遠回りになるが、ふたりは基地の南側を通ることにした。

市街地をぬけると人家一つない広大な台地に出た。半ば草地化した畑作地帯である。ここには空襲による被害は何も見当たらなかった。ふたりが自転車でそこを横切っていると、わずかに耕されている畑があり、その畑を目がけて黒い鳥の群れが降りて来るのが見えた。介宏はそれを眺めながら自転車を走らせた。

「あれはカラスか」

古谷が介宏に尋ねた。

「そうだよな」と介宏は答えた。

古谷は自転車をとめて、その群れを見上げた。風に吹かれて南の方から新たにおびただしい鳥影が現れ、二人の頭上で舞うように旋回した。

「カラスという名の生命群が飛んでいる」と古谷が言った。

群れの半分ほどが畑に降りて、何やら餌をついばんでいる。よく見るとカラスよりやや小さく、嘴が太くて短い。いつだったか、朝鮮半島から飛んで来て越冬する種がいることを、介宏は誰かに教わったことがあった。それがこれかも知れない。もしそうであれば朝鮮半島に帰るべき季節が来ている。

介宏がそう言うと、古谷は両手をメガホンにして叫んだ。

「早く帰れ。お前たち、昨日の空襲を知らないのか。今のうちだ、帰れ、帰れ」

介宏は笑った。今は野里国民学校の校長の弔いに行く途中だったが、二人の意識から何ということもなくそれは薄れていた。初めて通る道だったからかも知れない。しかしそれはつかの間だった。昨日の空襲の凄まじさをまざまざと見せつけられる場に出た。自転車で走る農道は右手奥に雑木林が続いている。それは航空基地の目隠しとされていた。けれど昨日の空襲で林が焼き払われ、基地が丸見えになっている箇所があった。

あまりにも基地は広く、陽光が強く当たる遠いところに、滑走路が横一文字に伸びている。滑走路はいたるところ穴ぼこだらけで、数多くの飛行機が破壊された状態で転がっていた。いま撤収作業をしているらしく、蟻の群れのように人影がうごめいていた。その向こうに焼け落ちた格納庫群が連なり、残がいはまだ黒煙がくすぶっている。二人は自転車をとめてその風景を見つめた。しばらく何も言えなかった。介宏は昨日、敵機が襲来する中を逃げ回りながら、航空基地がさんざんに爆撃されるのを遠望したのだった。

「ここまでやられたのか」と介宏は言った。

「おい。見ろよ。俺たちが正月に見物した工廠を。丸焼けじゃないか」

古谷が言った。「一万人だったか、必死に飛行機を組み立てていたけどよ、あの女学生たちはどうなったんだろう」

「無事だったのではないか」

「みんな防空壕に逃げ込めたのだろうか」

「これまでに工廠を各地に分散していたはずだしな」

「ということは、こうなることが分かっていたわけか」

「うん」

介宏は施設隊の本地幸一を思い出した。すでに一ヵ月も前から本地の率いる施設隊は、司令本部を移転させる壕を掘っていたのである。介宏は思わずその話をした。

「何たることだ。昨日の大空襲のときも司令長官はじめ偉いさんたちは、その穴にもぐりこんでいたわけかよ。それはきっとただの穴ではなく、快適この上もない立派な穴をこさえているのだろうな」

「この基地はこれからどうなるのだろう」

「知ったことか」

古谷は唾を吐いた。「どっちみち、アメリカ軍が占領するのさ」

介宏はそれを否定できなかった。その時が来るだろう。そう思うと黒い怪獣がぶるぶる身体を震わせて、毛を逆立てているさまを見ているような気がした。

「でも、たとえそうなったにしても、何ら変わらないものがあるな」

古谷は指をさした。「ここからだと、お前のところの苅茅がよく見えているじゃないか」

破壊された航空基地のはるか後方に大篦柄岳を主峰とする一千メートルを超える峰々が紫色に霞んでいる。その手前に百メートルほどの山々が連なり、西の端に苅茅の丘が浮き上がっている。介宏はあらためてその風景を眺めた。空という途方もなく巨大なスクリーンに映し出されているようだった。そしてそれを映し出しているのは二人の心だという錯覚にとらわれた。

「あれは人の過去とも未来とも何の関わりもない風景だな」と古谷が言った。

同じ台地でもこの一帯は錦江湾から志布志湾に吹き抜ける風の道で、今は三月、肌にやさしく風が吹いている。二人はしばらく風景を眺めて過ごした。不意に、どうしてか、戦争が終わった後の日に、古谷と二人で、この風景を眺めているところのような思いが、心に射し込んだ。

二人はまた自転車を走らせた。航空基地を縁取るように続いている農道には、人影一つなかった。風を浴びて走って行くと、道端に椎の巨木が一本、空に枝を広げて立っていた。風が木の葉を揺らし、鏡のようにきらめかせている。長い歳月を湛えた平和なたたずまいだった。介宏はふと、その根元に自転車がとめてあるのに気づいた。見覚えのある自転車だった。木の上で物音がした。仰ぎ見ると誰かが枝にまたがっていた。そして基地を双眼鏡で見ていた。

「おい、正太じゃないか」

介宏は声をかけた。「何をしているんだ。正太、おい、降りてこい」

正太は降りてきた。首から革紐で双眼鏡を吊っている。ずいぶん立派な双眼鏡だ。

「それそれ」

介宏は双眼鏡を指さした。「それは馬見岡で、高射砲部隊の隊長が持っていたのではないのか」

正太がうろたえた。

「どうしてお前が持っているのだ」と介宏は声をあららげた。

「支給されたのです」

「支給?」

「馬見岡で、ぼくは敵機が現れるのを見張るように言われました。そして敵機の飛んで来る角度と、高射砲を向ける角度をさっと割り出せと……。そんなことで、これを支給されたのです」

おそらく正太は気が向くままに馬見岡に出かけているのだろう。他と違ってあそこなら正太も歓迎される。そして仕事を押しつけられているのに違いない。

「たとえそうであろうと、これを持ってきたということはドロボーと同じだろうが」

「ちょっと借りてきて、あっちこっち見るつもりで、また馬見岡に戻るつもりで」

正太は涙声でしどろもどろになり、しゃがみ込んでしまった。

「待て待て」

古谷が割り込んで介宏に言った。「そうガミガミ言いなさるな。いったい、どうしたというのだ」

「うん。ちょっとな」

介宏は正太のことを説明しにくかった。正太と関わった発端を説明すると、何か自分が偽善めいたことをしていたような気になる。その後のことも普通では考えられない関係なので、説明するのがおっくうだった。

古谷が正太の肩を抱いて立ち上がらせた。

「ぼくはこの双眼鏡で、昨日からずっと見ていたのです」

正太はふるえる声で古谷に言った。「昨日、アメリカの飛行機は夕方までに、およそ千四百機が二十回もくり返して鹿屋基地を襲いました。鹿屋基地からはこれを迎え撃つために二百機ほどが出撃しましたが、百機あまりは帰ってきませんでした。帰ってきて滑走路に止まっているところを、アメリカの飛行機が襲ったので、五十機が爆破されました。ずっと向こうの、あの横尾岳のふもとでは、匿われていた輸送機八機がやられました」

古谷は目を見ひらいて正太を見つめた。それから介宏を振り向いて、ため息をついた。

「こいつは何者なんだ?」

「まあ、いいじゃないか」

介宏は自転車にまたがった。「さあ、先を急ごう」

古谷も自転車を漕ぎだした。ふたりで自転車を走らせながら、介宏は正太を振り返り、「正太、双眼鏡はすぐ、馬見岡に返しに行けよ」と叫んだ。

「校長先生。どこに行くんだよ」

正太の大声が聞こえた。介宏は正太を無視し、自転車を走らせた。「駅に行くのなら、ぼくも行くよ」。正太のその声を聞いたとき、一瞬、思った。「駅に行くのじゃないから、来るんじゃないよ」と叫び返そうと。……しかし介宏はそうせずに、正太から遠ざかった。

航空基地との境目をなぞるように国鉄の線路が走っている。農道が線路と並行する地点に来て、しばらく走ると、だだっぴろい畑作地のなかに、こじんまりとした駅舎が見えてきた。野里駅という看板が見えた。近づいてみると、状況は一変した。生々しい戦争の現実がそこに待ち構えていた。

二人は自転車をとめ、身をすくませた。

駅が半壊していた。昨日、敵機が攻撃したのだ。ナパーム弾は投下されなかったらしいが、爆撃されて、土が吹き飛んだ大きい穴があちこちにできていた。近づくと、半壊した駅舎の事務所の中が窓ガラスを通して見えた。制服を着た若い女性職員が何やら必死に片付けていた。駅周辺にも被害は及び、防風林を透かして焼け落ちた農家が見えた。

「おい。こっちを見ろよ」

古谷に言われて、錦江湾の方角を見ると、汽車が三両、連結したまま脱線し、ちぐはぐに傾いていた。線路がぐにゃぐにゃに折れ曲がり、一帯には枕木が突き刺さる巨大な穴が重複して群がっていた。軍用倉庫がいく棟も焼けて傾き、いま、そこから何かを運び出すために大勢の男たちが動き回っている。汚れてぼろぼろの姿からして朝鮮人と思える。およそ百人ほどだ。銃を肩に吊った兵士たちが穴の脇の土砂の山に立って、その作業を下知していた。

このとき、突然、背後で警笛が鳴った。軍用のトラックが近づいていて、運転台の兵士が介宏たちに「どけどけ、何をぼやぼやしておるか」と拳骨を突き出した。

二人は駅を離れて自転車を走らせた。野里国民学校は駅舎からそんなに遠くはない。まばらな集落を横切り、孟宗竹の林がざわざわと鳴る坂道をかけぬけると、左手に水田が広がり、右手に山がまっすぐ延びている。水田と山の境目に桜並木がちらほらと花を咲かせていた。介宏は幼い子供たちを連れてここに花見にきたことを思い出した。

桜並木に沿って走ると、水田を埋め立てた敷地にその校舎が現れた。二人はそれを見た途端、うわっと悲鳴をあげた。自転車をとめ、茫然と立ちすくんだ。校舎の屋根が大きく凹んで壊れ落ち、すべてのガラス窓が吹き飛んでいたからだ。明治時代に建てられたという頑丈な木造の校舎を、介宏は何度も訪ねて知っていた。そして今は学校ではなく、校舎の全体を特攻隊の神雷部隊が宿舎にしていることも知っていた。校舎は燃えてはいないので、ナパーム弾を食らったのではあるまい。ともかくひどい状況だった。

無残な校舎から特攻隊員たちが壊れた柱などを運び出していた。みんな若い。しかし元気はつらつとしている印象は薄かった。汗まみれで、裸の上半身にあばら骨が浮いている。敵機にとことん痛めつけられた衝撃が、彼らの心をひしぎ折っているようだった。それでも敵に対する怒りを激しく沸騰させていた。見ていてもそれが分かった。

「特攻隊もさんざんじゃないか」

古谷が言った。「俺は特攻隊の奴らを見るのは初めてなんだが、こんなイメージではなかったな」

「昨日の今日だからね」と介宏は言った。

校舎は広い水田の一隅に建っており、西の空からだと何も遮るものもなく、一つ大きく見えるに違いない。爆撃するのには格好の標的だったであろう。

校舎の前に奉安殿があった。

そうか。校長はここで死んだのか。あらためてその死の実感が湧いた。二人は押し黙って、奉安殿に歩いて行った。そこに教頭が待機していた。介宏も古谷も教頭とは顔なじみだった。落合進という名である。二人があらかじめ連絡しておいたので、定刻に待っていてくれたのだ。

「昨日、空襲が始まったとき、校長は生徒や教職員を防空壕に待避させた後、この奉安殿に御真影をとりに走ったのです」

落合は説明した。「そして敵機の機銃掃射でやられました。御真影を抱いたまま、亡くなられたのです」

介宏はそれをメモした。教育庁に報告するために、まだ詳細なことを知らねばならなかった。古谷はちょっと離れた位置にいて、身を入れて落合の話を聞いている風ではなかった。

報告書作りは介宏にまかせていた。

「私は校長が撃たれた状況を、直接見ていたわけではありません」と落合が言った。

「現場を目撃した人がいますか？」

「特攻隊員なら目撃していた人がいます。寄宿舎のすぐ目の前で起きたのですから。私もその状況は特攻隊員に聞いたのです」

落合はそう言うと、特攻隊員たちが作業している校舎のほうに歩いて行った。目撃者を連れて来ようとしているところだった。

校長が撃たれた校庭の中ほどには野菊を束ねて置いてあった。

「おい、莇茅よ。どう思うかい？」

古谷が介宏に言った。「俺だったら、こんなところまで、天皇の写真なんかとりに戻らないぜ、まったく」

「そうだろう、お前だったらな」

「ふん。バカにした言い方はよせ。いいか、ここの学校は特攻隊が奪って使っているんだぜ。天皇の写真を守るのなんて、特攻隊がやるべきことだと思わんのかい」

「なるほど、お前がそう思うのだったら、そのように教育庁に報告しろ」

「よせやい。これは名にしおう美談に仕立てなければ、報告にならぬのだろうがよ。御真影を守るために、命をかけた、崇高な校長を、神かとばかりに祭り上げ、国民を感涙させる。……これって、お前にぴったしの役回りじゃねぇか。教育庁の期待に応えて、昇給するがいい」

「あのな、報告は俺とお前の連名で出すんだぞ」

「お前が書いたものに俺は署名するさ」

古谷はくっくくと笑った。「俺も昇給するかもな」

このとき、落合が一人の人物を連れてきた。介宏は一瞬、あっと息を飲んだ。そこにいる人物は桜花特攻隊の飛行隊長だった。

「野中隊長ではありませんか」と介宏は思わず大声で言った。

「またお会いできるとは思いもしてなかったでござんす」

野中は挙手の敬礼をした。「校長先生が来ておられると、いま教頭に聞いたもんで、ま、とんできやした。市長ではないが、あたしゃあんたのソバがいい、というわけでござんす」

こんなときに野中が冗談を言うとは。信じられなかった。それが要因で介宏は笑った。そして古谷に野中を紹介した。

「桜花の飛行隊長だ」

「はじめまして。私は古谷と申しまして、西原国民学校の校長です」

古谷は二、三歩引き下がり、頭をきちんとさげた。さっきまでの古谷ではなかった。実は一ヵ月あまり前、介宏は野中のことを古谷に話していた。市長の家で野中が語ったことを詳細にメモしておいたので、それを古谷に読ませたのだ。メモの最後に記載された「これが特攻隊だ」という一行に、古谷は低くうなった。そしていま、古谷は野中に直接正対し、何も言えず、ただまっすぐ立っていた。

「あなたがたは殉死された当地の校長のことを調べに来られたのですね?」と野中が尋ねた。

「目撃していた人の話を聞きたいのです」と介宏が言った。

「それならてめぇが話しましょう」

野中は奉安殿を指さした。「校長はあそこから御真影を掲げ持ち、敵機が襲い来るなかを、走りに走り、そして撃たれてお倒れになった。てめぇは一部始終を目撃しており、ただちに特攻隊全員を呼び集め、そのご遺体をねんごろにご自宅までおくりとどけやした」

野中がべらんめぇ調で言うと、どことなく作り話めいて聞こえた。けれどこれに勝る逸話はありそうにない。

「日本一の飛行隊長がその殉死を目撃したのでござんす」と野中は言った。

介宏は何度も深くうなずき、野中に感謝した。古谷もかしこまってまた頭をさげた。しかし、やっぱり作り話だろう、と介宏は考えていた。昨日、敵の大群が襲撃するさなか、野中や特攻隊員がここに居残り、校長の遺体を運ぶ余裕などあるはずはない。おそらく敵機を迎え撃つために出撃したであろう。介宏はさきほど正太が語ったことを思い出した。鹿屋基地から二百機が出撃し、百機あまりが帰って来なかった。帰って来て滑走路に止まっているところを五十機が爆破された。……正太の語る数字は間違いない。つまり鹿屋基地から出撃した戦闘機は大敗したのだ。それを率いていたのは野中飛行隊長だったのに違いない。自らも空中で戦い、百数十人の部下を死なせたのである。介宏はそう考えると、あらためて野中の顔を見なおさずにおれなかった。野中は平然と振る舞っていた。けれどよく見ると、よれよれの飛行帽の鍔の陰になっている目の下に、墨を塗ったような隈ができていた。頰のつやがなく、唇はかさかさだった。そのすぐ近くに、屋根の落ちた校舎があり、特攻隊員たちがあわただしく復旧作業をしている。野中は絶えずそのほうに視線を走らせていた。

「昨夜、みなさんはここに宿泊なされたのですか?」と落合が尋ねた。

「他に移れるところはねぇし」

野中は笑った。「これからもこの校舎で寝泊まりするしかござんせん。何とかうめぇぐあいに寝場所にしようと、いまみんなで作業をしているところでやんす」

「集落の奥にある野戦病院も大変な様子ですね」

落合が労るような口調で言った。「まったく昨日はとんだ災難でしたね」

「いや、昨日より、明日です」と野中が言った。

「明日また、何かが起きるのですか」

落合が尋ねると、野中は急に唇をかみしめて黙り込んだ。帽子を脱ぎ、その帽子で額の汗をふいた。ここが潮時だと介宏は思った。

「それではここで……。大変なときにお世話になりました。私どもは引き上げます」

介宏はお辞儀した。すると野中は挨拶を返さず、ちょっと足もとに視線を落とし、思案した。それから顔を上げて介宏の目を見た。

「こんな機会はもうないでしょうから、せっかくでござんす。紹介しておきたい人がおりやす。ちょっくらつき合ってくだんせぇ」

野中は古谷と落合にも目配りし、先になって歩きだした。校舎の背後は山と見えるが、実際は山ではなかった。滑走路などの航空基地のある台地が、そこで途絶えて断崖絶壁になっており、台地と水田地帯との境に当たる崖下に樹木が繁茂している。それで山に見えるのだった。一帯は空襲を受けていなかった。

森の中の急な坂を登って行くと、銃を肩から吊った兵士が三人立っていた。野中を目に留めると、三人は容儀をただし、大げさなほどに手を挙げて敬礼をした。野中は答礼し、「指令はいるか?」と訊いた。「はい、少佐。司令はおられます」と兵士の一人が答えた。司令とは神雷部隊、つまり桜花特攻隊のトップである岡林基治大佐のことだった。森の奥にある古民家を借りて宿舎としている。

野中はそこに連れて行き、司令を紹介した。介宏はまったく意外な気がした。特攻隊の司令であれば、他者に死を強制する頑なに強い意志を堅持しており、容易に目も向けられないような恐ろしいほどの風貌をしていると思っていた。けれど太い眉は八の字に尻がたれて、まなじりもさがり、その隅からこめかみに何本かの皺ができていて、笑っているようだった。ずんぐりとした鼻の下に鳩が翼を広げたような髭をはやしている。それとて厳めしくなかった。ただ顎は真ん中で二つに割れているようで、そこだけが毅然とした武人を想わせる。肩幅が広く、胸は分厚く、背たけもあり、名うての飛行機乗りと認められているのに違いない。ただしまだ四十代であろう、若々しい一徹さを感じさせた。

介宏たちが訪ねる前に、岡林はいらいらしていたのらしい。空襲をくらった直後だけに、それはそうだったのだろうが、それでも介宏を紹介されると、肺活量を十分に活かした息を取り戻そうとして、大きくて長い呼吸をした。

「校長先生、あなたの噂はよく聞いていますよ」

岡林は気さくに話しかけた。

介宏はちょっと身も縮む思いで、何の噂だろうといぶかった。野中が蕎麦の噂をしたのかも知れない。

「古村参謀ならご存じでしょうが」

岡林は言った。「通信部隊の古村少佐です。あなたの噂をしたのは……。聞くところによると、あなたの家に、電探山の木名方が下宿しているそうですな」

「あ、その噂ですか」

「木名方は優秀な奴です。かなり能天気な奴ですが、あいつの情報なしに、われらは動けない。そんなわけで、あなたが面倒みてくださっていることを、ありがたいと思っているのです」

「いいえ」

介宏は頭を下げた。「古村少佐に頼まれましたので、喜んで引き受けました。それだけのことです」

「古村が私に申し伝えたのです。機会をつくり、校長先生にお礼を言うようにと」

「滅相もありません。木名方さんと毎日会えるのが、私の一番の楽しみです」

介宏はそう言って、ちょっと悔いた。毎夜、木名方から聞いているのは、機密事項のことばかりである。決して聞いてはならないことを、誰よりも早く、そして詳細におよんで聞いている。これが軍にもれたなら、自分も木名方もただではすむまい、うかつに口をすべらせてはいけないのだ。

「ところで、校長先生」

岡林は目尻に皺を寄せて言った。

「あなたは蕎麦うちの名人を抱えているそうですな」

野中が声をあげて笑った。

「そうなんです」

介宏は調子をあわせた。「ぜひ食べに来てください。木名方さんもいますので」

「ぜひぜひ」

岡林は野中を振り向いた。「お前も一緒に行こう。日取りを決めてくれ」

「そんな余裕はござんせん。自分はもう出撃しやすから」と野中が言った。

「何を言う。お前たちを誰が出撃させるものか。誰であろうと、俺が反対する。出撃をやめさせるのだ」

「反対ということは、てめぇもずっと前から……」

野中はそう言いかけて、はっとなり、声をのんだ。ちらっと横目で介宏たちを見た。

岡林もうつむき、咳払いをした。みんなが沈黙した。

この家には何もなかった。目に映るのは部屋の隅にたたんだ毛布と小さな卓袱台だけだ。まるで修行者の部屋だった。

「司令。せっかくですから、こんなときですが」

野中が言った。「あれを軽くやりましょうぜ」

「よし、それがいい」

岡林は顔をほころばせた。

野中は奥の棚の戸を引き開け、焼酎瓶と盆に乗せた茶碗を持ってきた。

「これだけは手放せない。夜、なかなか眠れないものだから」と岡林が言った。

野中が茶碗に焼酎をそそぎ、それぞれに配った。みんなで茶碗をあげて乾杯をした。

「一期一会とはまさにこのことでござんす」と野中が言った。

焼酎を飲みほすと、野中はまぶたに力を込めて目を閉じた。しばらくして目を開くと、介宏に言った。

「校長先生。あの市長によろしく伝えてくだされ。てめぇの申したことを、思い出してほしい、と……」

乾杯だけで焼酎を飲むのは終いにした。

ここでもう三十分ほど過ごしていた。介宏と古谷は野中たちと別れ、次に校長住宅へと向かった。落合が案内してくれた。

「おい。どうなんだろうな」

古谷が介宏に低い声で言った。「野中隊長は出撃する気だな」

「でも、岡林大佐は、絶対にそれを止めると言っていたけど。……ということは、その一方に、野中隊長に出撃を強制する勢力があるみたいだね」

二人はひそひそと話しながら落合の後をついて行った。

校長住宅の周辺は爆撃の跡が痛々しく、校長住宅も窓が落ちていた。そこには誰もいなかった。今日もまたアメリカの攻撃機が襲いかねないということで、防空壕に避難しているのだという。校長の遺体は防空壕に置かれていた。防空壕には畳が敷いてあり、校長の妻と集落の人たちが、通夜の準備をしていた。葬儀はいつ行うのか、まだ決まっていないらしい。

「主人は奄美大島の出身で、主人の両親がいつこちらに到着するのか、こんなご時勢の交通事情で、さっぱり分からないのです」

妻は泣きはらした顔を両の掌で覆いながら言った。

介宏と古谷は遺体の前で低頭、合掌して、線香を供えた。それから一時間ほど遺体のそばに控えていた。すぐに帰るのはよくない気がしたのだが、そこにいて何をすればいいのか分からなかった。どうしようもないのも対応の一つだった。集落の人たちが次々と焼香に訪れた。遺体を拝み、黙って涙を拭い、また黙って帰って行く。訪れるのはほとんどが女で、たまに年寄りの男がいた。働き盛りの男たちはみんな戦争に駆り出されているのだった。

「御真影を取りに行ったのは、そりゃ偉いと思うけども、命あってのことじゃってでや。奥さんもおるとに」

そんなことをあけすけにまくしたてる婆さんがいた。古谷がそれに同調して何か言いそうになったので、介宏は古谷の袖を引っ張った。

死んだ校長と関わりのあった学校関係者もやってきた。介宏と古谷はその人たちと死んだ校長のことを話した。

「立派だった。教職の鑑となる実績を残された」

郡部から来た年寄りの教員は死んだ校長に顔向けができないかのように、ただ頭を低くしてつぶやいた。

介宏は訪れた教育関係者の名前と所属をメモした。それも報告書に書き添えるつもりだった。

防空壕は風が通らず、湿気が高く、蒸し暑くて、遺体の匂いがした。

「おい、ぼつぼつ引き上げようぜ」

古谷はひそかに鎖つきの金色に輝く懐中時計を引き出して、時間を確かめた。それを見たとき、介宏は白分の息子の嫁である貴子を思い出した。しかし今はそんなことを思い出す時ではなかった。

二人は立ち上がり、もう一度、故人の祭壇を拝みに移動した。そのとき、突然……。地面が突き上がるように揺れた。防空壕の天井の土がばらばらと崩れ落ちてきた。

「何ごとだ、これは」。介宏は叫んだ。爆発音が遠くで聞こえた。

介宏と古谷は自転車で走った。大勢の人たちがその方に走っていた。

野里駅が跡形もなく吹き飛び、その残がいが燃え盛っていた。ただの燃え方ではなかった。火の回りが異常に速く、炎が渦を巻き、上空にひらめき昇っていく。その勢いが凄まじかった。昨日の空襲で半壊していた倉庫群も全壊し、炎に包まれ、黒煙を噴きあげている。汽車もひしゃげてその上を炎が音をたてて飛び散っている。そして一帯に転がっているおびただしい人体が、紙くずのようにめらめらと燃えているではないか。

かけつけた人たちが燃えている人の炎を消そうとしていた。バケツで水を浴びせても炎は消えなかった。服が燃えているばかりか、人体そのものが燃えている。燃えながらその人はわめきつづけていた。

「ナパームだ」と介宏は声を振り絞った。

人体にナパームがべっとり付着して、それが燃えているところに違いない。駅舎も軍用倉庫群も、汽車も、ナパームが降りそそいで付着し、普通ではありえない凄まじい火焔に巻き込まれている。身の毛がよだった。

「何事だ」

古谷が介宏にわめいた。「敵機が襲撃したのでもないのに、何が起きたんだ」

「時限爆弾だ」

介宏は木名方に聞いて知っていた。

東京空襲でも数多くの時限爆弾が投下され、翌日あるいはその翌日、日時を経て、突然、ナパーム弾が爆発したという。しかも東京空襲の二日後には名古屋が、その三日後には大阪が、同様の空襲を受け、時限爆弾にも苦しめられたというのだ。

「ひでぇな。こんな殺し方もあるということだな」と古谷がうそぶいた。

野里駅の大惨事で、百名あまりが黒焦げになった。そのなかに若い女性の駅員がいた。さらに兵士もいたが、ほとんどは朝鮮人だった。

その日、介宏と古谷は黄昏れてから現場を離れた。すっかり言葉を失って、黙りこくったまま、自転車を後戻らせた。

介宏は帰宅すると、夕食もそこそこに、夜更けまで殉死した校長に関する報告書を書いた。朝が来たので自転車に乗り、古谷のところに出かけた。それを連署という形にするため署名として印鑑をついてもらい、それから郵便局に寄り、速達便で教育庁に郵送した。

午後になり、正太の母親が訪ねてきた。正太が行方不明だという。そんなことはよくあることなのだが、昨夜、母親は妙な夢を見たというのだ。鐘が鳴り響く晴れ渡った日に、正太が真っ白いスーツを着て、首から双眼鏡を吊り、真新しい自転車を走らせながら笑顔で手を振ったという。

介宏は変に胸騒ぎがした。よもやと思った。念のため一人で野里駅に出かけてみた。凄まじい現場を海軍や警察が検証していた。

よく知っている人物がふと目に留まった。鹿屋駅の助役、前田壱二郎だ。親戚といえば親戚である。一昨年、介宏の兄の次女が前田の長男に嫁いだ。婚礼の際に介宏は前田と顔を合わせたことがあり、また前田の長男が出征するとき、その壮行会に出かけたこともあった。

「前田さん、どうしたのですか」と介宏は声をかけた。

「やあ、校長先生。いやいや、このとおり駅が大被害なもんで、同じ国鉄職員として片付けに来ているのですよ」

前田は藍色の制服制帽だった。いつも身なりを整えている人物である。「校長先生こそ、どうなさいました?」

介宏は正太の話をした。

前田が海軍や警察の者にそれを問い合わせてくれた。いろいろ調べてもらい、自転車と双眼鏡の焼け残った破片が見つかっているのが分かった。それを確認した。

「正太はここにいたのだ」

悲鳴が聞こえた。それは自分が発した悲鳴だった。

正太の遺体がどれなのか分からなかった。どの遺体もまるで炭の塊で、手で触れるとぼろぼろ崩れた。正太の大声が聞こえた。「校長先生。駅に行くのなら、ぼくも行くよ」。あのとき、介宏は一瞬、「駅には行かないから、来るんじゃないよ」と叫び返そうと思った。しかしそれを言わずに、自転車を走らせて遠ざかったのだった。

★

三月二十一日は美しく晴れた。鹿屋国民学校の桜が満開だった。介宏は葬儀に行かねばならなかった。殉死した野里国民学校の校長の葬儀に市内の各学校の校長たちが参列することになったのだ。

市役所からバスが十時に出発し、介宏たちはそれに乗って航空基地の反対側にある野里をめざした。バスが市街地を抜けて西原の台地を走っていくとき、すぐ近くの航空基地から轟音が起こった。窓越しに飛行機の編隊が飛び立つのが見えた。誰かが「一式陸上攻撃機だ」と叫んだ。

介宏は立ち上がり、窓に顔を寄せてそれを見つめた。続々と飛び上がっていくのは、まさしく一式陸上攻撃機だった。双発エンジンの機体の底に、鈍い空色の椎の実みたいな形の物体がセットされている。

あれが桜花か。

介宏は生唾を飲んだ。編隊は基地の上空をごうごうと旋回し、やがて東の志布志湾の方向へ飛翔しだした。圧倒的な規模の編隊である。

「野中隊長が出撃したんだ」と古谷が声をひそめて言った。「二日前、特攻隊司令の岡林大佐は、『俺が反対して出撃はやめさす』と言っていたじゃないか。その反対を押し切って、出撃を命じた奴がいるのだな」

「うん」

「二日前だぞ」

「やはり出撃したのか」

「出撃を命じた奴がいるんだな」

古谷は同じことを二度言った。「軍司令長官の砂垣中将だろうとも。そいつは」

介宏は窓から顔を離し、座席の背もたれに体を預け、長い息をはいた。

すぐ後ろの席で、どこかの校長がいう声が聞こえた。「なんて勇壮な光景だろう。こんな近くで見られるなんて、幸運だった」。興奮して相づちを打つ声も聞こえた。

出し抜けにあの日の記憶が跳ね上がった。市長の家で野中が部下の特攻隊員たちと肩を組んで、エンヤートットとうたった様子を思い出した。

「やはり出撃したんだ」

介宏はもう一度、古谷につぶやいた。

その日は野里国民学校の校長官舎の裏で、葬儀があった。にわかに敵機が来襲するのを恐れて、祭壇は防空壕の中にこしらえてあった。葬儀には死者の妻子や両親、親戚、集落の代表、あるいは介宏を含めた校長たちなど五十人ほどが森陰に集まった。市長も来る予定になっていたが、急きょ欠席の連絡があったという。おそらく桜花特攻隊の初出撃を見送りに行ったのであろう。海軍の関係者も姿を見せなかった。特攻隊の宿舎にあてられた校舎には誰もいなかった。不気味なほど静まり返っていた。介宏は葬儀がとり行われているときにも、野中の率いる特攻隊はどうなったのか、気がかりでならなかった。夜には木名方にそれを聞かねばならないという思いが募った。

葬儀の最後に、町内会長が死んだ校長の名前を叫び、両手を高く振りかざし、「名誉の殉死を讃えよう」と跳び上がった。バンザーイ、バンザーイ、バンザーイ。参列者たちは怒濤の如く揺れてそれを三唱した。介宏もそうした。

その日はもう一つ別な葬儀もあった。

午後も遅くなって正太の家でこじんまりとした葬式があり、介宏はそこに顔を出した。今度はこらえようもなく涙がこぼれた。正太を殺したのはこの俺だ、と思えた。椎の木に登っていた正太に、俺が降りて来いと命じなかったら、正太はそのまま木に登っていて、駅に寄りつくこともなかっただろう。そして正太が「ぼくも駅に行くよ」と叫んだとき、「駅には来るな」と叫び返すべきだった。介宏は涙を流し続けた。

葬儀には正太の幼なじみの本地幸一も来ていた。しばらく正太のことを話した。

「正太は本当に優しい奴でしたね」と本地が言った。「そうだった」。介宏は自分の長男の野辺送りのとき、正太が棺桶の片棒を担いでくれたことを思い出した。

葬儀が終わると、苅茅をめざして脇目もふらずがむしゃらに自転車を走らせた。野中の率いる桜花特攻隊がどうなったのか、木名方に聞きたいからだった。

「全滅でした」

木名方は言った。「野中隊長と、野中隊長が手塩にかけて育て上げたパイロットがあえなく全滅したのです」

見えん婆さんの家で夕食をとっていると、さながら葬儀場にいる感じだった。前の二つの葬儀より沈痛だった。

木名方が無線を傍受したところによると、アメリカ軍はすでにレーダー探知でこちらから特攻隊が出撃したことをキャッチしており、それを迎え撃つべく、大編隊を配置して待ち受けていたというのだ。

桜花を吊り下げていたので一式陸上攻撃機は身動きできず、何の反撃もできなかった。そして攻撃目標の艦隊より五十～六十海里手前で、全機が撃墜された。

一式陸上攻撃機には七人が搭乗する。そしてプラス一、つまり桜花に乗り移って敵艦に体当たりするための一人が乗っている。

「この全機が撃ち落とされ、百四十四人が死にました。さらに一式陸上攻撃機を護衛していた零戦も撃ち落とされ、そのパイロットを含めると、死者の総数は百六十人にも及ぶのです」と木名方が胸を抉る声で言った。

「わてらは待っておりましたんやが、出撃部隊の一機たりとも無線を発しませんでした。全員が何の連絡もしてきやはらなかった。それは無言の抗議だったのでしゃろ」

松田が焼酎をぐっと飲んで言った。泣きはらした顔をしていた。

「誰が出撃を命じたのか?」

木名方が言った。「私はアメリカ軍の情報は、逐一、特攻司令の岡林大佐に報告していたのです。だから大佐は本日の出撃に反対するとともに、野中隊長をひきとめたはずです」

それは介宏も以前に知っていた。野中が岡林に引き合わせてくれた、そのときに知ったのだった。すると介宏の心に別の記憶が音をたてて追いかけて来た。野中は介宏にこう頼んだ。「校長先生。あの市長によろしく伝えてくだされ。てめぇの申したことを、思い出してほしい、と……」

介宏は市長にそれをまだ伝えていなかった。ぜひ伝えねばならないのだ。海軍の航空基地を誘致し、特攻隊の町をつくった市長に、それを伝える義務を、介宏は野中から課せられていると思いなおした。

「けったくそ悪い。飛行隊長がこのように死になさって、特攻隊はわちゃわんですがな。さい先どないなるんでっしゃろ」と松田が歯ぎしりをし、それから食卓をどんどんと叩いた。

「今日の結果に勝る教訓はない」

木名方が目を閉じて言った。「特攻隊を率いて、隊長が自分たちの命と引き換えに、まざまざと実証したのだから、もう愚行はくりかえされないだろう。特攻隊に隊長の遺志が貫かれるに違いない」

介宏は自分がメモ帳に「これが特攻隊だ」と書いたことを思い出した。

3

特攻隊を率いた野中が撃ち落とされ、介宏が鬱々した気分に陥ったまま校長室で執務していると、菊子から電話が入った。

「横須賀さんが半殺しにされたんです」

菊子はすすり泣いていた。「特攻隊長の野中さんに殴られたのですよ」

「野中隊長に?」

ちょっと解せなかった。出撃したのは一昨日である。

「ちょっと話だけでも聞いてください」

菊子はあわれなほど切々と訴えた。

野中が横須賀を半殺しにしたとは、いつ、どこでだろう。ちょっと他には言えないけれど、相当に痛快な話だと思えた。ぜひとも聞いてみたかった。

勤務を終えて写真屋に歩いて行きながら、菊子に肘鉄を食らったことを思い出した。鼻の下を長くしていた時分の自分が腹立たしかった。菊子が電話を掛けてくるのは、まだ俺を頼りに思っているからだろうが、どんな顔で行けばいいのか。気持ちが動揺しながらも急ぎ足になっていた。

写真屋の奥の部屋に、横須賀は横たわり、顔を氷で冷やしていた。左の目からこめかみのあたりが紫色に腫れ上がり、唇も切れている。歯も折れているという。

「あんな野蛮な奴はいない」

横須賀は野中のことをあげつらった。「あいつらが出撃するとき、写真を撮りに行った。何しろ桜花特別攻撃隊神雷部隊の初出撃だからな、歴史に残る写真を撮ろうと、俺は工夫したんだ。基地で働く女学生たちに桜の花の咲く小枝を持たせ、出撃するところを見送らせようとした。ところが野中ときたら、それを烈火の如く怒り、『嘘でかためた写真を撮るな』と言いやがった。俺だって伊達や酔狂で写真を撮るわけじゃない。ケチをつけられて頭にきたのさ。相手はチビで貧相なほどの体躯だったから、見下げてせせら笑っていたところが、いきなり、跳び上がって、回し蹴りをくらわせやがった。特攻隊の長靴の固い踵で後頭部をやられ、ふらっとなったところを、今度は拳骨で顔を殴りやがった。それで何もかもパーになったという顚末さ」

「それは気の毒だったな」

介宏は口の先だけで調子を合わせた。心の中では横須賀を軽蔑していた。

「その前の話もあるのですよ」

菊子が言った。「校長先生にもお世話になった例の件、横須賀さんは特攻隊員に子供が手紙を書くシーンは撮れましたが、その手紙を特攻隊員に渡すシーンは撮れなかったのです。子供たちが手紙を届けに行き、そこを撮ろうとしたら、野中さんが横から手紙を奪い、びりびり破り、そして唾を吐きかけたんです」

「ほう、そうだったのか。私は知らなかったな、そんなこと」

「校長先生も立腹なさると思って、今まで隠していたんですよ」

「なるほど」

介宏は何となくにやにやしそうになって、鼻の下の髭をなぜた。野中の行為が痛快だった。

「海軍は駄目だ。俺は陸軍の報道班に乗り換えることにした。知覧や万世の特攻基地なら、ばっちりプロパガンダの写真が撮れる。野中のようなアホがいないからだ」と横須賀が息巻いた。

「そうそう。あんたは知覧に行くべきだ。特攻隊を女学生が桜の花の小枝を振って見送る写真など、心ゆくまで撮れるところに行けば、あんたは出世できる。歴史に残るチャンスは自分でつくるべきだ」

介宏は力をこめて言った。

心の中では、べーと舌を出していた。ここから横須賀を追い出すのに、それは絶好の手段だった。菊子を見ると、亀が暗夜の浜で卵を産むときのように、低く小刻みにうめき涙を流していた。馬鹿かお前は。あしざまに罵ってやりたかった。

介宏が部屋を出ると、菊子が追いかけてきた。何も言わずにおろおろしていたが、介宏には菊子の言いたいことが分かっていた。横須賀を引き止めてほしいのだと……。そうしてほしいから電話をかけてきたのだと……。そしてまた思い出した。暗室の中で菊子に眼鏡をたたき落とされたことを……。介宏は言った。

「あんたね、保之助どんが戦地から戻ってきたら、この写真屋はどうなるんだい。それを考えるんだな。それともあんた、知覧について行くつもりかい。誰も止めはしないよ」

どことなく勝ち誇った気分で、写真屋を出た。のりうつっていた何かが落ち、心が清々していた。

街はすでに黄昏れて、店々に明かりが灯り、人波が増えてきていた。介宏は街をぶらぶら歩いた。校長官舎で房乃が待っているはずだが、小使いの夫婦が房乃の夕飯をまかなってくれるだろう。介宏は市街地の真ん中を流れる川のほとりに出て、小料理屋の風流らしく見せかけた藍染めの暖簾をくぐった。「蘇芳」という店名だった。

「ありゃ。苅茅校長、いらっしゃい」

なじみの店主が挨拶に出てきた。店主の子供を国民学校で教えたこともあり、介宏は特別扱いされるのだった。

店主の顔が普段とは異なり、いきいきと輝いていた。楽しさに勢い込んでいるみたいだった。

「何だ、今夜は祭りでもあるのかい?」と介宏は尋ねた。

「毎日がお祭りですよ」

介宏がカウンターの隅に掛けると、注文する前に、店主は焼酎のお湯割りと、志布志湾の名物でチンコベという名の巻き貝を出してくれた。

「校長。もう聞いたと思いますが、昨夜は大変な騒ぎだったんですよ」

店主は話したくてうずうずしていた。

「何だ、何だ」と介宏は笑った。

「網屋で大立ち回りがあったこと、聞きましたか」

「いいや」

網屋とは大隅牛のすき焼きで有名な、地元を代表するレストランの老舗である。鹿屋市が特攻隊の街になって、そこも今、途方もなく賑わっているのだ。

「昨夜、網屋に集まった特攻隊員たちが、飲むほどに乱れて、『今度、初出撃させられた野中部隊は、全員、犬死にした。二千キロもある桜花を吊り下げて一式陸攻を飛ばすなんて、そいつは無茶だ、やめるべきだと、野中隊長は言い続けていた。それを無視して、出撃を命じた者たちは、どう責任をとるんだ。野中隊長の言うとおりだったではないか。野中隊長は命を投げ出してそれを立証した。俺たちは野中隊長の側に立つ。特攻という名でなぶり殺しにされてたまるか。俺たちに犬死にを強いるのなら、それに反抗して戦うぞ』とか何とか、やたら気勢を上げて、あげくの果ては日本刀を抜きはなって網屋の襖や障子をずたずたにするやら、窓を蹴破るやら、誰も止めることができなかったんです。そこで憲兵隊が出動し、威嚇射撃をズドーンズドーンとやったものだから、特攻隊員たちは逆上し、大乱闘になったんです。そりゃあ、もう大変なやじ馬がくりだして、私なんか、もう、店は放り出して見に行きましたよ」

「そうか、そんなことがあったか」

介宏はちょっとこの雰囲気には気持ちがついていかなかった。野中が出撃して死んだことを、木名方や松田と話したときは、限りなく無念で、怒りにうちふるえ、その場は深い壺の底に押し込められたように沈鬱だった。しかし町はまるで祝祭だった。野中が出撃して死んだことで沸き立っていた。

「あんたは野中派かい?」と介宏は訊いた。

「何を言われますか」

店主はちらちらと辺りを見て、それから介宏に顔を寄せ、小声で言った。「誰が憲兵の味方をするものですか」

「なるほど」

「でしょう?」

そのうち店に客がこみだした。店主は配下の板前や店員たちを指揮しながらも、しきりに歩き回った。そして介宏の次にその話を聞いてくれる客を見つけ出した。さらに別の客にも話した。何かの大興行を観た後の、いまだ興奮さめやらぬという有様だった。どの客も顔を輝かせ、拍手さえして笑いさんざめいた。

「ずいぶん店はにぎわっているな」と介宏は店主に言った。

「お陰様です」

店主が徳利で焼酎を出してくれた。黒薩摩の徳利で、民芸品のように立派だった。

「今度それを買いそろえました。うちは客席が限られていますから、売り上げが頭打ちになります。で、店を高級化して、客単価をあげようというわけです」

「客単価をあげる?」

そうか、商売とはそういうものなのか。介宏は妙に納得できた。

「店もちょっと改装するつもりです」

「儲かる算段だな」

「稼げるときに稼がないと。ここが商機とにらみましたから。銀行は今なら問題なく貸すといいますし」

「ここが商機か」

「そうですとも。これからは特攻隊専門店にしたいぐらいですよ」

「そうかそうか」

ふと、二、三年前のことを思い出した。

政府が打ち出した「贅沢は敵だ」というスローガンによって、この町の床屋や化粧品屋などが次々と廃業に追い込まれた。ある商業雑誌によると、後藤紫雲という大道芸の大締め師はこうした潮流に乗って、「煙草のゴールデンバット一箱七銭を吸わず五十年間過ごすと、千二百八十円という大金が浮く。日本の男どもがこぞって禁煙したら、戦艦、爆撃機などの建造費がすぐにできる」と、例の美文調の淀みない活弁でまくしたて、いたるところで絶大な人気だという。このような時流に押し流され、町の煙草屋も農村の煙草栽培農家も疲弊した。

ともかく生活費を切り下げて質素倹約にはげむのが社会正義であり、美徳とされ、その結果、どこの商店街もうら寂れてしまったのだが……。しかしここ鹿屋の町は新しい時代を迎えていた。特攻隊バブルに沸いている、全国でも特別な町だった。

「校長先生。たまには町を見て回ってごらんよ。どこもかしこも夜の町は大にぎわいだ。歌舞伎でいえば千秋楽の顔見世興行のように見ないうちは帰さないという、粋な呼び込み太鼓を聞くのも悪くはないよ」

店主はいつの間にか馴れ馴れしい口調になり、香具師の名啖呵を真似た言い方をした。その分、介宏も酔いがまわっていた。菊子と横須賀のことを思い出し、大声で笑った。それから徳利の一本を飲み干し、「蘇芳」を出た。

ほろ酔い気分で客路地を通り抜け、川沿いの飲み屋街へと歩いて行くと、桜の老木が花影をつくっている場所に焼き鳥の屋台が連なり、大勢の客が群がっていた。お祭りのようなにぎわいの中から「校長、校長」と呼ぶ声がする。見ると隅の飯台に初老の男がいて、手をあげている。きちんとしたスーツ姿だ。

「あ、前田さん」

介宏も手をあげた。

それは鹿屋駅の助役、前田壱二郎だった。四日前、野里駅で正太の遺体をさがすとき、お世話になったのだった。こんなところで会おうとは奇遇と言うほかはない。

「一人ですか?」と介宏は尋ねた。

「一人です。よかったらつき合ってくださいよ」

「はいはい」

介宏は酔った勢いで遠慮もなく、へらへら笑って、前田の横に腰かけた。同じ皿の焼き鳥を食べながらコップで焼酎を飲んだ。

「校長もひとりで飲み歩くのですか?」

「こんなことは初めてなんですが……。それにしても前田さんこそ、どうしたんですか?」

「宮崎航空隊の整備兵たちが、青木町に寄りたいというので、いま連れて行き、二時間後に迎えに行くことになって、ここで時間をつぶしているところです」

青木町とは昔ながらの女郎屋が密集する街区で、鹿屋が特攻隊の街に生まれ変わると、にわかに施設を拡張し、昼も夜もやたらにぎわっているという、そんな噂の町だ。

「ちょっと解せないけど、宮崎航空隊の整備兵と青木町、それが駅の助役とどう結びつくのです?」

「そこなんです。やれやれ、よく尋ねてくださいましたね」

前田はちびちびやりながら遠慮がちに話し出した。けれど本心はそれを話したくてたまらなかった風であった。「三日前、海軍の命令で、宮崎から特別列車を走らせたのです。『宮崎航空隊の整備兵を乗せて来い』という命令で……」

「三日前ですか?」

「野中隊長の特攻隊が出撃する前夜です」

「あ、そうですか」

介宏は思わず身を乗り出した。一瞬、酔いが醒めた。すぐさまメモ帳をとりだした。

鹿屋基地はアメリカ軍の猛烈な空襲を受けた（野里国民学校の校長が殉死した日だ）。敵機を迎撃すべく、鹿屋基地からおよそ二百機が飛び立ったけれど、半分以上が撃ち落とされた。帰ってきた約九十機のうち約五十機は滑走路にいる状態で、アメリカ軍の攻撃でぶっ壊され、残りは四十機そこそこになった。残った機はいずれもどこか損傷していた。

そんな状況下で、野中隊長の率いる桜花特攻隊に初出撃の命が下った。しかし出撃するとしたら、飛行機の整備、補修をしなければならなかった。一晩でそれを終えるには、鹿屋基地のスタッフだけではとうてい足りなかった。そこで急きょ、宮崎航空隊に応援をもとめた。

「そんなわけで国鉄に、宮崎から整備兵を運んで来い、という命令が下ったのです」

「ちょっと聞き捨てならぬ気がしますな」

介宏はメモをとりながら焼酎をあおりたくなった。どうしてなのか、今夜の焼き鳥は鼻につくような血の匂いがした。

焼き鳥屋の屋台にはラジオが置いてあり、「同期の桜」という軍歌が勢いよく流れ出した。大勢の客がそれを歌った。手拍子をとり、歓声を上げて、まるで街ぐるみの大宴会だった。

前田はつられて鼻唄を歌いながら、介宏のコップに焼酎をつぎ足した。介宏はそれを飲み干して、前田に話の先を促した。

「それで飛行機の整備や補修は一晩で終わったのですか」

「無理ですよ、そんなことは……。宮崎の整備兵が鹿屋駅についたのは、深夜でしたからね。駅から軍用トラックに乗り換えてですよ、彼らが連れて行かれたのは、暗夜の台地でした。そこに散在する掩体壕に飛行機はそれぞれに匿われていたのです。彼らは掩体壕ごとに分散し、懐中電灯の光だけをたよりに、作業に取り組んだというのです。電気ドリルなども使えず、手でできる範囲でしか整備できず、それも機数が多いため、全部は修理できなかったということで……。いやいや、案の定、翌朝に出撃するとき、故障で飛び立てない機が続出しましてね、また飛び立ってもエンジンのトラブルなどで引き返してくる機がいました」

「たまげた話ですな、特攻隊の初出撃というのに、そんなざまだったのですか」

介宏は前田のコップに焼酎を注ぎながら、何か我慢できない気持ちで尋ねた。「野中隊長たちはそんな無様な状態で出撃させられたのですか？」

「いや、誤解しないでください。桜花を下げた一式陸攻機は一応は整備された機を選んだので、特に問題もなく飛び立ったのです。問題なのは特攻機を護衛する戦闘機なんでして、今回の特攻機の編隊規模からいえば、護衛の戦闘機は七十機は必要なのに、それがほとんどいなかったのです。損傷のひどいものを含めても知れた数だったので、笠之原航空隊の戦闘機を動員して、何とか五十機ほど確保できたものの、出撃してもエンジントラブルなどで引き返してきたりしましたので、実際は三十機に減ったのです」

「七十機は必要なのに、三十機だったということは、野中隊長は護衛を期待できずに敵陣をめざしたわけですか」

「全滅したわけですよ」

「それは全滅しますよね」

「だから全滅したんですよ」

「酷い酷い。まったく酷い話ですな」

介宏はむしゃくしゃした気分でたてつづけに焼酎をあおった。

前田はもう呂律がまわらなくなっていた。しかし十分に話ができたので、たいそう満足した風だった。焼き鳥屋のラジオから「軍艦マーチ」が流れだした。これを聞くと気分がひとりでに昂揚する。そんな音楽だった。

「前田さん。今夜は徹底的に飲みましょう」と介宏は言った。

「愉快に飲もうではないですか」

前田はぐっと飲んで言った。「まあ、いろいろ話しましたが、結局、野中部隊が全滅したため、宮崎の整備兵たちは自分たちが責任を果たせなかったからだと悩んで……。それでもって青木町に繰り出して、ぱっと気分転換しないと、帰るに帰れないということになりましてな」

「そうでしたか。そういうことでしたか。前田さんにはとんだとばっちりでしたな」

「まったくとばっちりですよ。はっはは」

「はっはは。よく事情は分かりました」

「分かりましたか。はっはは」

「はっはは。分かりました分かりました」

飲んで笑い疲れて、前田と別れた。

千鳥足で歩いていると、自転車をどこかに置き忘れたような気がした。いや、自転車で官舎を出なかったのではないか。意識が朦朧としていた。けれどこの街にはもっと何かがありそうな気がして、あてもなくぶらついた。街にあふれる酔客の中に特攻隊員もたくさんいた。その体格や挙措や雰囲気で、それだと一目で分かった。特攻隊員であることを見せびらかすために、分厚い飛行服に、白いマフラー、そして風防眼鏡を額に掛けている者もいる。特攻隊員の行く店はほぼ決まっている風だった。しかしこの街では特攻隊員と市民は雑然と交ざり合っている。

実際のところ、町のいたるところで特攻隊員たちが下宿している。そこで特攻隊員たちは特攻に関する裏話をふんだんに語る。町の人たちはそれを聞き、そして知ったことを自慢するために、誰かにそれを話したくてうずうずしているのだ。

介宏が行き当たりばったりに飲み屋に入ると、カウンターの横に掛けている男が話しかけてきた。介宏は見覚えはなかったが、相手は介宏を知っていた。近所の八百屋なのだという。

「校長先生。わが家にも二人、特攻隊員が下宿していますよ。彼らはもっぱら野中隊長のことを話しますね。野中隊長が自ら証明してくれたので、これで特攻は中止になると、命の恩人として敬っておりますよ。私は彼らとともに、野中隊長をほめたたえたいですな。それはそうですよ。下宿をしている彼らが死んでいくのを見るのは、私としてもしのびないことですもんね」

「あんた。いいことを言うじゃないか」

介宏は八百屋と大いに飲み交わした。いつのまにか近所の男たちも集まり、客座敷に場所を移して、深夜までつづく宴会になった。みんな景気がよさそうだった。共通する話題はここでも野中隊長のことばかりだった。昔の言葉に「判官びいき」という言葉がある。まさに今、野中隊長はこの町の判官だった。介宏は酔い潰れて、どうして官舎に戻ったのか、記憶にない。房乃が「向江町の八百屋さんたちが担ぎ込んできた」と教えて大笑いした。

三日後、「蘇芳」の店主が憲兵に捕まったという噂が伝わってきた。あの日、店主は介宏に語った。網屋で特攻隊員が大暴れしたことを……。さらに極秘も極秘なのに、大暴れした特攻隊員たちが、その後、見せしめとして、どのように処分されたかそれまで語ったので、憲兵に咎められたのである。

けれど店主を捕まえたぐらいでどうなることでもなかった。野中隊長をめぐるさまざまな噂で町の全体が沸き返っていた。それは特攻隊員たちから聞き知ったことなので、野中隊長の側に立った噂ばかりだった。市長は市役所の職員に通達を出した。

「特攻隊に関する流言飛語に惑わされるな。わが市は特攻隊の町として栄えている。今後とも市は海軍と一体になり、国家のために尽くさねばならない」

通達は学校にも下りてきた。

それを見たとき、介宏は後ろめたくなった。あの日の野中隊長を思い出したからだ。「市長に伝えてくれ。俺の言ったことを思い出してほしい、と」……そう介宏は頼まれたのだった。けれどまだそれを実行していなかった。よい機会を狙っているところだと、自分に言い訳しながら、今日に至っている。

それはこの日から介宏の頭を離れなくなった。

★

介宏は眼科医院に行った。

左目にものもらいができていて、瞼をあけられなくなっていた。医師の精杉誠三はかねてからの顔なじみだった。地元では名医といわれ、六十代だが精神が若かった。後継ぎの一人息子が中国で戦死し、今は妻と二人暮らしだったが、最近は特攻隊員を三人も下宿させている。いわば我が子のように特攻隊員たちを可愛がっていた。その分、医師が話すことといえば、いきおい特攻隊のことばかりだった。けれど憲兵や特高を警戒して、相手を選ばず話すわけではなかった。

精杉医師はてきぱきと治療をしながら、小声でしきりに語りかけた。

「校長。まあ、聞いてくれ。うちに下宿している隊員たちと飲んで話すのだが。……この三日間にだぞ、特攻隊員が何人、死んだと思うかい？」

「さあ、何人ですかね」

「二百五十人は下らぬそうだ」

精杉医師は言った。「野中隊の他を含めてだが、二百五十人だぞ。これではいくら特攻隊員がいてもだ、底をつくのではないかね」

「いや、はや。そうなんですか」

介宏は言葉を選んで相づちを打った。

「野中隊長たちは命を賭けて訴えたんだ。こんなことはするべきではない、と……。そこで今、みんなが固唾を呑んで注目しているんだ。今後、特攻隊の出撃をやめるのか、やめないのか。それも特にだ、桜花を積んだ特攻をやめるのか、やめないのか。で、司令長官の砂垣中将がどう判断するか。……わしは信ずる。よもや特攻を続行するとは言わないだろう、と。特攻隊員を無駄死にさせるばかりじゃ、あまりにひどいじゃないか。特攻隊員は底をつくからな」

精杉医師は得意満面に語りつづけた。

しかしその見解は下宿している特攻隊員たちからの受け売りだった。下宿させてもらって夜な夜なぜいたくな飲ませ食わせにあずかっているために、特攻隊員たちはせめてリップサービスでもしようとして、特攻隊の裏を暴露してみせるのだった。

介宏は左目に眼帯をつけてもらい、病院を出た。国民学校に向かって街を歩きながら、あらためて思った。まったくこの街は特攻隊の噂話でなりたっている、と。

考えてみると、砂垣中将が鹿屋航空隊に着任し、正式に特攻隊の基地となったのはたった一ヵ月前のことである。日本本土の最果ての田舎町は、たった一ヵ月間で、日本海軍最大の特攻隊の街にしたてあげられた。処女地に過剰な化学肥料が染み込んで、自然界の限度などとは無関係にただやたらに雑草が異常繁茂したように、この街は特攻隊で沸きに沸いている。昔から市街地に住む者はここが自分たちの町だとは思えなくなっていた。

介宏は川に沿って交差する道を歩きながら、春霞む空を仰いだ。野中隊長の率いる特攻機の編隊が、ごうごうと出撃した風景を追想した。それはもはや人々の中で伝説となっている。特攻という理不尽な悲劇を受け入れる代わりに、街が祝祭の様相をおびてゆくとき、人々はひそかに、野中隊長のような人柱になる人物が現れるのを望んでいたとしか思えなかった。


五日ぶりに、介宏は苅茅に帰った。そして見えん婆さんの家で、木名方と松田と一緒に夕食をとった。

「わての転勤が決まりましたんや」

松田がにやにやして言った。「わては屁をひってとんだヘマをやらかしましたが、それが出世の契機になろうとは、へっへへ」

「出世するんですか」と介宏は尋ねた。

「司令本部の作戦電話室の指導官見習いという役職に決まりましてな」

「ほう。それは?」

介宏はその役職のもつ意味が分からなかった。木名方がそれを説明した。

「砂垣中将もすでに崖下の壕に司令本部を移しており、そこには作戦本部があり、それに直属する作戦電話室があります。暗号班、情報班、電話交換に分かれており、特に作戦電話室は海軍の中枢をなす横浜の連合艦隊司令部と直通電話があり、また特攻機との交信もするなど、きわめて重要なポストです」

「それはすごい。本当に大変な役職じゃないですか」

「しかもですせえ」

松田はにやにやしつづけて言った。「その作戦電話室には高等女学校の高山、志布志、松山の三校の女子挺身隊員が六十名ほどおるというですんや。わてはですな、そのぴちぴちの女学生たちを指導する立場なんで……、いやあ、もう、考えますな。こんなわてでいいのやろうか、と」

「でも、指導官見習いだからね。お前の方がまず女学生に教わらねばならぬわけさ」と木名方が言った。

「ぶっちゃけた話、わては生まれてこの方、若いおなごんしのカザをかいだことがないのですわ。そばに行った途端、クラクラしやせんかと、声は鶏が首絞められたようにクワックワッとつまらせんかと、そんなドつぼにはまったら、なんや、情けないおますで」

松田は羽目をはずして浮き浮きしていた。その話しぶりは沢庵漬けを噛んでいるところのようだった。

「校長先生、あなたは古村少佐をご存じでしょう？」

木名方がおもむろに言った。「この前、会われたと思いますが」

「会いましたよ」

思い出してみると、この前、古村少佐は松田を配置転換すると明言したのだった。どこに異動させるとは言わなかったが。ともかく今回の異動は古村が決めたのに違いない。

「古村少佐は通信関係の参謀で、砂垣中将のいる司令壕に勤めているのです。ま、そんなわけで、この松田兵長は古村少佐の指揮下に入ることになります」

「そうですか」

介宏は自分の娘のことで松田に不祥事を起こさせたことを思い出した。警察官を半殺しにしたのだ。それにしてもあんな不祥事を起こした松田を、どうして古村はひきとるのか、それでは懲罰にならないのではないか。ちょっと解せなかった。

「そこんところはちょっと裏がありまして」

木名方が説明した。「私はアメリカ軍の情報をキャッチし、それを古村少佐にいつも報告しているのですが、このたび、松田が古村少佐の下に入ると、その報告の仕方がより密接になりますね」

「なるほど」

介宏は古村と会ったときのことを、あらためて思い出した。古村は木名方のことをどこか決然とした表情で、「あいつの情報なしに我らは身動きができない」と評していた。松田の配置転換は木名方との距離を縮めて緊密にする意味をもっているのか。……介宏はさらに深く推測せずにおれなかった。松田が女子挺身隊員の指導官見習いとして配置転換されるのは、何かをカムフラージュするためではないのか。

ふと思い出した。桜花特攻隊の司令である岡林大佐も、木名方を同様に評していたことを。

「木名方さん。古村少佐と岡林大佐はとても親しいみたいですね？」

「そうです。二人は私の情報を共有しています」

介宏はもう何も尋ねなかった。胸がどきどきした。木名方に対しては不遜な妄想と言えようが、勝手気ままに妄想を楽しむ自分がいた。ひょっとしたらこれは木名方の掌握するアメリカ軍の動向を見極めて、岡林と古村は独自の戦略を立てようとしており、その下にひそかな勢力が構築されているところかも知れない。ネットワークというべきか、シンジケートというべきか。それは特攻をしゃにむに命ずる砂垣中将を封じ込める動きなのではないか。

そう妄想すると、深い谷をなす絶壁の岩場で卵の殻を破って現れた鷹が、やがて飛び立つための空を仰いで、一声高く叫んだときの木霊のように、介宏の心に響いてくるものがあった。しかしそれは何の根拠もなくやはり妄想だった。

次の日の夕方も、三人で食事した。

松田の送別会ということにもなり、意識したわけではないが、軍に関することは話題にせず、とりとめもない世間話に終始した。

ハマの準備した料理には「つわの卵とじ」や「大名竹の刺身」があった。もっぱら話題はそれに傾いた。

「これは何ですか」と木名方が訊いた。介宏が答えた。「ツワ（石蕗）です。野や山にはえている草で、年に二回、黄金色の花を咲かせます。春の新芽を摘んで、このように食べるんですよ」

「大名竹は?」

「まだ旬ではありませんが、普通の筍が終わった頃に、芽を出す筍で、筍のなかでも一番おいしいから大名といわれているんです」

「筍の刺身とは意外ですね」

「ほら、薄く切ったやつを、酢味噌をつけて食べるんですよ」

「うまいですな」

「全部が全部、野生の品です」

「贅沢だ、これは贅沢だ」

料理を食べながら焼酎を飲んだ。

ハマが次の料理を持ってきたとき、松田がハマに声をかけた。「あんたはいろいろ料理を作ってくれるが、かやくご飯というのを知っておるかい?」

「かやくご飯なんて、そんな爆発しそうな料理は知りませんよ」とハマは笑った。

介宏も木名方も笑った。けれど松田は冗談を言ったところではなかった。

「関西名物かは知らんけど、里芋や薄あげ、コンニャクなどを混ぜて炊き込むのや。釜の蓋をあけますやろ、湯気が顔にあたるとぷーんと醤油が香りますんね」

松田は何十年かぶりにわが家に帰ったような顔になり「ほんまに、いつかまた、食べてみとうおますな」と言った。

そんな夜を最後に、松田は苅茅ケ丘の通信部隊から去った。

木名方の世話をする後がまに、沢之瀬誠という名の二等兵がついた。まだ十七歳だった。介宏は三十年ほど学校でさまざまな少年少女を見てきているので、初めて会う相手でも生まれ育った環境と、それによって培われた性格や人間味などを一目で感じ取れる場合が多い。それは感じ取ろうと意識するのではなく、見た一瞬、心に投影されるのだった。

沢之瀬はどこか正太に似ていた。しかし正太の場合は、一般的な環境にそぐわず、底辺に蹴り沈められたとしても、周りとは関わりなく盛り返してくる独自の生命力があった。いわば生命が勝っていた。沢之瀬にはそれがなかった。蹴り沈められると、そのままそこで耐えながら順応する。それも一種の生命力ではあるが、その場合は何もかもをすべてあきらめきっているのである。

ハマが初めて訪れた沢之瀬に、衣類を下着までぬいで真っ裸になるように言うと、沢之瀬は「はい」と答えて即座にそうした。少しも迷わなかった。煮え立つ鉄鍋の中に衣類を放り投げたとき、蚤や虱の死骸が真っ黒に浮き上がっても、ただそれを眺めていた。そんな沢之瀬にハマは誰にも見せたことのない笑顔を浮かべた。

介宏はそんな二人の様子を見るにつけ、何か人生の救いのようなものを感じた。

ハマは沢之瀬にはいつもより大声でリズムをつけて語りかけた。

「あんた、その指の傷どうしたのさ」

「はい、これは佐世保の教習所に入ってモールス信号を打つ訓練をうけたとき、自分が間違えるものだから、教官が細い鞭で叩いた跡です」

「痛かったのじゃないの?」

「はい、一日に十回も二十回もなので、皮がむけ、血が出て腫れ上がりました」

「ひどいひどい、そうだったのね。痛かったね」

「はい。でも、自分はまだよかったのです。ある同期生は実家に連絡して、薬をとりよせました。教官がそれに気づいて、『アホンダラ、恥をしれ』と殴り飛ばしました。みんなの前でさんざんに殴られる同期生をみて、自分は実家が貧乏で薬を取り寄せるなんてできないので、貧乏でも良いことがあるんだと思いました」

「おもしろいこと言うわね、あんた」

ハマは石けんで洗う沢之瀬の頭に、竹の杓子で湯をかけてやりながら、その音に負けないように大声で言った。「あんたはさ、帰る家があるの?」

「はい。あるといえばありますが、自分はもう海軍の軍人ですから、帰らなくてもいいのです。海軍に入ってすぐ、毎日毎日、夜になると『海軍精神注入棒』でケツを叩かれました。痛くて目もくらみ、もう殺されると感じました。叩かれた後、『ありがとうございました』と叩いた上官に一礼するのです。そうやってずっと我慢していると、自分が二度目の親父に殴られっぱなしだった頃を、いつしか忘れることができました」

「さあ、前もちゃんと洗いなさい」とハマは言った。

沢之瀬はハマに言われる通りにしながらも、もはや地下水がごぼごぼとあふれだして止まらないように、ただ朴訥に語り続けた。

「海軍に入った当初、訓練生は向き合って二列に並び、目の前の相手を思い切り殴ることをやらされました。自分が相手から殴られて、ひっくり返って痛みをこらえ、それから自分も相手を力いっぱいに殴る。自分には信じられませんでした。人を自分が殴るなんて……。親父からも友達からも殴られてばかりだったので、何かうれしかったです」

「さあさあ。このタオルで拭くのよ」

二人の話す声は、見えん婆さんの家の中にも聞こえてきた。介宏と木名方の会話が途切れたとき、外の声が聞こえた。松田がいる頃は会話が途切れることはなかった。松田は介宏と木名方の会話をありあまるほど豊かにつないでくれていた。松田がいない家の中で、今は外の話し声を聞いて会話をつないだ。

「沢之瀬がこんなに話すなんて。今まで聞いたことがありませんでした」

木名方は腕を組み、頭を落とした。「私は入隊した後、あんな風にはなれなかった。昨日まで学生だったのに、突然、同学年まるごと海軍に入れと命じられ、入隊すると『海軍精神注入棒』を毎日食らうはめに……。何故、自分はここにいなくてはならないのか、国家とは何なのか、誰が誰に『お前たちは死ね』と命ずる権利を与えたのか。そんなことを考えて、いまだに自分が海軍にいることを納得できないのです」

介宏はぐっと唇をかんだ。

木名方のことをあらためてエリートだと気づいた。校長先生と言われ、その気になっているけれど、木名方の憂愁にたどりつけない、自分がそこにいた。

★

四月になると学校は新学期だ。

介宏はメンバーの入れ替わった職員たちの前で、あるいは新入生の前で、そして一学年上がった全校生徒の前で、何かを語らねばならない立場にある。儀式をともなうそこで、厳かに、尊敬されるべきことを語らねばならないのだ。それに備えて自分のメモ帳や新聞、官報などを読みあさり、訓話の草案を練っている。頭の中では一つ、野中隊長のことを語りたいと考えていた。特攻はもう行われなくなるとも語りたかったが、そこまでは踏み込めないだろう。曖昧にぼかすしかないにしても、野中隊長のことは語らねばならない。そう決めていた。

そして四月一日を迎えた朝、愕然となった。肝を潰すようなことを伝え聞いた。野中への思いが吹きとんだ。

前日の昼に岡林大佐のもとに司令本部から命令が下ったというのだ。「明日、桜花特攻隊六機を出撃させよ」と。……介宏にそれを伝えてくれたのは眼科医院の精杉医師だった。昨夜、下宿している特攻隊員から聞いたのだという。間違いのない話だった。

精杉はそれを憤り、耐え切れなくて、介宏にまで電話をかけてきたのだった。

「本日の真夜中、午前二時、濃霧の中、六機はすでに出撃したそうだ」。怒りをぶちまける医師は街の通りを素っ裸で走り出しそうなほど取り乱していた。介宏も一緒にそうしたいぐらいの思いに揺さぶられた。

その日は入学式などを取りしきらねばならなかったが、気分がそわついて威厳をたもてなかった。

勤務を終えた夕方、介宏はすぐ自転車で苅茅に疾走した。見えん婆さんの家で木名方に会った。彼は疲労困憊していた。

「さあ。これで元気になってください」とハマが言った。夕食のおかずの一品にニガゴイの油炒めがあった。ニガゴイとはどんな文字なのか介宏は知らなかった。沖縄ではゴーヤと呼んでいるらしい。とにかく食べると元気になるという野菜だった。

木名方はそれを食べながら笑顔になった。ハマは焼酎に黒糖を入れて沸かしたという土鍋を持ってきた。

「これで元気にならないわけがない」と木名方はそれを飲んだ。

夕食を終えると沢之瀬はハマの仕事を手伝うため、外に出て行った。ハマは夜のうちに明朝豚に食べさせる餌を煮るのだった。

二人きりになるのを待っていて、二人きりになると、木名方が特攻が継続された背景を説明してくれた。

「野中隊長の率いる桜花特攻隊が全滅しましたね。司令本部がそこで問題にしたのは、編隊を組んだのが悪かったということなんです。で、今後は編隊を組まず、桜花を吊った少数機がばらばらに出撃し、個別の判断で奇襲をかける作戦に切り替えることに。……こうすれば敵から発見されず、被害を防げる。そして戦果をあげられるというのです」

介宏はそれを聞くと虚脱感に心が蝕まれた。「ばらばらに出撃した結果はどうだったのですか?」と質問した。

木名方はこう説明した。

三月末、アメリカ軍は沖縄に一千数百隻の艦隊を結集させ、猛攻を加え、上陸をめざした。

そこで沖縄の日本軍を支援する目的で、本日未明、鹿屋基地から沖縄へ、桜花を吊った六機の一式陸攻が出撃した。

司令本部の新作戦どおり、個別ばらばらに出撃したけれど、このうちの二機は無線電信の連絡を絶ったまま、帰還しなかった。敵に撃ち落とされたのだ。

また出撃して間もなく敵機に襲われた二機のうち、一機は大隅半島南部の山に衝突して爆破し、もう一機は錦江湾に墜落した。残りの二機は命からがら台湾の基地などに逃げ込んだ。

「今回の桜花特攻も失敗に終わったのです」と木名方が言った。

「野中隊長が命を投げ出して訴えたことが、どうして生かされないのでしょう?」と介宏は尋ねた。

「私には分かりません」

木名方は腕を組み、目を閉じた。

話がとだえたので、介宏はじっと考え込んだ。特攻が再開され、そして何の戦果もあげられなかったという今日の事態は、野中を支持していた、いわゆる野中派の特攻隊員はもとより、海軍関係者にどれほど激しい感情を呼び起こしただろうか。

介宏は「蘇芳」の店主に聞いた話を思い出した。野中の率いる初めての桜花特攻隊が全滅した直後、市街地の料理屋で特攻隊員たちが酒に酔っぱらい、「野中隊長の遺志を忘れるな」とわめき、大暴れしたというのだった。その遺志を無視した今日の事態を前にして、特攻隊員たちは何事もなくやり過ごせるものだろうか。それからもう一つ思い出した。自分が妄想した特攻隊の岡林大佐や通信隊の古村少佐などの秘密結社のことである。その存在は自分の妄想だとしても、彼らはこの事態を容易に追認するだろうか。介宏はしきりに考えたが、それを直接的に知る術は何もなかった。

「この事態は平穏にすむでしょうか?」と介宏は訊いた。

「それは校長先生の発想ですね」

木名方はうなずいて沈黙した。今まで以上にその沈黙は親しみを感じさせた。

一週間後、木名方は新しい情報を掌握した。介宏は真っ先にそれを教えてもらった。

四月七日、世界最強と評されていた戦艦大和が撃沈された。大和は他の六隻の艦船とともに、東シナ海でアメリカ軍の猛攻を受け、爆発炎上して沈没した。およそ四千人が死んだ。……これは軍の機密で、新聞には載らず、ラジオも放送しなかった。

噂の速度は速い。

数日後には戦艦大和のことは鹿屋の町に知れ渡った。噂の根源は特攻隊員たちだった。町の至る所で特攻隊員たちは飲食したり、買い物したり、遊んだり、あまつさえ下宿もしている。彼らの口移しに市民はそれを知ったのだ。市民にもたらされる情報は常に特攻隊員からのものだったので、町の噂はすべて特攻隊員の視点にたっていた。そして戦艦大和に関しても市民はこぞって海軍に不満を抱いていた。

眼科医の精杉は介宏にこう語った。

「大和には海軍のトップが乗っていなかったそうだ。元帥の東郷平八郎、山本五十六の例のとおり、海軍の伝統はトップが艦隊に自ら乗り込み、作戦を指揮してきたことだったのに……。しかし今の海軍トップは陸に上がり、横浜かどこかの洞穴の中で出撃の号令を発したばかりで、自らは身を隠し、世界最強といわれた大和をむざむざと海の藻屑にした。その責任を負うこともしない」

市民たちも精杉と同じ意見だった。そして我がことのように眉をひそめ「大和を沈没させた海軍のお偉方は、鹿屋基地の特攻隊員も見殺しにしようとしている」と言い合った。一方この頃を境に野中隊長の威光は徐々に廃れ、やがて過去の伝説に変わってしまっていた。特攻を止められなかったからだ。しかしそれが故にいよいよ時代は歯止めがきかなくなったことを、誰もが皮膚をそがれたようにひりひりと感じだしていた。

特攻はますます強化された。

木名方の詳細な話によると、特攻隊の熟練した優秀なパイロットは、海面すれすれを低空飛行して敵のレーダー網をくぐりぬけて敵艦に体当たりし、それなりの戦果をあげた事例もあるという。それはアメリカ軍を戦慄させ、あわてふためかせてはいるが、作戦全体に影響を及ぼすには至らないというのだった。

東京をはじめ全国の大都市はナパーム弾で空襲され続けており、沖縄も猛攻撃にさらされている。特攻は日本に残された唯一の反撃手段で、全国一の特攻基地である鹿屋航空隊からは、沖縄の沖に結集したアメリカ艦隊だけをめがけ、特攻機が出撃し続けた。いわば今が特攻の最盛期だった。

鹿屋の町では祝祭のような日々が続いていた。青木町にはこれまで以上に特攻隊員が押しかけてますますにぎわっていた。

介宏は野中隊長のことが忘れられなかった。台地を自転車で横切りながら、俺はどこに押し流されているところだろう、と思った。

★

介宏は眼科に通った。

まだものもらいが完治していなかった。もちろん、治療を受けに行ったのだが、医師の精杉にはそれは二の次で、まるで隠していた罠に獲物が飛び込んできたかのように、唇をなめて勢い込んだ。

「校長、野中隊長は無念だろうな。そうは思わないか。わしは不憫でならんのだよ」

ある一つのことにあまりにもこだわるのは、年をとりすぎたせいと一般に言われるが、精杉はそればかりではなさそうだった。自分の家に下宿している特攻隊員を見て、この青年たちをむざむざ殺させてはならないという意識を根源として話していた。そこに憲兵か特高かが身をひそめていて、聞き耳を立てているのを警戒しているみたいな口調だった。

「野中隊長の死を賭した訴えを一考だにせず、海軍はやみくもに特攻作戦にとりすがり、桜花ばかりか、さらに別な手を打ち出したと言うではないか」

「別な手?」

介宏は思わず聞き返した。

精杉は治療していた手を止めた。その目が光った。

「校長。あんた、忙しくはないだろう？」

「何です？」

「ちょっと、この治療のことで説明したいことがある。ものもらいだからと、安易に考えてはいかんよ。だから別室でしっかり説明しておきたいのだ」

診察室には他の患者もいて、待合室には十人近くがいる。精杉はその患者は放り出して、別室に歩いていき、ドアの前で介宏を振り向いて手招きした。院長室という札がかかっている部屋には、大きな紫檀の円卓が置かれ、壁際の書棚にはぎっしりと分厚い医学書が並び、架上には立派な額に入った表彰状の類いがところせましと飾ってある。部屋は箔がつくように統一されていた。

精杉に勧められて、介宏は円卓を囲む革張りの椅子にかけた。精杉はうろうろしていて、そこに看護婦がお茶を淹れてくると、急いでお茶を出させた。それから看護婦を追い出すように立ち去らせ、部屋の鍵をかけた。

「校長。あんたが聞こうが聞くまいが、わしは話さずにおれないのだよ。たまっているんだ。吐き出さないと生きていけないぐらいに。……でも、誰にでも話すわけにはいかん。

校長。あんたなら安心して話せる。聞いてくれ」

「はあ」と介宏はため息をついた。

ものもらいの説明で、精杉がここに呼んだのではないと、初めから分かっていた。しかし精杉の息急き切った態度には圧倒された。むしろあきれて苦笑したかった。が、同時にそれは興味をかきたてた。介宏はお茶を飲み、「特攻の別の手とはなんなのです？」と尋ねた。精杉は書棚の医学書の並ぶ裏側から、新聞紙に包んだアルバムをとりだした。それを円卓の上に広げ、数枚の写真を示した。

「あんた、零戦なら知っているだろう。これが零戦だ。うちに下宿している特攻隊員からもらった、貴重な写真だよ」

介宏がしげしげと眺めると、「これの説明をしておこう」と精杉は言った。

説明するために、三枚の紙を渡した。それはカーボン紙で複写されたもので、青い文字がぎっしりと書き込まれていた。精杉の熱心さが伝わってきた。精杉はカーボン紙に写す前の本原稿を手にしていた。それを声を出して読んだ。介宏は精杉の声に合わせて複写の文字を追いかけた。この場合、自分でメモする必要がなかった。けれど複写文の中に誤字があった。それに言い回しを変えたくなる箇所もあった。介広はカーボン紙の端にそこを修正して書き込んだ。
複写紙にはこう書いてあった。

この零戦に五百キロの爆弾を積んで特攻させる、新たな作戦を海軍は打ち出した。零戦が搭載できる爆弾の重量はこれまで六十キロとされていたが、その八倍を積んで飛び、敵艦に突っ込めというのである。特攻隊員たちは驚鄂（驚愕）した。それで離陸できるのか、離陸するときの衝撃で爆発するのではないか、飛行できるのか、上昇中の振動で爆発するのではないか、熟練のパイロットでも指南（至難）の技だ。

もともと零戦は戦闘機であり、敵機と空中戦をおこなうために開発されたのである。初陣は華々しかった。中国大陸で破竹の勢いで敵機を撃破した。一年後に太平洋戦争が始まると、アメリカ軍自らが「ゼロショック」と恐れるほど、零戦は圧倒的な強みを見せつけた。しかしそれは長くは続かなかった。アメリカが零戦を上回る戦闘機を開発したからだ。

零戦には欠陥があった。攻撃するだけなら世界を森閑（震撼）させる威力を発揮したが、守勢にまわると目も当てられなかった。攻撃するために運動性や長距離飛行を優先的に追求して、エンジン負担を軽減化した。つまり機体の重量をぎりぎりまで軽くした。敵機の攻撃に対する防御設備は省かれ、機体そのものは耐久性がなかった。敵機の機銃弾が主翼をかすめただけで火を噴いた。しかも上昇や降下の飛行機能もセットされていなかったので、敵機は急降下して逃亡が十分に可能であった（逃げることができた）。そして背後から零戦を襲った。零戦のパイロットは背後に防弾パネルがなく、背後から機銃弾で打たれた（撃たれた）。アメリカ軍は零戦の弱点を分析し、自国パイロットを教育した。それと同時に零戦を上回る攻撃性をもつＦ６Ｆヘルキャットなどの新型機を開発し、第一線に置き換えた（投入した）。零戦はもはや時代遅れになっていた。敵機に捜遇（遭遇）すると太刀打ちできないうらみがあるのにかかわらず、ここに至って、過剰な重量の爆弾を積んで、出撃せよというのだ。

敵艦に体当たりして、そのまま死ね、と。

「それが特攻の別の手なんですね?・」と介宏は訊いた。

「そうそう」

精杉は零戦のアルバムを閉じた。「わしがこんなに詳しく説明できるのは、先ほどから何度も言うように、下宿している特攻隊員から話を聞いているからだ。毎日毎晩、飯をいっしょに食い、焼酎をいっしょに飲み、やいのやいのと語り明かして、わしはいろんなことをこんなに詳しく知ることができる。けれどわし一人が知ったからといって、何になるものか。わしは誰かに聞いてもらいたいのだよ。こんな詳細極まる説明文をせっせと書いたり、実は仕事どころではない気持ちなんだ。それでだよ、わしは誰かに説明したいのだよ。聞いてもらいたいのだよ。校長、聞いてもらいたいのだよ」

「分かりました。その気持ちは」

介宏は慰めるためのように言った。「要するに早い話、零戦をそれほどまでして飛ばさねばならないのは、もう特攻に飛ばそうにも、まともな飛行機がないわけですね?」

「しかり。その通り。さすが」

精杉が駄目だしをするように尋ねた。「どう思うかね?」

「私は野中派ですよ」と介宏は答えた。

「よし。分かった」

精杉はまさに破顔一笑した。それから部屋の正面にある黒檀製の書箪笥に歩いて行った。引き出しから木製のシガレットケースをとりだした。それを持ってきて、葉巻を一本、介宏に渡した。

「これは二階堂渉にもらったんだ」

精杉は言った。「校長。あんた、二階堂渉なら知っているだろう?」

「誰ですか、それは」

「あのな、鹿屋市の隣の高山町に古い古い屋敷があるだろうが……。知らない?」

「いや」

「名だたる旧家だ。その御曹司で、カリフォルニア大学を卒業し、数年前に帰国した。今は東京と行き来している人物なんだよ。まだ若い」

精杉は葉巻をくわえ、マッチを擦って火をつけた。独特の匂いがした。精杉がマッチの火を介宏にさしだした。しかし介宏は葉巻をくわえなかった。何だかもったいなくて、話の種にするため持って帰ろうと思った。

「わしは二階堂渉と会う機会があり、たまたま世間話で、こんな話を聞いたんだ。要するにアメリカ軍のパイロットの話だったがね」

精杉は煙をくゆらせて話した。「アメリカ軍はパイロットをとても大事にしているというのだよ。飛行機や機材などは工場でいくらでも大量生産できるが、パイロットは違う。

パイロットは才能ある人物を選別し、長い期間をかけて教育、訓練しなければならない。一回や二回の戦闘で死なせては、国家的な損失が大きいというのだ」

「そうですか、それはすごい」

介宏は率直に感動した。

すると精杉は今の話を枕に、また熱を込めてしゃべり出した。複写紙に書いた文章を読むのではなく、自分の記憶を引き出しながら話した。今度は打ち解けて、介宏を見る目が笑っていた。

介宏はしっかりメモをとった。

零戦に巨大な爆弾を積んで敵艦に体当たりする部隊は「爆装零戦特別攻撃隊」と名づけられ、通称は「爆戦」と呼ばれることになった。

その爆戦は桜花部隊を率いる岡林基治大佐の管轄下におかれた。そして爆戦に搭乗するのは、桜花部隊の特攻隊員である。発足時に岡林大佐は桜花部隊の全員が整列する前で、こう言った。

「我々が出撃するのは死ぬためではない。戦果をあげるためだ。爆戦で出撃しても、敵艦を見出せぬままに敵の戦闘機に襲われることがある。その時は爆弾を切り落として敵機と戦え。そして戦果をあげて我々の巣に戻って来い。生きて戻ればまた出撃できる。何度でも……。しかし一方には違う意見がある。敵前で爆弾を捨てて逃げ帰る者がいるから、爆弾を捨てられぬようにしっかりと固縛して出撃させよ、という意見だ。ガソリンは行くときの分だけでいいという意見もある。しかし、俺はそういう意見には同調できない。我が部隊では爆弾を固縛しないし、ガソリンも往復分いれる。俺はお前たちを信用している。戦えるだけ戦い、生きて帰り、また戦いに出撃する者ばかりが、わが部隊にはそろっているのだ」

　これとは別の日の国分基地において、鹿屋航空隊司令長官の砂垣中将は特攻機が出撃するのを見送りに行き、特攻隊員たちの前で訓辞を述べた。すると一人の隊員が挙手して発言した。「自分は空中戦に自信があります。敵機をさんざんに撃墜した後、生還し、そして再び出撃したいのであります」。砂垣中将はあおざめて、即座に一言、「まかりならん」と怒鳴った。

「校長、この話、どう思うかね」

「いや。何と言いようもありませんが」

「アメリカと違うだろう？」

「違いますね」

「大いに違う。パイロットを一回ごとに死なすなんて、国家にとって大損失だろう？」

「まったくもってそのとおりですね」

「鹿屋航空隊はこのままではすまぬだろう。一波乱あるに違いない」

介宏は黙っていた。しかし反射的に思い出した。岡林や古村などの中堅幹部たちが、一つのネットワークをつくろうとしているのではないかと、自分が妄想した、そのことを。

……特攻をやめさせようという動きが基地内にあることを、精杉も感知しているように思えた。それはもちろん、下宿している特攻隊員たちから受け留めたのだった。

精杉はまだ話し足りぬ風だった。

介宏は柱時計を振り仰いだ。もう一時間以上が過ぎていた。

「校長ともなれば多忙だろうな」

「野暮用だけですよ」

「あんたね。言っておくが、ものもらいを甘く見てはいけないぞ。下手すると失明するからね。まあ、あと十回は通院することだな」

その夜、苅茅の見えん婆さんの家で食卓を囲み、介宏は葉巻一本を木名方にプレゼントした。

「こんな珍しいものを……」

木名方は言った。「校長も吸いたいでしょう。半分ずつ吸いませんか」

どっちが先に半分を吸うか、それを決めるのにジャンケンをした。木名方が勝った。

「私の父がいつも吸っていましたね」

木名方は独自の香りの紫煙をくゆらせながら、懐かしげに話した。

「お父さんは何をなさっていたんです?」

「祖父の代からの貿易商です。横浜に事務所を構えて……。家族みんな自由人でしたよ。私は田舎が好きで、中学時代から祖父の実家のある越前で暮らしたんです」

「そうでしたか」

介宏は葉巻の残り半分を吸った。その風味を味わいながら、木名方の人生を戦争がゆがめていると感じた。でもそんなことは黙っていた。

松田がいるときは、二人の間にクッションがあった。松田がいない今は、二人ずっと向き合っていなければならなかった。会話が途切れ、たまには気まずい雰囲気に陥ることもあった。それでも介宏は木名方に会いに通い続けた。激化するばかりの戦局を日々確認したいからだった。新聞やラジオの情報はまがいものばかりなので、正確な情報が欲しかった。しかも、そういうこともだが、まだ別の理由もあった。幼児のように単純に言えば、どうしてなのか分からないままに、介宏は木名方が好きなのだった。

松田の代わりの沢之瀬は二人のそばにいなかった。いつもハマの後をついてまわり、あれこれ仕事を手伝っていた。ある夜はハマが沢之瀬にアリランの歌を教えている声が聞こえた。

四月五日、流れ星が多かった。

その夜の木名方はいつもと違っていた。何か気持ちが急いているみたいだった。

「どうしました?」と介宏は尋ねた。

「あすの朝は五時に出勤します」

木名方はかなり迷っている風だったが、話を切り出した。「海軍と陸軍がひとつになり、航空機の特攻作戦を行うのです。海軍ではこれを菊水作戦、陸軍では航空総攻撃と呼び、空前の規模になります」。木名方はうつむきながらくぐもった声で語り続けた。「私はアメリカ軍の動きを傍受するのが任務ですが、日本軍の動きも同時にチェックし、双方の動きを分析して、日本軍が有利になるように提言しなければならないのです。とりわけ今度の作戦はいよいよ日本が決戦を挑むもので、九州および台湾の各航空基地からも出撃します。その現況を掌握できるのは無線通信部隊ですからね、作戦が動き出す早朝に部隊全体で役割分担を再確認するなどの打ち合わせが必要なのです」

そう話すとき、木名方は自分の任務を疑っているように見えた。その疑いがかすかに聞こえる息づかいのように伝わってきた。明日の朝、その打ち合せを行い、そしてすべてが打ち合わせ通りに実行されたにしても、アメリカ軍にどれほどの打撃を与えられるのか、彼は自分の任務に無力感を抱いているみたいだった。明くる日、それは実行された。

夜になって介宏は木名方にその結果を聞いた。メモは木名方と別れた後、記憶を手繰り寄せて書いた。

海軍と陸軍が同時に総攻撃をかけた。

およその数字であるが、海軍四百機（うち特攻機二百十機）、陸軍百三十機（うち特攻機八十機）が出撃した。

アメリカ軍はレーダー網を張り巡らし、それによる配備で戦闘機を集中的に出撃させ、さらに猛烈な艦砲射撃をあびせてきた。日本軍の爆戦などは重い爆弾をかかえて飛行し、そのうちの二十機ほどがアメリカ軍の猛反撃をかいくぐり、それぞれの艦船に体当たりした。被害を受けたのは小型の巡洋艦だった。

一方の日本軍はたった一日で、およそ二百二十機を失い、およそ三百四十名を死なせた。

作戦は翌日も続行された。


精杉医師から電話がきた。ものもらいの「緊急治療」を施さねばならないというのだった。

介宏は毎朝、洗面した後、鏡に向かって顔を映し、鼻の下のひげを刈りそろえる。その際、鏡に左目を近づけて見ると、ものもらいはすっかり完治していた。現に痛くもかゆくもなかった。眼帯は二日前から外している。精杉は厳然と言った。

「そんな状態の後が怖いのだよ」

介宏は仕方なく病院に出かけた。

今日も患者が多く精杉は忙しく立ち回っていた。しかしどこかいつもと違った。憔悴しているみたいだった。

精杉は介宏の左目だけでなく、右目も洗いながら、耳元でささやいた。

「校長。あんたは、『紫電改』を知っているかい?」

「シデンカイ?」

「ほら、そげなことじゃっどが。ちゃんと教えてやらんといかんな」

精杉は鹿児島弁を使った。親しみをこめたところに違いない。そしてすぐさま介宏を別部屋に誘導した。この前の場所に介宏が席をかまえると、精杉は胸を押さえて荒い息をした。立ったまま机に両手をついて頭を前に倒した。

「こっちの気持ちを分かってくれ。わしは一人でも味方が欲しいのだよ」

「何の味方です?」

「特攻をやめさせないといけない。なあ、やめさせないといけないだろう?」

精杉は言った。「わしのところに下宿していた特攻隊員が昨日出撃した。三人がいっしょに出撃して帰らなかった。菊水作戦という大がかりな特攻で……みんな死んだ。前の分をあわせるともう七人になる。下宿には次々と入れ替わりに隊員が来てくれるが、その者たちにしても明日は死なねばならぬ運命をせおわされておる。わしは彼らを思うと胸が張り裂けそうだ。何とか特攻をとめねばならない。彼らのためにそうしてやらないといけない。わしはわめき叫び、走り回りたい気がする」。精杉は老いて頬がこけており、力を入れて話すとこめかみに青筋がたった。拳を握った手が震えていた。「地元の年寄りがそうしなければ、誰がそうするんだ。けれどわしは目の治療をするほかに何の力もない。無念でならぬ。校長、わしは一人でも味方がほしいんだ」

介宏は身動きもできず精杉を見つめた。そこには本当の精杉がいた。「私は味方です」と言わねばならなかった。しかしその言葉を発する術を失っていた。言葉は何の意味もなさなかった。介宏はただ深く頷いた。

精杉は葉巻を取り出し、唇にくわえて火をつけた。別の葉巻を一本、介宏に差し出した。介宏はただ精杉の動きを見つめているだけで、それを受け取る意識が失せていた。精杉は匂いの強い煙をくゆらせて言った。

「野中隊長の遺志を継いで、航空隊には特攻をやめさせる動きがあるらしい。しかし特攻は強行されており、それを指揮する砂垣中将の下には態勢を強化する目的で『紫電改』が配属されてきた。そのこともあって、うちの三人は死に追い込まれたのだ」

「シデンカイとは何です?」。介宏はかすれた声で尋ねた。

精杉は落ち着きをとりもどし、書棚からアルバムをとりだした。そしてページを繰ってひろげ、写真を見せた。

「これが紫電改だよ」

写真はモノクロームでずんぐりした航空機であった。鼻にプロペラ、翼がボディの下についている。「よし。説明しよう。聞いてくれ」と精杉はまた説明文をわたした。やはりカーボン紙で複写したもので青い文字がぎっしり詰まっていた。よほど心を込めて書いたのだろう、文字が活字のようだった。しかし誤字や脱字があり、言い回しも気になった。精杉が説明するのを聞きながらそれを修正し、またその端に記入した。

精杉はお茶を何度も飲みつつ、声を出してそれを読み上げた。


紫電改とは零戦の弱点を克福(克服)した最新機である。

防弾構造が健康無比(堅牢無比)で、時速六百三十キロに達し、上昇力も抜群な運動性を誇る。海軍は紫電改を一万機以上製造することに決めた。しかし経済封鎖されており、鉄やアルミなど一切の資材が手に入らない。そのうえアメリカ軍の空襲で航空機の製造工場が破壊されつづけている。結局、目処は数百機しか立たなかった。

ところがわずかに完成した紫電改の部隊はいきなりグラマンの大群に痛手を被った（与えた）。呉軍港を襲撃に向かうグラマンの大群を五十機ほどで迎え撃ち、五十七機に損傷を与えた。実戦での戦果に軍は沸き立った。

それを指揮したのは源畑稔大佐だった。

鹿屋航空隊の砂垣中将と源畑大佐は、ともに真珠湾攻撃に関わった古くからの同志である。そこで砂垣は源畑に支援を求めた。海軍が菊水作戦を初敢行した二日後、源畑は紫電改の部隊を率いて、鹿屋航空隊に着任した。そして砂垣の指揮下に入った。

今まで一式陸攻や零戦など鹿屋航空隊に配備されていた戦闘機と比べて、紫電改は圧倒的に優秀な最新鋭機であるべきであったのだ（であった）。砂垣はこの部隊で鹿屋航空隊を強化する意図であった。しかし紫電改は爆弾を積んで特攻することはしない。一式陸攻や零戦などとは役割が違った。

つまり早い話、紫電改は特攻機を護営（護衛）する役割で着任したのだ。

「護衛なら立派な役割だ」

精杉は言った。「だが、実際は護衛という名目の監視だった」

「監視?」と介宏は聞き返した。

「岡林大佐のことなら知っているはずだ」

「知ってますよ。特攻の神雷部隊を率いる岡林大佐なら」

「そうだ。大佐は部下の特攻隊員にいつもこう言っていた。……『敵艦に体当たりするのを無理だと判断したら爆弾をすてて帰って来い。生きて帰ってまた出撃すればよい』と。そしてガソリンを帰りの分まで搭載させていた。しかし砂垣はこれを認めなかった。岡林大佐が言うようにさせないため、紫電改を特攻機に同行させて、監視させることにしたんだ」

精杉がそんなことを知っているのは、もちろん下宿している特攻隊員たちの話を聞いているからだった。それ故に精杉は顔を染めて憤っていた。彼らとともに憤っているのだ。

紫電改は優れた戦闘機であれば、彼らの乗る特攻機を護衛するために同行飛行する。けれどそれは味方の彼らを監視していることにもなる。彼らが敵機と戦うのを恐れ、敵艦に突っ込むのを恐れ、爆弾を途中で切り落として逃げ帰りはしないか、そうさせないために監視している。

彼らのそういう疑念と怒りを、精杉は代弁しているのだった。

「いや、まだあるんだ」と精杉が言った。

「まだあるんですか」

「今度、紫電改の部隊とともに着任した下島という中佐のことだ。そいつは桜花特攻隊や爆戦特攻隊を特別に指揮する長官付きの参謀になった。考えてみろ。砂垣がわざわざそんな参謀を置いたというのは、他でもない。あの特攻隊司令の岡林大佐を押し込める目的に違いない」

「熾烈な戦いですね」と介宏は言った。

「だが、何としても特攻はとめるべきだ」

「そうです。特攻はとめるべきです」

「よろしい」

精杉は腕を組んで頷いた。「今日の治療代はただにしておこう。そして目薬はたっぷりあたえることにする」

「もう完治しているのじゃないですか?・」

「まだ通わんこちゃ、いかんどが」

精杉は鹿児島弁で言った。

数日後、一つの噂が街に広まった。

青木町で特攻隊員が紫電改の隊員をドスで突いて、致命的な傷を負わせたというのだ。噂では女を奪い合っての騒動だというのだが、介宏はそればかりではないと感じた。両者はもっと深いところで反目し合っていたのである。青木町で鉢合わせになり、ちょっとしたことでもめたのが、事件のひきがねになったのに違いない。

そして翌日、別のところで、新たな事件が勃発した。滑走路を離陸した紫電改の編隊が、上空を飛行していた零戦の編隊に攻撃をしかけ、零戦を撃ち落とし、数名を死なせたという。この事件は軍の機密とされ、軍関係にも知らされず、木名方さえも詳しくは知らなかった。事件はなかったことにされたので、何故それが起きたのか、原因究明はなされなかった。そして責任の所在も問われなかった。

精杉はそれについてこう語った。

「本来であれば紫電改を率いる源畑大佐の責任は免れないし、砂垣中将は源畑大佐を処罰するべきなのだ。しかしそれがまったくなされなかった。特攻隊員たちは忿懣やるかたない心境に陥っている」

精杉の家に下宿しているのは、特攻隊の中でも理性的な学徒たちであったが、夜に飲むと、紫電改の暴挙に怒りを抑えられず、壁を蹴破った者もいたという。

四月になってから特攻機は絶え間なく出撃している。十二日には九機だった。これは「桜花」を吊って出撃することの三回目にあたる。

精杉はこれに関する情報も詳しく知っていた。もちろん下宿している特攻隊員からの受け売りなのだが。

「桜花を積んだ九機は一式陸攻であった。例のとおり、編隊は組まず、それぞればらばらに出撃し、味方の護衛機に守られることもなく、沖縄まで五時間、本当に疲労困憊してたどりつくんだ。そこで敵艦に体当たりせねばならないのだが、すべては各機の判断まかせなのさ。激しい敵機の襲来と敵艦の砲撃を振り切り、特攻隊は敵艦に迫ると、桜花を切り離さねばならない。桜花に乗った特攻隊員は一人で敵艦めがけて突っ込む。……今まではここに至らなかったが、今回、初めてそれが成功したというのだよ」
介宏はぎくっとなり、メモ帳をとりだした。桜花が初成功した話を聞いた。

桜花が初めて打撃を与えたのは、母艦ではなく、母艦に付き従う巡視艦であったらしい。母機の一式陸攻はすぐさま逃げねばならなかったので、詳細まで確認できたわけではない。ともかく桜花の初成功だったことは間違いなかった。

問題はその一式陸攻が鹿屋航空隊に戻ってきたときに起きた。乗組員七名が作戦参謀たちの厳しい詰問を受けたのだ。「生還するための嘘ではないのか」、「敵艦を沈めた証拠をみせろ」と。……「でかしたな。よくやったな。そして生きて帰れたのか。ご苦労であった」などという言葉は、何もなかった。

こんな話はたちまち特攻隊員たちに伝わり、あらたな怒りを呼び起こした。

一方では市民の間に特攻隊員への同情の声が広がっていた。

介宏はその話を聞いて一つの事実に気づいた。作戦参謀たちはもともと桜花の攻撃が成功するとは思っていないのだ、と。

「たとえ桜花が初成功したとしても」

精杉は悲惨な面持ちで語った。「わしの家に下宿していた一人は、一式陸攻の機長として出撃した。彼の場合、敵艦に痛手を与えられないままに撃ち落とされ、命を失ったのだよ」

介宏はその隊員が下宿していた部屋を見せてもらった。何枚かの着替えと、大学時代から愛読していた『ジャン・クリストフ』という全十巻の本が残されていた。

介宏はそれを見たとき、桜島山の中腹から溶岩原を貫いて延びてくる涸れた川の風景を思い描いた。大雨のときだけその川は濁流となり、膨大な土石を落雷のような音をたてて押し流すのだ。介宏はその部屋で特攻隊員の思いをしのんだ。これまでにこれほど純粋な人生の怒りにふれた経験はなかった。

★

鹿屋航空基地は三月十八日にアメリカ軍のすさまじい空襲をうけた。その後もグラマン機の小規模な編隊による空襲が連日のように続いていたが、四月六日に日本の海軍が「菊水作戦」と呼ぶ総攻撃を、陸軍とともに実行し、また四月十二日に第三次桜花特攻を行ったことで、アメリカ軍はその報復として大規模な反撃を開始したのだ。
介宏は木名方にもらったメモを、自分のノートに貼った。それはこんなメモだった。

・四月十五日
三回の波状攻撃で延べ百五十機が来襲。
・四月十六日
延べ百六十機（グラマン百機、B29六十機）が来襲。
・四月十七日
B29が四十機、他にロッキードが編隊で来襲。

鹿屋航空基地は滑走路や建物は再び徹底的に破壊され、戦闘機なども数多く爆破され、人的な被害も大きかった。そして市街地も農村も敵機に狙われた。木名方の話によると、鹿屋航空基地と周辺地域だけでなく、鹿児島県内の笠之原、串良、国分、十三塚などの各航空基地も激しい攻撃を受けたという。
敵機は市街地も襲った。

介宏は学童を防空壕に待避させるのに、教職員を指揮してかけまわったが、五人が死傷した。校舎は窓ガラスがことごとく吹き飛ばされ、校庭に大きな穴がいくつもあいた。からくも校長官舎は屋根の一部分が傾いた程度ですんだ。さいわいにも苅茅の家や妻たちは無事だった。けれど今後どうなるかは何も分からなかった。はてしない不安が覆い被さっていた。

介宏はメモ帳の端にこんな落書きをした。

　空襲を受けると、ただ一瞬一瞬を生き延びようとするだけで、人生や社会が見えなくなる。自分の存在さえ無になり、まして他人の存在どころではない。

精杉医師が電話をかけてきた。

「この期に及んで紫電改はほとんど役に立たなかったそうじゃないか」

「何でですか?」

「滑走路ががたがたで飛び立てなかったこともあるが、敵機は波状攻撃してきて、紫電改が飛び立つとたたき落とす作戦だったというから、手も足も出せなかったわけだ」

「無惨なことですね」

その時点で紫電改の部隊が鹿屋航空基地から撤退するとは思えなかった。しかしたった半月しかたたないのに、その部隊はあっけなく去った。ひとまず砂垣中将の指揮下にある錦江湾奥の国分航空基地に引き下がり、まもなくその指揮下にはない長崎県の大村航空基地に転じた。

その後も、さらに特攻は継続されたが、これといえる戦果はなく、基地に残った特攻用の一式陸攻や零戦などの数は、ほとんど限られてしまった。

砂垣中将はいよいよ孤立無援に陥った。もちろん特攻は彼の独断専行でなされているのではない。海軍中枢部の判断を仰いでのことであった。それは市民の誰もが理解していた。

★

アメリカ軍の空襲がくり返されているさなか、厄介な問題が介宏と古谷に降りかかった。

野里国民学校の校長は一月前、天皇・皇后の御真影を守るために、それを奉安殿から捧げ持って逃げる途中、アメリカ軍の戦闘機の機銃掃射で胸を撃たれて即死した。そのことで校長は神聖な殉職者として崇められ、各方面から盛んに褒めたたえられた。

後任の校長はその精神を受け継がねばならない宿命を背負わされた。アメリカ軍の空襲がくり返されるたびに、奉安殿から御真影を捧げ持って疾走し、壕に避難せねばならなかった。ある時は戦闘機に狙われて弾丸が飛んでくるなかを、あらん限りに、もっと速く、もっと速くと、走りに走り、もはやこれまでと溝に飛び込んだ。あやうく一命は取り留めた。しかし御真影は投げ出され、額のガラスが割れて、縁は大破していた。

そんな事態がたび重なり、校長は疲労困憊して、空襲があった直後、台地の末端の崖下で、首を吊った。けれどたまたま通りがかった特攻隊員がそのロープを切り落とした。校長は死ななかったが、精神はこの世に戻らなかった。そこで次の校長を誰にするかという問題が生じた。教育庁はそこに近い国民学校の二人の校長、介宏もしくは古谷と名指しした。実は古谷が本命で介宏は当て馬に違いないのだが。……二人は会って策を練った。

「俺はそんなもん引き受けないよ」

古谷は言った。「当局にはすでに手を打ったから、俺は外れることになっている」

「袖の下を掴ませたのかい」と介宏は苦笑した。

「そんなことはともかく、苅茅よ、お前にお鉢がまわっては気の毒だものな。何とか手を打とうぜ」

「俺には打つ手がないな」

「一番よいのは、市長に泣きつくことだよ」

「よせやい。したくはないよ、俺だってプライドがある」

「そうか。そうきたか」

古谷は笑い出した。「では、市民運動でもおっぱじめるか。『苅茅校長を鹿屋国民学校から動かすな』ということで、署名運動とか、煽動できんかな」

「俺にそんな力があると思うかい」

「まあ、ないよな」

「からかうのはいい加減にしろ」

「ともかく、俺は俺なりに、嫌だ、と意思表示をしたんだ。お前だって、最低限、嫌だと言わないとな」

「まともに、嫌だ、とは言えないしね」

「そこなんだ。遠回しでも、嫌だ、と伝えることだぜ。とりあえずそう伝えて、後は様子を見るしかない」

遠回しに伝える手段として、古谷はこんなことを提案した。「野里国民学校の校長をお前は俺と兼務したいというのだ。一ヵ月交代で勤務する、それなら同意すると」

つまりそれは遠回しに嫌だと表明していることになる。……はたしてこんなことが何になるのか、大いに疑わしかった。しかしやってみることだった。介宏はその案を教育庁に送った。結果としてそれは効を奏した。

野里国民学校の新校長に、隣村の高隈国民学校の校長であった白崎健三が選任された。介宏も古谷も白崎とは旧知の仲だった。とにかく白崎は誠実な人柄で、何につけても一途に取り組み、疑うことを知らなかった。今度も嫌だとは言わず、むしろ名指しされたことを誇りとして拝命した風であった。

「苅茅、この人事をどう思う?」と古谷が尋ねた。

「何だか白崎さんには後ろめたいな」

「まったくだ。で、罪滅ぼしというわけではないが、白崎のところに出かけて、大いに励ましてやろうではないか」

早速それを実行した。

二人は自転車に乗り、野里国民学校にでかけた。あらかじめ電話で連絡しておいたので、白崎は校門の前で待っていた。すぐそこにある校舎はまだ屋根が崩れ落ちたままで、窓という窓は戸板を打ちつけた程度で本格的な補修はなされていなかった。

挨拶もそこそこに、校舎の悲惨な状況に目を奪われ、そのほうに話が向かった。

「特攻隊員たちは今なおここで寝泊まりしているのかい」と古谷が尋ねた。

「そうなんです。屋根が落ちているので、夜は星が見えるそうだが、雨の夜は、濡れない場所を探してうろつき回っているらしいんですね」

白崎はいつもそうなのだが、砕けた口調ではなく、丁寧な敬語を交えて説明した。

「ここがこんな状況なので、特攻隊員たちは市民の家に下宿しているわけか」

介宏はつぶやいた。「もっとも下宿しているのは大学から駆り出されたエリートクラスが主で、そうでない一般の特攻隊員はここで寝泊まりしているのだろう。が、それにしてもだ、ここをどうしてこんな状態で放置しているのかな」

「特攻隊なんてどうせ死んじまうんだ。死ぬ奴らのために金をつぎ込むのはもったいないということだろうさ」

古谷は事もなげに言った。冷めた視点でしか語れない自分でないと、自分ではないと思っている風に見えた。「ここは屠殺場と一緒だ。誰をいつ殺すかは飼い主の思いのままで、屠殺場をきれいにしてやろうなんて、愚の骨頂ということなのさ」

「何ということを言うのですか。特攻隊員はお国のために命をすてる神のような人たちでしょうが」と白崎が入れ歯をむき出しにして半ば叫んだ。

「まあまあ」と介宏は手を振った。

ところが古谷は何も意に介することもなく、白崎に語りかけた。

「あんた、アメリカが襲うたびに、御真影を捧げ持って走るのかい?」

「いや。特例として、御真影は避難壕におさめてもよいっていうことにしてもらったのです」

「それはよかった」

古谷は介宏に顔を寄せて、小さな声で言った。「誰が命がけで御真影を守れというルールを決めたんだろうな。俺は思うんだ。全国各地の校長たちがいつのまにかそんな風にしてしまったんじゃないかってな」

介宏は聞こえないふりをして、白崎に語りかけた。

「まあ、ともかく、あなたを励まそうということで、我々は出かけてきたんですよ」

白崎は二人を学校に案内した。

学校は崖下の雑木林のなかにある民家を借りてあった。玄関口の土間を校長室にして、奥の座敷の間が教職員の事務所となっている。もう一棟が教室だった。この時間、低学年を含めて勤労奉仕のため、生徒は誰もおらず、教職員もその監督のために全員が出かけていた。

白崎が二人にお茶をいれてくれた。

そこで介宏は持参していた風呂敷包みを取り出した。五つの重箱におはぎを詰めてきていた。白崎の新任を祝うために、ハマにつくらせたのだった。

「まずはここでみんなで食べましょうや」

介宏は重箱の蓋をあけた。「残りの重箱は教職員に、そして奥さんにも」

「ありがたい、ありがたい。でも、私は単身赴任でしてな。女房は一応、疎開させているんです」

白崎が皿と箸を持ってきた。おはぎを三人で分けて食べた。

「いまどき、おはぎなんて」

古谷が言った。「これ、赤小豆がたっぷりで、鹿児島市あたりではいくら金だしたって手に入らないぞ。さすが、苅茅だ、田舎は強いよな」

「お前、褒めているのかけなしているのか、どっちなんだ」

「うらやんでいるんだよ」

座が和んで、おはぎを食べながらとりとめもない世間話をしていると、突然、ぬっと二人の男が入ってきた。

それを見た途端、反射的に介宏は後ずさりしてしまった。

一人の男は浴衣を着ていた。しかし帯をしていなかった。下着をつけず、ふんどし一つの体が丸見えだった。屈強な骨組みだがあばら骨が浮いていた。体は陽に焼けているばかりでなく、泥を塗ったように垢がこびりついていた。髪はぼうぼう、顔は無精髭におおわれ、そして左手に日本刀をぶらさげていた。もう一人は膝から下を切り落とした迷彩色のズボン一枚で、上半身は裸だった。同様に顔も体も汚れているが、頭は剃りあげており、首から数限りない数珠をじゃらじゃらとさげていた。いずれも二十歳前後に見えた。

「やい、校長、あれはどうなっている？」

浴衣の男が白崎を睨んで言った。

「それが他の者にも頼まれているので、もうちょっと待ってもらえないかな」

「俺のを優先しろよ」

浴衣の男は日本刀でどんと土間を突いた。すると古谷がいつもと変わらない態度で、その男に声をかけた。

「何の話だい?」

「おめえは何だ?」

「俺は他の学校の校長だ」

「ほう。そんなら手伝ってくれや」

「何を?」

「遺書だよ、遺書」

男は拳骨を振り回して言った。「俺たちゃ遺書を書くように命じられているんだ。上官の気にいるように書かなければ、さんざん殴られてよ、たまったもんじゃねえ。だから校長に書いてもらおうという魂胆なのさ」

「ちょっと待て」

古谷は身を乗り出した。「お前たち、特攻隊なのか?」

「あたりきしゃりきだ」

男は日本刀を左肩に担いだ。

これが特攻隊員か、介宏は生唾を飲み込んで二人をみつめた。彼が初めて会った特攻隊員は野中五郎だった。それ以降に多くの特攻隊員に会ったが、こんな風体の者はいなかった。驚くばかりの輩だ。

古谷が鼻の先でせせら笑って「特攻隊がそんな格好しているのか」と言った。

「それは、まあ、出撃するときはまともな特攻隊の服装にするけどよ、普段はこうなんだ。それとて好きでしているわけじゃない。蚤や虱にたかられて痒いからな。この浴衣一枚なら、ばたばたと揺すればよ、蚤や虱を吹っ飛ばせるだろうが」

男は足をあげて下駄を突き出した。「足は水虫だらけで痒いから、下駄を突っ掛けているわけだ。それにお前、金玉のまわりはインキン、タムシ、その痒さはとてもじゃねぇ。それで時と場所しだいじゃ褌も外しているんだ」

「そんなもん、軟膏かなんかあるんじゃないのかい」と古谷が言った。

「あるかも知れねぇが、どうせ、俺たちゃ特攻隊だ。明日明後日には死ぬというのに、今更、治したって、意味ねぇつうの。かわいそうなのは蚤や虱、水虫、インキン、タムシ。こいつらはいくらのさばってても、俺が死んだらおだぶつなんだぜ」

「おもしろいな、お前の言いぐさは」

古谷はおもむろに足を組み直した。「それでも、お前たちのそんな格好を上官はよく許しているものだね」

「何を言うか。いいか、特攻隊は神様なんだ。明日は国のために死んでもいいというのだから、いくら上官でもぞんざいにはできねぇんだって。せめて生きている間は好きにやらせておこうという按配でよ」

「遺書だけは厳しく強制するわけか」

「そういうこと。だけど、あとはこっちの勝手気ままというわけだ」

「今も自由に出歩いているところかい?」

「ああ、そうとも。特攻隊というのはな、夕方によ、明日出撃する者の名前が黒板に書かれるんだ。書かれた者はあわただしく準備しなくてはならないが、書かれなかった者は他にすることがない。だから書かれるまでは、勝手気ままに過ごしているわけよ」

もう一人の数珠をさげた男が、先ほどからおはぎの入った重箱をじっと見ていた。

「おい。兄貴、ちょっと見ろよ」

数珠をさげた男が浴衣の男に言った。「あれは何だ、うまそうじゃないか」

浴衣の男は振り向いて「ボタ餅ではないか。ボタ餅」と叫んだ。

「食いたいか?」

古谷が言った。「それ、手を出せ。重箱一つ、二人で食え」

浴衣の男は日本刀を床に投げ出し、両手でおはぎを掴んだ。まるで一年ぶりに餌にありついた野良犬のようだった。がつがつと顎を動かす音がした。もう一人も負けてはいなかった。口の周りはあんこで黒くなった。

白崎が二人にお茶をいれてきた。浴衣の男はお茶を飲み、そしてぺっと吐き出した。

「なんだこりゃ。馬の小便か。おい、初めて飲ましてくれたというのに、これじゃやな」

白崎は飛び上がって肩をすぼめた。

「ずいぶんお上品じゃないか。お前、何でお茶の味が分かるんだ?」と古谷が訊いた。

「それは毎日、青木町に出かけるからさ。出かけるというより、入り浸っているからさ。あそこの姉ちゃんは気が利いて、うまいお茶も飲ましてくれるぜよ」

「何だ。青木町に入り浸っている?」

古谷はまたも身を乗り出した。「そりゃまた、贅沢だな」

「あのな、こいつがよ」

浴衣の男は数珠をさげた男を顎で示して言った。「毎日、青木町に入り浸っているものだから、俺は他に行くところもないし、いつもついて行くんだ」

「兄貴、青木町のことは言わないことにしてあるじゃないか。頼むよ、言わないでくれったら」

「いや。お前のことじゃねえから。俺は青木町に昼寝しに行くって、その話をする気なんだ」

「またまた、そうは言っても、後はこっちに振る気なくせに」

「ちょっと待て。二人でもめてどうする」

古谷がにやにやして誘い水をかけた。「青木町に昼寝しに行くのは、どういうことなんだ?」

「夜は眠れねぇんだよ。あのぶっ壊れた校舎跡に寝ていると、前に特攻で死んだ奴らが出てくるんだ。横に寝ている奴らはうなされつづけているし、突然、わめき立てて暴れる者がいるし……。どうせ眠れないのだからということで、何人かで高須の港町に行き、焼酎屋をたたき起こして、焼酎をもらうんだ。すると親父は必ず店の宣伝のタオルを添えてくれるんだよな。そして宿舎に戻り、焼酎を飲んで夜明けを待つんだ。そんなわけで、昼寝のできるところを、みんなそれぞれ探しているというわけなんだ」

「そんな話、どうなんだ?」

古谷は言った。「おおっぴらには言えないだろう?」

「そりゃそうだ」

浴衣の男は数珠をさげた男を見た。「誰にも言えないよな」

「ややっ。兄貴、俺のことをバラす気だな」

「馬鹿。バラしやしねぇよ。でも、お前が毎日青木町に入り浸っていて、俺は昼寝している、これ嘘じゃねぇもんな」

「ほら。その目つきは何だよ。やめてくれよ、本当に」

「まあまあ。そうもめるなって」

古谷はタバコをくわえて、マッチで火をつけながら、顔を傾げて尋ねた。「でも、お前たち、毎日青木町に入り浸っているって、よくそんな銭があるな」

「何だ何だ。特攻隊員をなめちゃいかんぜよ。出撃前の者には、特別手当がつくんだ。あんたらの給料の比じゃねえぐらいな。俺たち、すぐに死んじまうのだから、手当を弾んだって損じゃあるめぇということさ。でも、上官は『それはおふくろとかに送金しろ』と言うのだよ。何故そう言うのか、考えなくても分かるだろう。送金を受けたおふくろとかが、『海軍は温かい処遇をしてくださる』と手を合わせて感謝するって……。そう目論んでいるわけだ」

「鋭いな、お前。聞いていて気持ちいいよ」と古谷が合いの手を入れた。

「いやあ。別に、鋭くはねぇよ、はっはは」

浴衣の男は頭をかいた。「おりこうさんはおふくろなんぞに送金してやがるけど、俺はそんなことはしねぇ。第一、俺のおふくろはこの世の中の者にさんざんいたぶられてきたからよ、誰も信じちゃいないぜ。よしんば俺が送金したとしても、海軍に感謝なんかするものか。『馬鹿にするな』と洟をひっかけてぐじゃぐじゃまるめてぽいさ。そんなわけで、俺なんざ、命あるうちにぱっと銭は使い切って、あとには何も残さねぇことにしているのさ」

「兄貴、俺がこの前立て替えた分、ちゃんと返してくれよな」

「うるせえ。この小市民め」

浴衣の男が古谷に向かって片目をつぶって見せた。「こいつが頭を剃っているわけを知りたくないか?」

「出撃前に仏を拝んでいるのかい」

「拝むのは仏ではなくて……」

「兄貴。やめてくれよ、本当に。やめろって言っているだろうが」

数珠をさげた男は笑い出した。

「こいつは青木町で、女郎を裸にさせて、一列に並べ、オマンコを拝むんだ。命を救ってくださいと、妙な呪文を唱えて拝むんだよ。でもよ、こいつが頭を剃らないと、女郎たちのオマンコの毛に虱がうつるものだから、寄ってたかって剃られちまったんだよ」

「そんなアホな」

古谷は吹き出した。「でも傑作だ」

「笑わないでくれ」

数珠をさげた男が言った。「俺はオマンコをするとき、あ、生きていると思うのだ。俺は生きている、って。……それを実感したくて、オマンコしに通わずにおれないのよ」

「それからもう一つ、おもしろいことがあるんだぜ」と浴衣の男が古谷に言いかけた。

「兄貴てば、もうやめてくれ。頼むから」

「こいつが数珠をさげているわけはよ」

浴衣の男が言った。「いつもいつも裸で通ってくるから、女郎たちが冗談で数珠を買ってよ、こいつに掛けさせたんだ」

「それで?」と古谷が尋ねた。

「それだけだよ」

「何だ、ぴんと来ないな」

古谷は立ち上がり、タバコを足もとに吐き捨てて、靴底で火を踏みつぶした。そして二人に言った。「よし。お前たちは帰ってよい。遺書は書いておくから、後で取りに来い」

「そんなら、蟻が十匹、猿が五匹」と数珠をさげた男が言った。

「何だ、それは?」と古谷が尋ねた。

「ありがとう、ござる」

古谷が吹き出した。介宏も笑った。しかし生真面目なばかりの白崎には意味が通じないらしく、にこりともしなかった。

「またそれかよ。しょうがねぇな」

浴衣の男が数珠をさげた男に言った。「そんなこと黒い犬の尻なんだからよ」

古谷がまた笑った。けれど介宏は解せなかった。

二人は出ていった。

「今のはどういうことを言ったんだ?」

介宏が訊くと、古谷が答えた。「尾も白くない、と言うのだよ」

介宏は大声で笑った。

「あんな特攻隊員だけではないですよ。まじめ一筋の者だっていますよ」と白崎が言った。

「いや。あいつらはあいつらなりに、死を達観している。たいしたものではないか」

古谷がそう言ったとき、かすかにだが、顔が苦しげにゆがんでいた。介宏は白崎に語りかけた。

「遺書は何人に頼まれているのです?」

「十数名です。といっても、みんな似たり寄ったりではいけないので、文章を変えたり、書く文字を変えたり、それなりの工夫がいるんですよ」

「手伝いましょうか。この際、白崎さんを励ます意味で」

「俺は嫌だぜ」

古谷はにべもなく言った。「考えてもみろ。上司に殴られないために書く遺書なんて、そんなもの遺書ではないぜ」

介宏は苦笑した。

しかし白崎は違った。介宏だったらこんな場合、聞こえていないふりをするか、笑って聞き流すかして済ますのだが、白崎は生真面目に、まともに受け止めた。そして熱をこめて言った。

「上司がそんな風にするのは、特攻隊員の親に遺書を見せた場合、親が安心するように、息子を誇りに思えるように、ちゃんとした遺書を書かせようとしているのです」

「それは嘘だ」

古谷はまたタバコを口にくわえ、マッチを擦って火をつけた。そして煙を深く吸い込んで、ゆっくりと吐き出した。世間話をしている風に言った。「特攻隊員が自ら死ぬことを志願したという風に書かないと殴るんだ。つまりそれは死ぬことを強制する側が、自分の責任を逃れるために書かすんだよ。あいつらは、ほら、このとおり、志願したんだ。俺たちが強制したのではない、という証拠として。あざといじゃないか」

白崎は頭を左右に振り、「たとえそうであろうと、彼らは遺書を書かねばならないのです。遺書は遺書だから書くのは簡単なことではありません」と言った。

「だから適当に書けばいいのさ。さっさっと決まり切ったことを。……日本民族の誇る天皇のために、命を捨てて国を守るのは、日本男児の輝かしい誇りです。お父さん、お母さん、お世話になりました。感謝いたしております。自分は幸福者でした。その恩返しに、みなさんを守るべく、自分は喜んで命をすてます。……とかなんとか。最後に、蟻が十匹、猿が五匹なんて。いくらでも文面は思い浮かぶではないか」

「私はそんな気持ちにはなれない。国のため死んでゆく彼らの一人一人の思いを、大切に慈しんでやりたいのです」

「それは素晴らしい」

古谷は立ち上がり、窓辺に佇み、外を眺めながら言った。「でも、あんたが書くのは、上司に殴られないための遺書だよ。それは五十年、百年先まで残るかも知れない。残るとしたら遺書を書かせた側に残るんだ。仮にだよ、後の世の人たちにそれが特攻隊員の真の心情だったとして開示されたら、それを動かぬ証拠として、後の世の人は信ずるんだ。特攻隊員は何も疑わず、ただ純粋に国のために死んだ、崇高な人たちだった、と。……死ぬことを強制した者たちは、咎められることもない。そういうからくりを見抜ける者が、後の世にどれほどいることやら。騙されて感動する、これが善良なる者の大方だからな」

白崎は黙り込んだ。テーブルに置いていた両手の十本の指で、テーブルの面をかきむしるようにして拳骨を握りしめた。その拳骨がぶるぶる震えた。

「私はどうすればいいのだ」

突然、白崎はわめいた。「こんなところに来るべきではなかった」

思わず介宏は白崎の拳骨の上に自分の手を重ねた。

「ごめん。白崎さん、許してくれ」と介宏は言った。

古谷は窓辺に佇んだまま、外を見ていたが、「俺は帰るぜ」と言った。そして土間から外に出て、軒下に立てかけておいた自転車を引き出し、それにまたがった。介宏はガラス窓を通して、古谷が走り去るのを見ていた。

残された二人は黙っていた。ずっと黙っていると、遠くから子供たちの歌声が聞こえてきた。「赤とんぼ」という歌だった。いまどきそんな歌を聞くのは珍しかった。軍歌しかうたわせないしがらみなので。

「あ、生徒たちが帰ってくる、私はあれを迎えなくてはならない」と白崎が言った。

「そんなら私も失礼しよう。いろいろすまなかったな」

「重箱はどうしますか？」

「また、来るから」

介宏は頭を下げ、それから外に出ると、すぐそこに歌う生徒たちが近づいていた。低学年で、十数人だった。二十歳前後の女性教師が引率していた。彼女ははにかんだ風に、身体を傾けて会釈した。「こんにちは」と生徒たちが口々にあいさつした。

アメリカ軍の空襲がくり返される最前線に、こんな生徒や教師がいることを、介宏はあらためて思った。生徒たちの母親はこの地で暮らしており、子供を育てているのだ、と知った。生徒の中に幼い頃の房乃に似た子がいた。膨らんだ頬に雀斑が散らばり、上の前歯が唇から少し飛び出している。介宏は思わずその子の頭をなでた。

自転車に乗り、学校を離れた。

雑木林のなかの坂道を下り、用水路の橋を渡ると、そこには用水路に沿って車一台が通れる道幅の農道があった。そこの交差点の角に、苔むした田の神の石像があり、野菊が供えられていた。

百メートルほど先に屋根の壊れた校舎が見えた。その方向に自転車を走らせていくとき、ふと左手の森が視界に飛び込んできた。するとひとりでに追想した。あの日、野中隊長が案内してくれて、特攻隊司令の岡林大佐と出会った。その場所がその森の中にあるのだった。

岡林大佐はどうしているのだろうか。

介宏は自転車を左折させて、森の中の坂道を登った。その建物が木々を透かして見えるところまで来ると、鉄の鎖が道を塞ぎ、武装した三人の兵士がいた。

「大佐に会いたいのだがね」と介宏は緊張した声で言った。

「認可書は?」

「大佐が在室なら、鹿屋国民学校の校長が訪ねてきている、と告げてくれないか」

「だめだ」

兵士は言った。「特攻本部の下島始参謀から認可証明をもらってこい。でないと、通せないのだ」

岡林大佐は隔離されているのだろうか。介宏は背伸びして、大佐のいる建物を見た。入口の壁際に『桜花特攻神雷部隊、野中隊駐屯之所』と大書きした看板が立てかけてあった。『南無八幡大菩薩』という幟も風に破れたまま揺れている。野中隊長の痕跡はあのように現場から取り払われ、ここに放置されているのだ。介宏は唇をかんだ。

その場を離れるとき、森の全体で春蟬が鳴いているのに気づいた。介宏の自転車のブレーキの音がそれをかき消した。坂道を下り、もとの用水路沿いの農道に出た。

早苗のひろがる水田の向こうに、屋根の半ば欠落した校舎が近づいてきた。戦闘のようなざわめきが聞こえてきた。道を曲がる前に異様に生臭い空気が漂ってきた。上空にカラスやトンビが渦巻くように群れ飛んでいる。道を曲がると、用水路の脇の広場に男たちが群がり、やたらにわめいていた。近づいてみると、男たちは上半身が裸の者、下着のシャツだけの者、いずれも全身が真っ赤に染まっていた。介宏は自転車をとめ、その様子をまじまじと見つめた。

男たちはみんな若かった。特攻隊員に違いない。全員が刃物を振り回し、喜々として、まったく喜び勇んで、がむしゃらに跳びはねている。よく見ると、男たちは黒い大きな物体にたかっているところだった。その物体の先に鋭い角が見えた。あ、牛だ。介宏は息をのんだ。

「おい、茢茅」

声をかけられて振り向くと、そこに古谷がいた。「俺はさっきから見ているのだが、あいつらときたら、あたかも飢えた野獣じゃないか」

「連中は何をしているんだ?」

「牛を解体しているんだってよ。話を聞いたら、近くの農家が空襲で死んだ牛を特攻隊に寄贈したそうなんだ。奴らは自分の分け前をとるために、ああしているわけだ」

介宏は木名方や松田とはじめて会ったとき、二人が唐芋をむさぼり食ったことを思い出した。特攻隊員にしても腹をすかせており、まして牛肉を食べるなんて、ほとんど初めてであろうと思える。

上空で群れ飛ぶカラスやトンビが騒々しく鳴いていた。人の隙を見て低空を飛行する鳥もいた。近くの森の木々にとまってそちらを睨んでいる鳥もいた。血の匂いにおびき出され、鳥はどこからか次々と飛来しつつあり、電線にもすきまなくとまった。

血の滴る肉の塊を持った特攻隊員の一人が、群れを離れて走り出し、そのまま水しぶきをあげて用水路に飛び込んだ。身体についた血を洗い流すためだった。

「これが特攻隊なのか」と古谷が言った。

介宏は言うべき言葉がなかった。

二人で自転車を走らせた。

台地から立ち昇る水蒸気が風景をうっすらと霞ませていた。うららかな風が吹いてきた。

「俺は今日、特攻隊の本当の姿を見た気がするな」と古谷が言った。

「まったく驚いたぜ」と介宏も言った。

「新聞や雑誌の写真で見る特攻隊はみんな服装はきちんとして穏やかな笑顔なのに、今日見た特攻隊員は全然違うじゃないか」

「何を言ってるんだ」

介宏は吐き捨てるように言った。写真という言葉を耳に入れた瞬間、反射的に菊子を思い出した。同時に横須賀の不遜な顔が目の前に浮かんだ。怒りがこみ上げた。介宏はその怒りを古谷にぶっつけた。

「お前は相当に辛辣な奴と思っていたが、そんなものか、あんがいと底が浅いんだな」

「ほお。どういうことだ、それは?」

「写真というのは、真実を写してはいないということさ。写真をよく見れば分かるだろう。写真の特攻隊員たちは、そろいの真新しい飛行服を着ている。そろいの新しい飛行帽をかぶり、そろいの新しい白のマフラーを巻いて、そろいの新しい風防眼鏡をかけて……、死んでいく境遇の者たち全員に、軍がそろいの新品を支給するはずがあるかよ。あれは写真を撮られる者たちだけに準備されたファッションなんだ。着付けも厳しいチェックを入れていると分かるだろうが。隊員たちを撮る際の配置にしてもお互いに重ならないように、それぞれポーズをつけて演出されている。それから表情にしても、ふだんとは違う。そんな裏に気づかないなんて、お前、どうかしているんじゃないか」

「なるほど」と古谷は苦笑した。

介宏はとまらなくなった。横須賀を思い出してさらにまくしたてた。

「カメラマンは特攻隊員を撮るときこう言うのだよ。……この写真は全国の人が見るんだよ。永遠に記録として残るんだよ。君たちは選ばれて特攻隊員になれたんだから、あくまでも誇りをもっているところを見せるんだよ。写真を見てくれる人たちに感動してもらえるように、やさしくて、純粋で、幸福感に満ちあふれた、晴れやかな顔で写らないといけないよ。そうそう、そんな風に微笑んで……。とか言いながら、百枚も二百枚も写真を撮って、そのうちの一枚だけを選び出すんだ。カメラマンというのはそういう風にしてそういう写真を撮ってこそ、プロとして評価され、出世できるんだ」

介宏はそう言って、心に鬱積していた横須賀への思いを吐き出した。すると菊子にひじ鉄をくらわされたことを思い出した。そして古谷に怒りをぶちまけた。

「古谷。お前の説に従うと、後の時代にもそんな写真を見て、その欺瞞を看破できない者がいるに違いないのだ。嘆かわしいことではないか」

「まいった、まいった。確かにそうだ。俺は写真の欺瞞を看破すべきだ。そのとおりだぜ」

「分かればいいんだよ」と介宏は言った。

「それにしても、苅茅よ、お前はえらく写真に詳しいのだな」

「写真のことなら人並み以上だとも」

「そうだろうそうだろう」

古谷はさりげなく言った。「あの写真屋に入り浸っておれば、そうだろう」

「何だ?」

介宏はどきっとなった。

「気をつけろよ。流言飛語は『初めひそひそ、後は地響き』と言うからな」と古谷が言った。

「何を言いたいのだ?」

介宏は自転車をとめた。古谷は自転車をとめず走り続けた。介宏は古谷の背中に向かって叫んだ。「眼鏡のことか?」

「眼鏡?」

古谷は自転車をとめ、介宏を振り向いて見た。

★

介宏は心の影にうずくまった。自分が恥ずかしくてたまらなかった。心のなかで、たえまなく、「初めひそひそ、後は地響き」という言葉が蛇のようにくねくねとうごめいていた。古谷が放った言葉のせいで介宏は日常の意識がガタンと軌道から外れた状態に陥ってしまった。

自分は誰にも知られていないと思い込んでいたのに、菊子とのことを世間の誰もが知っているというのだ。学校の廊下で数名の教職員が立ち話をしていた。介宏が通りがかると、みんなが脇によけて会釈した。しかし何か意味ありげにみんなが口をつぐんでいた。介宏が近づく前に彼らのなかから「いやらしい」という言葉が聞こえたような気がする。介宏はぞっとなった。彼らは俺と菊子のことを噂していたのに違いない。それから町を歩いていると、すれ違った女が精一杯の笑顔で「校長先生。お変わりありませんか」と言った。それは菊子とのことを知っていて、そう言ったのに違いなかった。あの極端な作り笑いがその証拠だ。女は心の中で「この色気違いめ」とあざ笑っていたのだ。

菊子とのことを多くの人が知っていると思うと、わっとわめいてしまいそうになった。どこの場所で誰に会っても、それをみんなが知っているのが分かった。

どこにも行きたくなかった。誰にも会いたくなかった。噂をどうかき消せるのか、ひとしきり悩んだ。しかし噂はもう流れてしまっている。俺のことをみんながいやらしい奴と思っている。女にひじ鉄をくらったなさけない奴とさげすんでいる。それが校長でございと臆面もなく偉ぶっているのだ。恥を知れ。恥を！　みんなが俺をののしっている。

介宏は一日のほとんどは官舎に隠れており、学校では校長室にとじこもっていた。

三日後、空襲で苅茅一帯も被災したという情報が伝わってきた。

ハマから電話があり、妻のキサが敵機の爆撃で負傷したと連絡してきた。介宏はそれを遠い話として聞いた。

「病院に行かねばならぬほど酷いのなら、お前が連れて行ってくれ」と介宏は言った。

そのまま校長室にとじこもっていた。夕方が近づいた。用務員がドアをノックして顔を出した。

「奥さんが校門のところでお待ちです」

校門の前にタクシーが停まっていた。ハマが外に佇んでいる。介宏が姿を現すと、ハマは小走りに近付いてきた。

「遅くなりました。申しわけありません。奥さんを病院に連れて行こうとするのですが、どの病院も空襲を恐れて避難しているものですから、その避難先をさがしまわらねばなりませんでした。そしてようやく……」

「病院ではどう言われた？」

「爆弾の破片が腰や臀部に食い込んでいるそうです」

「手術せねばならぬのか？」

「はい」

キサはタクシーの後部座席にうつ伏せになっていた。介宏はドアを開けて、「大丈夫か」と声をかけた。キサはうーうーとうなった。「痛いのか」と介宏は尋ねた。何度も尋ねた。黙りぐせのあるキサは何も言わず、喉がつまったように咳をしつづけた。

介宏はハマに訊いた。

「手術はいつするんだ？」

「奥さんが、手術はしたくない、と言われるんです」

「どうして？」

「家にいた方がいい、と……」

「バカじゃないか」

介宏はまたタクシーの中をのぞき込んで言った。「手術しないでどうするんだ」

キサはまた咳をした。

介宏はいらいらして思案した。

「手術するのにまた出直すのも難儀だろう。今日はひとまず、官舎に泊まれ」

「家に帰るから」とキサは言った。

「家に帰ってどうする?」

キサは何も言わなかった。

こいつはずぶとい奴だ。俺にこうして何か抗議してやがる。……と、介宏は感じた。そして吐き捨てるように言った。「どうにでもしろ」

「だんなさん。今夜は苅茅に帰ってくださいまし」とハマが言った。

「ああ」と介宏は生返事をした。

タクシーが走り去ると、介宏は校長室に戻り、ドアを閉めた。誰にも会いたくなかった。ひょっとしたらキサは菊子のことを知っているのかも知れない。ずっと昔のことだか、俺が鼻の下にチョビ髭をはやすことにしたのは、ある女が動機だった。キサはそのとき、それに勘づいて、何も言わなかったけれど、何かにつけて反発した。その態度に接して俺はキサがそれを知っているのだと気づいた。今度のことにしても、キサが爆撃で重傷を負いながら、その手当てを受けないと主張するのは、菊子とのことを知っていて、俺に対する面当てでなくて何だろう。キサは自分を大切にしない夫を恨んでいるのだ。

その日、荊茅には戻らなかった。

明くる朝、ハマから電話が来た。

「奥さんが大変なんですよ。今日は帰ってきてくださいませんか」

「うるさい。俺は公の人間なんだぞ」

介宏は怒鳴った。「校長室には『滅私奉公』とか『尽忠報国』という額をかけている。俺は不言実行せねばならぬ立場なんだ」

介宏は荊茅に帰りたくなかった。

ほんのちょっと前まで、頻繁に荊茅に帰り、木名方と夕食を共にしていた。木名方から戦争について最新の情報を聞けるのを、自分の特権と思い、独自の知性を育む好機ととらえていた。しかしその喜びでさえ今は遠く霞んで消えた。木名方もそれを知っていて、実は内心で俺を軽蔑しているのに気づいたからだ。あれこれ思い起こすと、思い当たる節があった。俺が眼鏡を替えたとき、木名方は「よくお似合いですね」と言った。何でもない言い方だったが、今考えると、それをお見通しだったのに違いない。それを知った上で「よくお似合いですね」と言ったのだ。それを知っていたらそうとしか言えないではないか。介宏は木名方に会うのが怖くなった。木名方がいることを思うと、それだけで苅茅に帰りたくなかった。

考えてみると、あのことを知っているのは俺と菊子しかいない。俺は一度も、誰にも、あれを話したことはない。なのに世間中が知っているのは何故なのだ。ほかでもない、菊子が言い触らしたからだ。どうして菊子はそんなことをしたのか。まず横須賀の気を引くために俺を当て馬にしたのに違いない。いつ、どこで……。横須賀が子供たちを撮影するとき、子供たちの母親が集まった。その場で菊子はそれを語ったのかも知れない。

さらに考えられるのは、菊子は横須賀を引き止めてほしかったのに、俺が冷ややかな態度をとったので、腹いせにそれを世間中に吹聴したのだ。俺を貶めようとむきになり、あることないこと尾ひれをつけて。……女はおぞましい。怒らせたらこのざまだ。介宏は菊子を殴り殺したかった。切り殺してもいい。横須賀も許せなかった。二人一緒に始末するには、どうすればよいかを考えた。そして結局それは自分にはできないという考えに至ると、自分で自分を始末するしかない、大げさではなくて、自殺するほかはないという思いになった。しかしそれも実行できなかった。ただもんもんと過ごした。

校長室のドアをノックして、教頭がおそるおそる姿を現した。

「市役所の保健課から連絡がありました」

「私は今、忙しい。余裕がないと伝えてくれないか」

「校長。三日前からそのようにもう五回も伝えました。今までは保健婦からでしたが、今回はその上司の課長からです」

「だから、君に頼んだではないか。相手の用件を聞いた上で、それは無理だと答えるように、と」

「仰せのとおりにしているのですが……。では、私が校長に申し上げますので、相手の用件だけでも聞いてください」

「保健課なんて、何の用なんだ」

教頭の説明によると、介宏の次女の房乃を保健婦見習いとして働かせてほしいというのが用件だった。最近のアメリカ軍の空襲激化で、多くの市民が負傷しており、そのほとんどは個々に病院が疎開した各地の防空壕に寝かされている。市の保健課では警察署の保健係といっしょになり、そんな実態調査とともに緊急の手当てをしているのだが、なにしろ人手が足りなくて、困り果てているというのだ。

「それだからといって、房乃をどうして?」

「保健所に木村初枝という保健婦がいるんです。校長、ご存じでは?」

「いや」

「本町のガラス屋の娘です」

「それなら知っている。十年もたつかな、私が担任の学級の生徒だったな」

介宏は思い出した。てきぱきとした明るい性格で、成績もよかった。そしてまだ低学年だった房乃を遊び仲間に入れてくれて、何かと可愛がってくれていた。

「保健婦の木村さんが『ぜひ房乃さんに手伝ってほしい』と言っているのです。房乃さんなら気心が知れているから、と……。市役所も警察署も、それなら身元もしっかりしているので、ぜひそうしてもらいなさい、と太鼓判を押したというのです」

「房乃にそんな大任か果たせるかね」

介宏は言った。「今夜、娘に話してみよう。もしそういうことで話が進むことになったら、君のほうでうまくやってくれないか」

「木村さんはほっとしますよ」

その夜、夕食をとりながら、介宏は房乃にその話をした。房乃はすでにそれを知っていた。木村から直接に何度か勧められたのだという。

「そんな話があったのなら、すぐ、父さんに言うべきだろうが」

「でも、お父さん、この頃、むっつりしていて、夕食をすぐに終えて、さっと居なくなってしまうから……。昨晩、書斎の襖をあけて、『ちょっと話したいことがあるんだけど』と言ったら、いきなり怒られたんだもの。『いまお前どころじゃない』と……」

「そんな記憶はないな」

介宏は背筋を伸ばし、息を深く吸い込んだ。そして尋ねた。「お前はどう思う？」

「私、木村姉さんとならやりたいわ。お父さん、許してくれる？」

「どっちみち、高女になったら何かに動員されるんだ。軍の仕事よりこっちがいいのではないか」と介宏は言った。

房乃はぱっと雲の切れ間から太陽が現れたような笑顔になった。それから介宏の心をのぞき込むようなまなざしになり、唇の間から前歯をはみ出させて言った。「お父さん。ね、お母さんのこと、心配じゃないの？」

「心配しているとも。当たり前じゃないか」

「苅茅に、私は帰ってみたいのだけど、帰っていい?」

「誰が帰って悪いと言ったんだ」

「じゃ、帰っていいのね。今度の日曜日、私は帰ります。ね、お父さんもいっしょに帰るでしょう?」

介宏はずっしりと気持ちが重かった。苅茅に帰りたくなかった。誰にも会いたくなかった。けれど房乃は久方振りに父と実家に帰れると思い、夜なのに、玄関外の街燈の下で父の自転車を磨いた。車体をきれいにしたばかりか、車輪に油を注入したり、タイヤに空気をいれたりした。そのけなげさに介宏の心が開いた。やはり娘は娘だった。他とは違う何かが通った。

「ほら。お父さん、新品みたいになったわよ」と房乃ははしゃいだ。


日曜日、アメリカ軍は休むのらしい。その日は空襲がなかった。

介宏は自転車の荷台に房乃を乗せて、台地を横切った。もう房乃は子供ではなかった。介宏は自転車のペダルを漕ぎながらそれを実感した。房乃は十三歳だ。すると妙なことを思った。「ということは、十数年前まで、俺はキサと性交していたわけか」。何かおぞましい気持ちになり、ペダルを漕ぐ力が弱まった。

舗装されていない道路は自転車では走りにくかった。それに道路は爆撃であちこちに大きな穴ができていた。周辺の畑もそうだった。台地のいたるところに掩体壕があったが、そこに匿われている戦闘機は少なくなっていた。苅茅の集落はナパーム弾はくらわなかったのらしく、猛烈な火炎に焼かれた形跡はなかった。しかし爆弾をくらっていた。あちこちの家が倒壊し、集落を抱きかかえている樹木の群れが幹や枝が折れて、黒焦げになっていた。介宏の家は窓や雨戸が吹き飛ばされたというが、それは補修されており、見えん婆さんの家は無事だった。隣の兄の家は屋根が半壊し、全体が傾いていた。そして両家で使っていた防空壕の近くに巨大な穴があいており、そこに爆弾が落ちたとき、キサは爆弾の破片に打ちのめされたのらしい。

キサは納戸の部屋に寝ていた。それを見て房乃が泣き叫んだ。キサの上に覆い被さり、顔をのぞき込んで、「お母さん、お母さん」と言った。

「手術はしなくていいのか?」と介宏は言った。

「一度、お医者さんに往診に来てもらいました」

ハマが言った。「痛み止めの注射を打ってもらい、薬もたくさんもらいました」

「それでいいのか?」

「奥様はそれでいいと言われます」

「バカじゃないか、まったく」

キサが喉に痰が詰まったように、あーあーと咳をした。

介宏はキサを見下ろした。もんぺに包んだ身体はぶよぶよに太り、顔は床に伏せているので見えないが、頭髪は白い煙のように立ち昇っている。俺は青年でこいつは二百歳の妖怪だと感じた。

キサは何度も痰が詰まったように咳をした。それを本当に何度もした。いつも何か言いたいとき、キサはこうするのだった。「何が言いたいのだ?」と介宏は怒鳴った。キサは何も言わず咳をした。介宏はさらに怒鳴った。房乃がキサの上に覆い被さった。キサはかすれた声で言った。

「文代が頼みたいことがあると言うから、会いに行ってください」

「何の頼み事だ?」

介宏は文代にも会いたくなかった。

「あたし、姉さんを呼びに行きます」と房乃が言った。

このとき、隣の兄の家のメロが来た。兄が呼んでいると告げた。介宏は逃げ出したくなった。兄の家に行くと、案の定、兄は怒りをたたきつけてきた。

「爆撃を受けたとき、何故、お前はすぐに戻らないのだ。今頃戻ってきても、俺に会おうともしないのは、どういうことだ。見ろ、俺の家を……。このざまを見て、お前はどう思うのだ」

家は半壊し、屋根瓦があたり一面に散らばり、破壊された家具類が折り重なって倒れているのが、吹き飛ばされた壁の中に見えた。まだ何も片付いていなかった。介宏は何も言えず、生きているのが面倒くさいような気分で黙り込んでいた。

兄の嫁のテルが横から「これは台風が来て、雷が落ちたと思えばいいじゃないの」と言った。

「黙れ。女が口を挟むな」

兄が怒鳴ったので、テルは笑いながらその場を去った。

兄は爆撃で左脚を骨折していた。

「俺が何でこんな目に遭わなければならぬのだ」

兄はなおも怒鳴り続けた。「ただ俺はここで暮らしているだけなのに、突然、凄まじい爆弾を投げ下ろす、そんなことがどうして許されるのだ。この責任は誰がとるのだ。あやうく、俺は殺されるところだった。殺されようが誰にも文句を言えないのだぞ。クソッ、何という世の中だ」

幼い頃からガキ大将で、誰はばからず威張り散らしてきた兄なのに、今はうっすらと涙を浮かべている。

「オヤッサアの邸宅もやられたんだ。俺の女房は毎日、片付けの手伝いに行っている。お前のところは、何もしない。オヤッサアに対して恥ずかしくないか」

介宏は遠い気持ちでそれを聞いた。

そして唐突に思った。もしかしたら兄もまた、俺と菊子のことを知っていて、こんなに俺を蔑むばかりになじっているのではないか。介宏は激しく頭を左右に振り、兄の許から離れた。

家に戻り、自分がいつもいる表の座に腰をおろした。空襲で傷んだ窓や壁は仮工事で補修されているが、座敷から見える庭は空襲されたままだった。築山の岩が違う場所に転がっていた。ヒトツバの巨木は中ほどでぽっきり折れ、折れた先の葉が褐色に枯れていた。また空襲はくり返されるのだろうと思った。

房乃が呼びに行ったので、文代が子供を連れて姿を現した。長男の鉄也が「じいちゃん、じいちゃん」と介宏にじゃれついた。介宏は房乃に言った。「ちょっと、こいつを向こうに連れていってくれ」。

文代は長女の和子を胸元に抱いて、寝かしつけながら、少し切り口上で、介宏に話し出した。

「お父さんに、お願いがあるの。うちの人の遺骨を取りに行くので、一緒に行ってほしいのよ」

「遺骨?」

「お上から連絡があったの。鹿児島市の本願寺に、受け取りに来るようにと」

「いつだ?」

「次の週の月曜日よ」

「いや。その日は……」と介宏は口ごもった。誰にも会いたくなかった。どこにも行きたくなかった。

遺骨を受け取りに来いということは、文代の夫が戦死したということをはっきりさせたことになる。介宏は娘のためにそのことをもっと踏み込んで聞いてやるべきと分かっていた。いつどこでどのように戦死したのか、と。……けれど何も聞く気がしなかった。

「お父さんはうちの人が出征するときも、四十五連隊までついていかなかったじゃない。今度は死んで帰ってきたのに、遺骨とりについていかないわけね」と文代が言った。

「学校の仕事と関係なく、一方的にそんな日取りを決められてはかなわんよ」

「お上がお父さんの都合を確かめてその日取りを決めるなんて、ありえないでしょう」

文代の言いぐさを聞いていると、介宏は身勝手な自分が恥をさらしている気がした。もともとの文代はこんな性格ではなかった。従順でひかえめで、知性的な潤いがあった。そう思い出していると、突如、あのことが立ち上がってきた。文代がこんな態度をとるのは、俺と菊子のことを知っているからに違いない。介宏は舌打ちをした。

ハマが来て、「今夜は木名方さんと夕食をご一緒なさいますね?」と確かめた。

「いや、今日はもう引き上げねばならない」と介宏は言った。

「お母さんはそのままにして行くつもり?」

文代が問いつめた。「もう幾日もああしているのよ」

「俺は何度も何度も病院に行けと言っているんだ。あいつは聞きはしない」

介宏は納戸に行き、うつ伏せに寝ているキサを見下ろして、またも「病院に行かねばいかんじゃないか」と言った。

キサは魚の骨がつっかえているように喉をならした。何も変わる風はなかった。

文代がキサの枕許に座り、キサの額に手のひらをあてて熱をはかった。キサは「心配いらないよ」と言った。

「じゃあ、俺は行くぞ」と介宏は言った。

それでもすぐには離れづらくて、そこに佇んだまま様子を見ていた。

「忙しいのでしょう、お父さん」

文代が片手に抱いた赤子をあやしながらそっけなく言った。「どうぞ、遠慮なく行ってください」

「何だ、その言い方は」

介宏は抑え切れなくなり、声を震わせて怒鳴った。「黙っていると、図に乗りやがって。許さんど」

「私はただ、遠慮なく行ってください、と勧めただけじゃないですか。それがどうして悪いのですか」

「お前は開き直るつもりか。親に向かって」

「そんなつもりはありませんよ」

文代は座り直して言った。「私はお父さんがうらやましいのです。苅茅から自由に出ていけるお父さんが。幼い頃からうらやましかったわ。高等女学校のとき、長崎とか名古屋とかの工場に、学徒動員で飛行機作りに行けるチャンスがあったのよ。私はどこでもよかった、何の仕事でもよかった、せめて苅茅を出て、外の空気を吸いたかったの。……でも、私は退学して結婚したわ。お父さんがそうするように言ったから」

「長崎にしても名古屋にしても、工場という工場は空襲で狙い撃ちされ、大被害を受けているというじゃないか。そんなところで命からがら逃げ回り、挙げ句の果てに殺されたということになれば……。親としてそんなことは……」

介宏は次の言葉が出てこなかった。何を言ってもただ言いつくろっている気がした。

「空襲がひどかったら、私、ここに帰ったわよ」と文代が言った。

キサが喉を鳴らし、痰のからんだ声でうつ伏したまま、ぼそぼそともらした。

「宏之はずっと外に出ていたけど、最後は苅茅に戻ってきたからね。みんな、ここに戻るしかないのだよ、最後には」

「そうね、そうだわね。兄さんも戻ってきたのだったね」

文代はちらっと上目遣いに介宏を見た。

突如、介宏は頭の中が真っ白になった。気づいたときにはキサを蹴っていた。「うるさい。あいつのことを言うな」。介宏は文代の頬をたたいた。文代が抱いていた赤ん坊が火がついたように泣き出した。

介宏は家を飛び出した。自転車を引き出し、それにまたがると、一散にペダルを漕いだ。庭で鉄也を遊ばせていた房乃が、大声で呼びとめた。しかし介宏はそれに気づかなかった。房乃を置き去りにしたまま、ゲンゼ松の切り株の横を通り、台地に長く続く白く乾いた道に躍り出て、あらん限りの力で自転車を走らせた。視界がじっとり霞むので、自分の目に涙がたまっているのに気づいた。

長男の宏之は昨秋、苅茅に戻り、死んでしまった。そのことが稲光のようにまたも眼前を切り裂いた。息子をめぐるさまざまな過去のでき事が遠雷をともなう豪雨のように降りつのり、介宏の心に跳ね返って飛沫をあげた。思い出したくなかった。でも、思い出は一方的に襲ってくる。介宏は昼下がりの台地を横切りながら、思い出を時系列に並び替えている自分に気づかないまま、思い出にさらされている悲哀に、大声で泣いた。

4

——四年前のことである。

その日、介宏は長男の宏之とともに湾を渡る客船に乗ったが、本心ではこの船に乗りたくなかった。この船の行く手にはこの息子の人生が破滅する結果が待っているのは間違いなかったし、それにともなってこの自分の人生も破滅するという予感以上の思いが重たく覆い被さっていた。しかしそれを回避する策を打つのは、絶対に、できない。国家が決めたのだから。ともかく船に乗って出かけねばならなかった。

宏之は陸軍の四十五連隊に入隊する。

介宏は息子の入隊に付き添い、船に乗った。その船には同じ四十五連隊に大隅半島から召集された多くの男たちと、付き添いの家族らが同乗していた。船のスピーカーから「愛国行進曲」が流れ、人々は祝祭日のように昂揚していた。若い男たちがすでに召集しつくされているせいで、いま召集された男たちのほとんどが中年だった。しかし宏之だけは違った。まだ二十二歳で、つい先日まで師範学校の学生だった。そして今も学生服を着ていた。師範学校の入試でトップだった宏之は、その後も成績優秀で特待生だった。いろいろな面で優遇され、学校でも社会でも温かく見守られ、大切にされていた。介宏はそんな息子を何にもかえがたい誇りに思っていた。

宏之はひょろりと背が高く、丸い眼鏡をかけ、気恥ずかしげで真摯な眼差しをしている。いつも身ぎれいにしていて、艶やかな黒い髪をきちんと七三に分け、襞の通った学生服を着ている。成績が良いことと自分とはほとんど関係がない感じで、人と交わるより、自分のやり方でこつこつ勉学に没頭しているタイプだった。そして文芸書を好んで読み、夢想的な境地と現実の境目が曖昧だった。

息子に突然、赤紙が来た。

介宏は動転した。息子が軍隊生活にたえられないのは、あまりにもはっきりしている。息子の人生はここで破滅すると思った。それに引きずられて俺も破滅するのだ。湾を渡る船の上で、介宏は息子を見つめた。入隊にあたり、髪を短く刈った息子は、羽をむしられたシロカモメみたいに、もはや失った空を見上げて途方に暮れていた。

古江港から九州商船に乗ったので、鹿児島市まで二時間かかる。前方に桜島が近づいてきつつあった。硬く澄み切った深い藍の空に、島の活火山は眩しく噴煙をたなびかせていた。何もかも語り尽くすほど語らねばならないのに、二人は船の甲板に並んで佇み、桜島山の純白の噴煙を眺めながら黙りこくっていた。船上の人々のざわめきを耳で受け止めているうちに、介宏は思わず、息子に言った。

「何か話せよ」

「ぼくは明け方、夢をみたんだ」

宏之は蛇を殺した夢の話をした。

その時から十五、六年ほど前のことだった。介宏は教師として初赴任した大隅半島の佐多辺塚という小さな集落で、宏之と二人で暮らした。官舎の庭で鶏を飼っており、毎朝、卵かけご飯を食べるため、宏之は鶏小屋に卵を取りに行った。実際には蛇がそこの卵を食いに来たことはなかったのだが、宏之の夢の中で、大きな青大将が卵を飲み込んだまま渦を巻いてわだかまっていた。「夢の中のぼくは一瞬に幼児から青年となり、蛇に石を投げ、棒で殴りつけて、血みどろにして殺したんだ」夢が醒めた後も、殺した蛇が宏之の目の前にいた。

「いまも気色が悪い」

介宏は忌まわしい前途が暗示されているようで、そんな話は聞かなければよかったと思った。しかし息子の話によって、介宏は遠い昔の日々を追想することになった。

息子から離れて、甲板の一番後ろのベンチに腰かけた。船が白波を左右に広げて航跡を描くのを眺めながら、息子と過ごした歳月を振り返った。俺が初赴任した佐多辺塚こそが、息子が生きて存在する原形をつくった、そのことにいま気づいた。


佐多辺塚は「陸の孤島」だった。

大隅半島最南端の佐多岬に近いそこは、太平洋に面していたが三方から山にとりかこまれていた。わずか数十戸の集落は壮大な海と山がせめぎあう狭間にあった。大隅半島の南部はすべてが山また山で、一千メートルを超えると峰々が群がり、全域が照葉樹の原生林におおわれている。とりわけ太平洋岸は魁偉な山々が海になだれ込んでおり、荒波がその裾に襲いかかっている。けれど一帯のところどころに入り江があった。入り江の奥の狭い平地には人が暮らしていた。

それぞれの集落は孤立しており、山々があまりにも険しいのでお互いを行き来できる道がなかった。集落を繋ぐのは船だった。船で繋ぐことから「陸の孤島」と言われているのだった。

それらの集落の祖先は、はるかな昔に源平合戦に敗れた平家の落武者だとされている。佐多辺塚にも古い墓場に平家復興のための軍資金が埋蔵されているという伝説があった。佐多辺塚の尋常小学校は生徒数がおよそ百人で、その中には近隣の集落から小さなポンポン船で通学する者も少なくなかった。教職者は十人で、学校全体が家族のようだった。

俺の教員生活はそこから始まった。

官舎は一戸建ての小さな建物だった。そこで自炊しなければならなかったが、生徒の母親たちが輪番制でそれを賄ってくれた。掃除、洗濯なども心配しなくてよかった。

実はそのときすでに俺には妻子がいた。

俺は妻子と佐多辺塚に住むつもりだった。しかし妻は俺が相続している畑を守るために、苅茅を離れようとしなかった。

俺は師範学校に入る前に結婚し、鹿児島市で学生時代を過ごしたので、その頃からすでに妻とは別居していた。妻が俺のもとに来ることは全くなく、俺は休みのたびに妻のいる苅茅に帰った。長男の宏之は俺が学生時代に生まれた。

佐多辺塚に赴任が決まったとき、宏之は三歳だった。地図にも載っていない僻地に赴任するのだが、やはり念願の教職に就けたのであるから、俺は喜びと希望に胸を膨らませていた。そして妻子と別れて佐多辺塚へと向かおうとした。すると、その朝、宏之は「お父さんと一緒に行く」と言い出した。黙りぐせのある妻は、何も言わなかったが、喉に痰が詰まったように咳をして、息子を手放すまいとした。しかし息子は泣きじゃくった。単なる気まぐれの「後《あと》え」ではなかった。俺はうれしくてたまらなかった。自分のことを思うと、苅茅を出ていきたいばかりに教職に就くことを願い、そして決行した経緯がある。息子はそんな俺の意志を受け継いで生まれたのだ。俺は力の限りに息子を抱きしめた。

俺は佐多辺塚で息子と二人で暮らし始めた。地域の婦人たちが息子の世話までしてくれた。庭で鶏を飼うようになったのも、地域の人々に勧められたからであった。店一つない地域で、郵便局も銀行も、病院もなかったが、暮らしていくのに特に困ったことはなかった。学校での仕事も楽しかった。けれどそんな状況に満足していたわけではない。

俺はいつも向上しなければならないという呪縛にかかっていた。その理由はどうしてなのか、自分では分からない、生まれ落ちたときにすでに身に沁みついていた宿命なのかも知れない。そのころは佐多辺塚のような辺境の学校を転々として生涯を終わるのではなく、大隅半島の中核都市で最も規模と伝統を誇る鹿屋尋常小学校に勤めようという野心をひそかに抱いていた。夢を現実とするため、俺はひたすら学習した。電気がない集落なので、夜は蝋燭の灯りを頼りに、進級試験のための教科書にかぶりついた。

息子はいつも俺の横にいた。俺の邪魔はせず、一緒に学習する真似をした。文字にならない文字を書いたり、形を成さない絵を描いたり、口をとがらせてぶつぶつ言いながら熱中した。それが息子の遊びだった。俺が学校で勤務している昼間、息子はそんな一人遊びをして過ごしていた。地元の子供たちと子供らしい遊びをするのが苦手な風だった。まず何より言葉が通じなかった。まるっきり通じないわけではなく、単語やイントネーションが少なからぬ違和感を抱かせた。そして広々とした台地を見晴らせる苅茅と違って、ここは三方を険しい山々が塞いでおり、一方にはこれまで見たことのない荒波がどどっと打ち寄せる海が迫っている。息子とここで生まれ育った子供たちとは習慣や気質が異なっていた。

地域になじめない息子を集落の子供や大人たちが疎外したりいじめたりはしなかった。むしろそれ故にかわいそうと言って、いたわったりなぐさめたりしてくれた。息子は「特別なおぼっちゃま」だった。

ある頃から俺に言われたのではないが、息子は学校の図書室で過ごすようになった。時には父親が授業をしている教室に来て、後ろの椅子に座っていることがあった。黙って大人しくしているので、俺は特に咎めもせず、生徒たちもそれを当たり前のように受け入れていた。そうこうしているうちに歳月が立ち、宏之はその学校に入学した。クラス担任は定年前の女子教員だった。

「宏之くんには驚きました。一年生として教えることは何もありません」とその教員は言った。文字の読み書きも、算数の計算もすらすらとできるというのだった。

俺は一度もそれを教えたことがないので、信じられなかった。もちろん息子を晴れ晴れと自慢せずにおれなかった。息子の勉学の成績を見て、「君は天才だ」と俺は息子にその都度その都度くり返して言った。それが息子に終生のプレッシャーを与える結果になろうとは、そのときはまったく気づかなかった。むしろこれに勝る励ましはないと信じていた。

やがて歳月が過ぎて、息子が中学生になるまでの間に、俺は勤務する学校をいくつか替わった。そしてついに念願の鹿屋尋常小学校にたどりついた。息子は歩いて中学に通えた。

「ぼくはお父さんのように学校の先生になりたい」

息子は目を輝かせて言った。「田舎の学校が好きなんだ」

「いや。鹿屋市どころか鹿児島市の一流の学校をめざせ。君なら難なくできるはずだ」

こうして息子は師範学校を受験した。驚くべきことが起きた。息子が断然トップの成績で合格したのだ。鹿屋中学校の長い歴史の中でこのような事例は一度もなかった。学校は快挙に沸いた。地元の町々に噂はいっきに広まった。さらに良いことが起きた。市長の永野田良助が改称した鹿屋国民学校の校長に俺を推してくれた。息子のおかげで、俺は校長の椅子に座ることができた。

「この息子ありて、この親あり」

新学期の式典で市長はぶちあげた。「ときあたかも、国民学校が発足した。これに合わせて新校長に抜てきされたのは、他でもない。苅茅介宏。……この新校長の素性は鹿屋の広大な台地を開拓した苅茅一族の本家本元の人だ。わが郷土に最もふさわしい人物といえる。厳しい時局を乗り切るのに、国民学校とて、挙国一致の体制を敷かねばならない。それを断固として推進できる校長がいなくてはならなかった。苅茅校長こそ、その期待に応えられる逸材だ」

俺はとてつもなく甘い酒にありついた気分だった。それに心の芯まで酔った。何もかもが今までと違った。俺は酔いに任せてあらん限りに活躍した。

介宏はメモ帳の端にこんな落書きをした。


人生というものは一日一日の取るに足りないささやかなでき事や出会いの積み重ねで形作られている。いろんなことを忘れていても、心のどこかに染み込んでいて、時としてふと蘇ってくる。思い出そうとしなくても、それはひとりでにやってくる。


四十五連隊に到着した。

途端に、不安が的中したことを、まざまざと実感した。召集された五百人の中に、宏之が軍服に着替えて現れたとき、介宏は思わず後ずさりした。まるでたった一つ混入している異物のように見えた。ひょろっと背が高く、肩幅が狭いので軍服は何となく垂れ下がり、腕が長いので軍服の袖が短く、まったく軍服が板についていなかった。その姿はハマがにわかに仕立てた麦畑の案山子みたいだった。介宏は息子を叱ったことは一度もなかった。幼い頃から自由気ままにマイペースで好きなことをやらせてきた。師範学校まではそれでもよかった。息子の性格は個性として認められていた。しかし軍隊は違った。

この日、介宏は例外的に呼び出され、軍の班長の説明を聞いた。「お前の息子は師範学校で軍事教練にやる気を見せず、いつもだらしなくへばっていた。他の者に悪影響を及ぼすことがはなはだしかった」。そんなことを介宏は何も知らなかった。息子は隠していたのではないだろうが、介宏はそれは事実だろうと思った。「しかるに精神を根本からたたき直すべく、特別に赤紙を送ったのだ。いいか、覚悟しろよ。徹底的にやるからな」と班長が言った。

「やめてください」

介宏は叫んだ。無意識に叫んだのだった。班長は両の手のひらで机をバンバンと激しく叩いた。「非国民め。親がそうならなおさらだ。息子は許さぬぞ」

直後に、練兵場で入隊式が挙行された。五百人の新入隊員と、五千人の陸軍の将兵が武装して整然と列をつくり、全体が水を打ったように鎮まった。新入隊員の付添いの者たちは練兵場の端に特設された見物席に誘導された。介宏はそこから息子を目でさがした。すぐにその姿が目についた。壮大な隊列の中で、汗をかき、おどおどしているのが、空気の揺れとなって伝わってきた。

ラッパの音が鳴り響き、連隊旗を高くかかげた騎馬隊に先導されて、金モールで全身を輝かせた連隊長が大部隊の前に馬を駆け込ませてきた。空砲が一斉に撃ち鳴らされ、馬上の連隊長が軍刀をギラリと抜き放った。このとき、にわかに馬がいないて、両の前足を宙にあげて跳ね上がった。連隊長は馬の首にすがり付いたが、姿勢を元に戻せないまま馬の足もとにずり落ちた。大部隊はどっとざわついた。しかし一瞬でそれは鎮まり、鉄の塊のような沈黙が練兵場にのしかかった。

介宏はいたたまれなくなった。息子はこんな軍隊で毎日二十四時間拘束され、自由時間は一刻もなく、まるごと集団で過ごさねばならないのだ。連れて帰ることはできない。息子は戦争という時代の生け贄だと思った。そして自分は息子を生け贄にする準備を二十二年もかけて延々と進めてきたという懺悔が胸に迫った。

介宏はすばやく練兵場を抜け出し、小走りに国道をめざした。国道でバスに乗り、ボサド桟橋に移動しながら、しきりに息子のことを思った。四十五連隊に置いてくる以外、どうすることもできないのだ。息子への思いを、しゃにむに振り切って別れなければ、お互いに生きていけない。そう諦めた。そう決意するしかなかった。

苅茅の集落で宏之の噂が広まったのは、四十五連隊に宏之が入隊して一週間もたっていないときだった。「軍隊精神注入棒」で新兵が毎夜激しく殴られるとき、宏之は逃げ出し、追っ手を振り切るために走りに走り、国道を横切り、甲突川に飛び込んで、あやうくおぼれ死にそうになったというのだった。そしてその夜、脱走兵としてさんざんに例の棒で殴られたあげく、営倉にぶち込まれたという。

苅茅の集落で広まっている噂は、「全部ありもしないでたらめです」とハマが言った。ハマはそれを許すことができず、誰がそんな噂を流したのか、集落を歩き回ってつきとめた。それは昔なら鎮台兵と呼ばれる程度の、四十五連隊に所属する苅茅普三という一等兵だった。休暇に帰省した折に言い触らしたのだという。

「あんな小作人のせがれが、鬼の首をとったみたいに言い触らしたのですよ」

ハマは怒りのあまり激しい頭痛にみまわれて、こめかみには膏薬を貼っていた。しかしキサにはそれを聞かせないように必死なほどに心がけていた。

「嫌な集落だな」と介宏は言った。身に染みるほど、あらためてそう思った。

噂を広めた苅茅普三は介宏と同じ姓であるが、一方の家柄はハマが言うとおり、小作人だった。もともとのルーツをたどると、同じところにたどり着くのだが、長い長い歳月を経て、身分に格差がつくられたのであった。畑を相続する権利をもつ本家は長男および次男の両家の長男とする掟があり、それからはずれた者は分家となり、さらに相続する畑がなくなった者は本家や分家の小作人となるのだった。けれど全体としては苅茅一族であり、先祖伝来の畑をそういう掟で守り抜いているのだった。

介宏はこの集落のうっとうしさを知っていた。

椎の実のように硬い殻にくるまれて永久に持続する秩序を守っている集落では、いつもいつも話すことは自分たちの体験した範囲のことでしかない。自分の体験したことを話したとき、周りの者も同じような体験をしたことが分かると、いっしょにほっとなって喜び合う。そしてまた別の場所で別の機会にまたそれを語り、みんなと一体になる喜びにひたる。こうしてこの集落の人々はくり返しくり返し同じことを語りつづけるのだった。しかし自分たちの範囲以外から、別の話が持ち込まれた場合には、それをあざ笑い、けなし、さげすんで、自分たちの優位さを認め合う。そして喜びを分かち合った。

「宏之さんは集落の餌食にされたんです」とハマが言った。

介宏はハマのように宏之の噂がでたらめとは思わなかった。すべてが本当のことだと思っていた。宏之は今も「軍隊精神注入棒」で殴られつづけているに違いない。もはや息子は生きて帰ることはない。そう思った。いや、もしそこで生き延びたとしても、次には中国大陸か南洋諸島の戦場に投げ込まれ、死んでしまうだけのことなのだ。息子が不憫でならなかった。

しかし一方では息子を恨んでいた。そのときはまだ校長室に貼り出してはいなかったが、「滅私奉公」、「尽忠報国」という二つの標語はすでに介宏の信念となっていた。息子の存在はその信念と離反している。自分が校長である限り、息子のような存在は排除しなければならないのだ。

介宏は息子ゆえに心が二つに引き裂かれていた。しかもその痛みはさらに次々と募った。ある日、介宏が街を歩いていると、通りに面して木炭の店を構えている女が声をかけた。

「校長先生。私の宿六もこのたび、四十五連隊に入りました」

俵に入った炭を描いた前掛けで、手を拭きながら女は言った。「宏之さんと同期というわけですが……。この前、宿六は帰省して、宏之さんのことを話してくれましたよ」

介宏はさっと目がくらむような思いに陥った。耳に入れたくないことだと感じた。それは軍の支給した靴下の話だった。軍服はもとより、靴、下着などの一切が、軍では将兵に支給される。天皇陛下より支給されたという名目で、それは大切に使用せねばならないばかりか、絶対に紛失してはならないという厳格な規定があった。そして支給品の数のチェックが頻繁に行われる。もしも紛失していたならば、死も覚悟しなければならないほどの制裁を受ける。そこで一番困るのは靴下だった。軍より二足の靴下が支給され、毎日、一足を使い、別の一足は洗って干さねばならない。水虫を防ぐのに、そうする必要があった。ところが靴下を干していると、誰かに盗まれるという事態が必ず起きた。靴下を盗まれると、数のチェックに備えて、他の者のそれを盗んで二足を確保せねばならない。靴下の盗み合いは軍の中で常態化していた。

「宏之さんは自分の靴下を他者が盗むということを信じられず、風に吹き飛ばされたのではないかということで、さんざん探し回り、挙げ句の果ては下水の溝さらいまでしているというのです。いつもそうしているのを見るにつけ、うちの宿六は痛ましくなり、『他人のを盗め』とささやくそうですが……」

木炭屋の女は言った。「宏之さんは秀才とは分かっているけど、世慣れしていないというか……。いや、あれは純粋種だって、うちの宿六は驚いているのですよ」

介宏はにこやかにお礼を言って別れた。

しかし心が乱れていた。木炭屋の女が世間に伝えるにつれて、それは人々の悪意に染まっていき、あれは母親のおなかにいるときから頭がおかしかったとか、あるいは校長が世間体をおもんぱかってあまりにも厳しく育てたから息子の精神はパンクしたのだとか、そんな噂がもっともらしく広がるに違いない。彼はそうあやぶんだ。

この春は雨が多かった。花を愛でる余裕もなく春が過ぎ去っていこうとしていた。介宏は教職員を集めて「滅私奉公」や「尽忠報国」というテーマで会議を開いた。議長席に座ると窓を通して校庭とその向こうの門柱が見える。会議のさなか何気なく外を見ると、校庭に雨がそぼ降り、向こう端の門柱の側に、一人の男が佇んでいた。しかし会議が熱を帯びていたので、その男のことは気にならなかった。一時間ほどたち、会議を終えて校長室に戻り、ふと窓を通して目に留まった遠くの門柱のそばに、まだその男が佇んでいた。ひょろっと背が高く、黒い学生服を着ている。それは宏之が四十五連隊に入るときの学生服姿だった。

介宏は校長室を飛び出して走った。

息子はがたがたと震えていた。目は充血して吊り上がり、下まぶたは黒々とした異物が下がったように腫れていた。唇の端からよだれをたらし、全身は刺にさされて萎んだ風船のように、揺れ動いている。

「お父さん。ぼくはお父さんの期待を裏切らないように一生懸命にしたんだけど、四十五連隊から出ていけと命じられたんだよ」

息子ははらはらと涙を流し、介宏の足もとに土下座した。「お父さん。ごめんなさい。ごめん、ごめん、ごめん、ごめん」

介宏は息子に立派な兵士になるようにという期待は抱いていなかった。こうなるのではないかという不安だけを抱いていた。実際にこうなってしまったのだ。介宏は校舎を振り向いて見た。教職員の誰かがこっちを見ているのを恐れた。誰にもことわらず、彼は学校を離れた。息子をタクシーに乗せ、苅茅の自宅をめざした。

ハマは台所にいて、家に入って来た宏之を一目見るなり、「あれ、ぼっちゃんは……」と叫んで手にしていた鍋を床に落とした。キサは囲炉裏のほとりで縫い物をしていたが、黙りぐせがあるため、何も言葉は発せず、荒い息をして、まじまじと息子を見つめ、喉に何かがつかえたように咳をした。介宏はここで何を言うべきか、何をすべきか、何も思いつかなかった。

「俺はまだ学校にやり残した仕事がある」と介宏は言った。するとまるであのときの幼児のように、息子が叫んだ。「お父さん。ぼくはここに残るのは嫌だ。お父さん、連れていってよ。ぼくはお父さんと一緒にいたいんだ」

「お前のいるところは、この家しかない」

介宏はそう言い捨てて、外に出た。ハマがふだん使っている自転車を引き出し、それに跨って走った。台地を吹く夕方の向かい風を突っ切るため、あらん限りの力でペダルを漕いだ。雨はやんでいるが黒い重たい雲が台地に低く流れていた。背後を振り向くと、タッバン山の上空で、カラスの大群が鳴きわめきながら斜めに大きな渦を描いていた。ねぐらに戻る前、カラスはいつもそうする。その黒々とした激しい渦巻は、自分の心の中の情景を見ているところのような気がした。

台地の道を自転車で走っていると、ふいに泣き声が聞こえた。しばらくして自分が泣いている声だと気づいた。

やがて誰そ彼が雨を曳いてきた。薄暗くなった前方を照らすため、自転車をいったん降り、前輪の発電機を傾けた。前輪との摩擦で電気が起きる仕掛けは、よけいにペダルを重たくした。

息子をどうすればいいのだ。

彼は叫び続けた。

★

駆け込んでいける先は、やはり古谷真行のところしかなかった。

介宏が息子のことを話すと、古谷はまったく深刻がらずに、なんでもない風に対応した。

「それは、お前の息子が正常なんだ」

古谷はタバコの煙に目を細めながら「まともな人間が生きていける娑婆なんて、今はどこにもありゃしないからな」と言った。

「どうすればいいと思う?」

「まずは暮らしていく方法を見つけてやるしかないだろう」

「それはそうだけど」

介宏は肩をすぼめてうなだれていた。

「ま、飲もうや」

古谷はウイスキーのダルマを持ってきて、小さなグラスに注ぎ、介宏に差し出した。

「こういうときはお前がまず元気に振る舞わなければな」

介宏はグラスを手に持ったが、乾杯もせず、飲みもせず、ただうなだれていた。

さきほど苅茅を出て、自転車で台地を横切ってくるとき、夜雨が本降りになった。古谷のもとにたどり着き、頭を振ると髪からしぶきが飛んだ。全身ずぶ濡れだった。古谷の官舎で身体をふき、下着を借りた。そして浴衣も借り、今はそれを着ていた。

古谷はひとりでウイスキーをちびちびやりながら、壁に背をあずけて座り、しばらく黙りこくっていた。雨は激しくまだ降り続いていた。その音が聞こえた。

「そうだ。それがいい」と古谷が言った。

ちょっと明るく弾むような声だったので、介宏は顔をあげて古谷を見た。

「お前は海応寺なら知っているだろう？」

「ああ、大姶良の尋常小学校にいた当時、一緒だったからね」

介宏は海応寺辰治を思い出した。

彼はだいぶ年上の教員で、かなり風変りだった。髪はすべてを後ろに払い流し、背中で切りそろえていた。人並みはずれた長身で、いつも羽織、袴を着ており、まるで易者みたいだった。しかもその風情で学校の授業も行い、手を抜いているわけではないが、いつも淡々としていた。最近の軍事教練などはどこ吹く風で、自分のやりたいようにやり過ごしていた。そして自宅ではもっぱら古典の本を読みふけり、能書家を気取り、碁は自分を打ち負かす相手をいつもさがしていた。

「で、海応寺がどうしたというんだ?」と介宏は尋ねた。

「俺はあいつを見ると虫酸が走って、そばに寄るのが嫌でたまらなかった」

古谷が言った。「ところがこの前、ある会合であいつとたまたま隣り合わせたんだ。会議が終わった後、何とはなしに世間話をしたら、それが結構おもしろくてな、俺はあいつを見直したのだよ」

介宏は何も言わなかった。またうなだれた。すると古谷が介宏の膝をたたいた。

「あのな、お前の息子のことを分かってくれるのは、海応寺が一番だと思うんだ」

古谷はそう言って、それから海応寺のことを話した。介宏はこんなときも思わずメモをとっていた。

海応寺が愛読するのは『方丈記』や『徒然草』、『枕草子』、『源氏物語』のたぐいで、『平家物語』や『太平記』などの戦記ものは拒絶していた。というのは、戦記ものは誰が誰をどのように殺したかという大げさな記録集であり、特に『太平記』の場合は天皇の権威を復興させる目的の戦記であるが、原書は顧みられることはなく、後々の時代に、講釈師たちが街角で聴衆から金をもらうために、史実を離れて、楽器を弾きながらおもしろおかしく、血わき肉躍るような活劇に仕立て上げたもので、それがいくつも重なって今日の形ができ上がったきわものなのだ、と海応寺は決めつけた。

「わしは今日の様相を危惧しておるんだ」

海応寺はこう語った。「明治以降、天皇を復興して国家を創出する動きが起こった。そこでそのために『太平記』があたかも史実のように生かされ、とりわけ今日の軍部は物語世界を現実にとりいれて、国民を講談の聴衆さながらに熱狂をあおり立てている」

それを聞いて、「おもしろい人だな。海応寺さん、あんたは」と古谷は言った。

「いや。もっと知ってもらわねばならないことがある」

海応寺は淡々と語った。「日本は世界に冠たる歴史があるんだ。平安時代は三百年、戦争がなかった。江戸時代、またしかり。ヨーロッパではいつはてるともなく戦争が続いており、哲学の巨星、イマヌエル・カントは『永遠平和のために』という論文で、日本の歴史に学べ、と強調しておるんだ。

何故、日本はそういうことができたのか。……古谷君、どう思う？　日本人こそ、今、それを学ぶべきだと思わぬかね」


海応寺がそんなことを語ったと、古谷は介宏に説明した。

「こういう海応寺だから、お前の息子のことを誰よりも深く分かってくれるだろう」

「……でもな」

介宏は頭をひねった。息子のことを海応寺は理解はしてくれるかも知れない。でも、それだけのことで、現実的に、息子の暮らしまでは救ってくれないだろうと考えた。

「海応寺だって一介の教員だものな」と介宏は言った。

「ところが違うんだ」

古谷は笑った。「お前、海応寺の女房を知っているだろう?」

介宏は千代を知っていた。

数年前、千代は海応寺と同じ大蛤良尋常小学校の教師をしていたのだ。海応寺より二まわり年下だったが、海応寺と結婚した。そして教職を辞めた。介宏が千代を知っているといってもそんな程度だった。

「それがおもしろい女なんだ。思いがけないことにやり手でさ、昨年、海応寺は鶴羽国民学校に転勤になったんだが、その地域で女房は塾を開いたというのよ。そしたらやたらに当たり、いまや海応寺の月給の十倍も稼いでいるというじゃないか」

「それは初耳だな」

「どうだ。お前の息子を、その塾の講師にしてくれと頼んだら……」と古谷が勧めた。

「塾の講師か。千代さんの塾の……」

介宏は唐突な話なので判断を迷った。


雨が小降りになったので、古谷と別れ、浴衣姿で国道の坂道を自転車で下りながら、ふと思った。息子を苅茅の実家にほうり込んだままにしておくより、とりあえず千代の塾に預けたほうが得策かも知れない。いや、実際のところ、他にどうするという策はないではないか。それしかない！

自転車をUターンさせた。もう夜の八時を過ぎている。坂を登り、西原国民学校の前を素通りし、懸命にペダルを漕いだ。雨が霧のように流れてきた。坂を登りきると、国道の左右は巨大な松の並木がつづき、頻繁ではないがライトをつけたトラックや自転車が往還していた。また長い坂を下り、集落を抜けて長い坂を登った。やがて湾のほとりに至る国道が、激しく蛇行する下り坂になる手前で、彼は自転車を右折させた。そこからは舗装されていない県道で、行き交うものもなく、闇の底に雨による泥濘ができていた。数十分走りずくめに走った。

雨はまた本降りになり、暗い台地の中の集落が現れた。そこは「花岡」という地名で、その中央に鶴羽国民学校がある。弱々しい街燈に照らされた校舎の横に、小さな家があり、小使いの老人が住んでいた。介宏は海応寺の住む家を教えてもらった。

もともと無愛想な海応寺は、夜も遅くなって突然に訪ねて来た介宏を、むすっとして迎えた。

「もう寝ようとしていたんだ」

海応寺はしばらく介宏を睨みつけていたが、深いため息をついて「ま、あがんなさい」と言った。

介宏は浴衣を着ていた。自転車に乗ってきたので着くずれており、しかもずぶ濡れだった。玄関に佇んだままで、海応寺に息子の話をした。下男が主人に訴えているみたいだった。自分は息子のためならこんなに卑屈になれるのだ、と思った。

海応寺は沈黙したまま、無表情で聞いていた。それから奥に去った。しばらくして戻ってくると、背後に千代がついてきていた。すでに寝ていたのだろう、寝巻きに羽織を重ねて着て、乱れた髪を両の掌でなでつけながら、千代はまごついた顔で介宏を見た。

「校長先生、どうされました?」

介宏は深々と頭を下げた。海応寺がおもむろに、今しがた介宏の話したことを千代に伝えた。

「息子さんが精神に異常をきたしておられるのなら、塾の講師は無理ではありませんか」

と千代が夫に言った。

「しかしそれは軍隊にいたからのことで、軍隊を離れたら精神は正常になる」

海応寺は妻に言った。「ま、二、三日、ためしに雇ってみたらどうだ?」

「じゃあ、それで結果をみましょう」と千代は介宏に言った。

彼女は夫の半分も背たけがなかったが、まるまる太っており、いつも和服を着ている。縁のない丸い眼鏡をかけて、胸を張り、ちょっと押しが利いていた。けれど声は違った。幼い少女が甘えているような声をしていた。その昔、海応寺は千代の声にほれて結婚したという噂があった。

介宏は海応寺夫妻とこんな関係になろうとは、今しがたまでまったく思っていなかった。そして生まれてこの方、これほど頭を下げたことは初めてだった。

「考えてみると、その息子さんは、鹿屋国民学校の校長の御曹司で、師範学校にトップ合格した人物だ。塾の父兄は喜んで迎えるだろう」と海応寺が妻に言い添えてくれた。


ここは藩制時代に藩主一門の花岡島津家の領土だった地区で、その居城跡に国民学校は建設されており、いまもほとんどの地区民が士族であった。気位が高く、近隣の者を睥睨して、抜きん出た存在であろうと努めていた。それ故にどこよりも教育熱心だった。しかし最近の国民学校では通常の授業はどんどん狭められ、軍事教練や勤労奉仕などにとってかわられていた。それに対してひそかな危惧を抱いていた地区民は、千代が塾を開くと、待っていましたとばかりに、こぞって子供を通わせた。千代は三軒の民家を借りて、百数十人を塾生として迎えていた。講師は国民学校を定年退職した老人たちを五人雇用していたが、実はまだ足りない状況だった。

「もし講師にしてもらえるとしたら、どんな条件をみたせばいいのですか」と介宏は千代に尋ねた。

「塾は通常、夕方から三時間ですので、夜が遅くなります。息子さんが苅茅から通うとしたら、ちょっと大変でしょう」

「息子としては、苅茅を出て、ここに寄宿できたら、そのほうがいいのですけどね」

「私の家ではそれはできません」

千代は言った。「ここには私の従妹が住んでいるんです。私より十歳ほど下で、いま、海軍にタイピストとして勤めているんですよ」

「いや、近くの家を借りて、そこに住まわせますから」と介宏は言った。

その夜、そこから苅茅をめざした。

雨模様の闇が深まる台地の道を一時間ほど自転車で走った。自宅にたどり着くと、暗い門前に宏之がひとり、まるで土偶のように佇んでいた。

「何でこんなところに立っているんだ」と介宏は声を荒らげた。

「何でなのか、ぼくにも分からないのだよ」

「いいか。明日の朝、鶴羽国民学校の海応寺先生を訪ねて行け。分かったな」

介宏が家に入ると、すぐにハマが起きてきた。そこに宏之を連れて行くように頼み、そのときのためのタクシー代金を渡した。

それからまた自転車を走らせた。鹿屋市街地にある校長官舎に帰り着いたのは、夜明け前だった。

海応寺との縁がつながってほしいと願っていると、昼過ぎ、海応寺から電話がかかってきた。

「先ほどまで千代があんたの息子に会っていた。ともかく、わしが引き受けるから、あんたは心配しなくてもよい。千代がすでに寄宿先は近所に決めたそうだ。身の回りの必需品はハマさんに買いそろえてくるように伝えてある。あんたはしばらく顔を出さぬほうが得策ではあるまいか」

介宏は口をつぐんだ。泣きたい思いが喉に詰まった。しばらくして気づいた。ともかく、古谷のおかげだと。

三週間たって、宏之から葉書がとどいた。自転車の絵が描いてあり、「これを買いました。次の日曜日の昼間、そちらに見せに行きます」と絵の具で書いてあった。それは介宏をほっとさせた。

次の日曜日、介宏は房乃と官舎の庭の除草をてがけた。草が勢いづく季節で、こぞに種をまいた草花の生長が阻まれていた。二人でそんな作業をするのは久しぶりだった。すると遠くで「お父さん」と呼ぶ声がした。「あ、兄さんだ」と房乃が叫んだ。川のほとりの市道を宏之が自転車で走って来るところだった。しきりに左手を高くあげて振っている。それを見た一瞬、介宏は目を見張った。自転車の荷台に若い女性が横座りにかけていたからだ。花柄の日傘をさし、純白のワンピースを着ている。一目見て、ここらにはいない、都会風の女性と分かった。

彼女は千代の従妹であった。海軍にタイピストとして勤めていると、千代が話していたその女性なのだった。

「はじめまして。私、伊都島貴子です」

はきはきした口調で彼女は挨拶した。小柄だったが、均整がとれて、あっけらかんとした笑みを浮かべていた。垢ぬけて、涼やかな気品があった。

介宏は息子を見た。紫に腫れ上がっていた顔はもとに戻り、ひきつっていた表情も和んで、うっすらと血色がよかった。息子はその女性のことをどう説明していいのか戸惑った風に、ちょっとうなだれながらもこちらの顔をうかがっていた。すると介宏の心を不安が過った。また難儀なことが起こりそうだ。そんな不安だった。

ふと見ると、房乃は生唾を飲むような顔で、貴子を見つめていた。貴子の純白のワンピースは半袖で、日焼けを防ぐために絹のように薄い黒色の腕カバーをしていた。それには淡い花柄の刺繍があしらわれていた。房乃はそれを横目で見て、ため息をついた。

官舎の座敷に貴子を案内した。房乃がお茶をいれてきた。貴子のおかげて官舎はいつもと全然雰囲気が違った。

「宏之さんは塾の子供たちにすごく人気があるんですよ」

貴子は弾むように話した。「私、この前、塾から子供たちの笑い声が聞こえるので、ちょっと現場をのぞいたんです。宏之さんは宮沢賢治の詩を読んで聞かせていて、『宮沢賢治はうれしいことがあると、ヒョイと言って跳んでいたというのだよ』と言いながら、それを真似て、ヒョイ、ヒョイって、実際に跳んでみせていたんです。子供たちはひっくり返って大笑いしていましたね」

宏之はうつむいて頭をかいた。そしてずっと父親と目を合わせまいとしていた。

「ねえ、宏之さん、お父さんと妹さんにも、あのヒョイをやってみせて」と貴子が言った。

房乃が手をたたいた。「兄さん、お願いよ」

すると宏之は立ち上がった。

雨にも負けず、ヒョイ。
風にも負けず、ヒョイ。

その姿格好を見て、介宏も思わず笑ってしまった。けれど、息子がこんなことをするとは、まったく信じられなかった。やはり尋常の精神状態ではないのかも知れない。介宏は貴子を見た。貴子は唇を手で覆ってくすくす笑っていた。けれど宏之をからかって喜んでいるようではなかった。

房乃はいっきに貴子に打ち解けて、彼女のことを「貴子姉さん」と呼びはじめた。

「タイピストって、貴子姉さん、どんなお仕事なんですか?」と房乃が質問した。

「いろんな文書の文字を活字で打つのよ。海軍の機密事項も打つから、あれこれ気をつけるようにと厳命されて、窮屈と言えばとても窮屈だけど、その代わり、軍のジープで送り迎えしてもらえるのよ。タイピストって、私のほかにいくらもいないからでしょうけどね」

「貴子姉さん。タイピストって、どうしたらなれるんですか?」

「私の場合、もともとなろうとは思っていなくて、兄が神戸商大に入学したので、遊びに行ったの。そしたら外人居留地におしゃれな建物があって、こんなところに出入りする人になりたいな、って思ったわけ。それがタイピスト学院だったから、よし、ここに入ろうと決めたの」

「何だか、行き当たりばったりだったんですね」

「言われてみたら……。そうよね」

貴子は肩をすくめて笑った。

「で、それからは?」と房乃が尋ねた。

「とにかく二年間通って、タイピストの資格をとれたものだから、鹿児島に帰ってきたの。

でも、何もすることがなくて、ぶらぶらしていたら、海応寺のおじさんが新しい学校に移ったというから、どんなところかな、久しぶりに従姉と会ってみたいなあ、なんて、こっちに遊びにきたのよ」

「それで海軍に入ったのは……？」

「国民学校の校舎の一部を占拠して、海軍の何かが駐屯しているでしょう。ひょんなことで、そこの士官から海軍がタイピストを募集していると聞いて、海軍って何するところかなって、急に興味がわいちゃったの。で、ふらっと入ったわけ」

「まあ、貴子姉さん、それも行き当たりばったりだったんですか」

「何だかね。私の人生、みんなそうなのよ」

二人は声を上げて笑った。その横で宏之はずっとほほえんでいた。それから介宏は三人をつれて街に行き、川のほとりの屋台でかき氷を振る舞った。

宏之はまた貴子を自転車の荷台に乗せ、市街地を去った。

房乃と官舎に戻ると、火が消えたようにひっそりとしていた。

「兄さん、とても変わったわね」

房乃が言った。「あんな幸せそうな兄さんは、今まで見たことがなかったわ」

「まったくな」

介宏はため息をもらした。その心にはやはり一抹の不安が巣くっていた。

「あの二人、結婚するかも」

「馬鹿なことを言うな。相手はどこの馬の骨か分からぬのだぞ」

「何よ、お父さん、そんな言いぐさ聞きたくないわ」

房乃は口を尖らせた。「私は一瞬で分かったわ。この人はいい家柄の人だって」

「もしそうであれば、なおさらだ」

介宏は憂愁に閉ざされた。その後のことは、成り行きに任せるしかなかった。

一ヵ月も成り行きに任せている間に、事態はよもやという方向に変わった。

◉著者紹介

郷原茂樹（ごうはらしげき）

1943年8月、大隅半島に生まれる。
現在は鹿児島市と鹿屋市に居住し、創作活動を行う。
その全作品は大隅半島の『南風図書館』にて、展示販売している。
（詳細はホームページをご覧ください）

陽炎の台地で（上巻）

2023年6月30日　第一刷発行

著　者　　郷原茂樹
発行人　　黒木めぐみ
編集人　　吉国明彦
発行所　　南風図書館
〒893-0053 鹿屋市浜田町南風の丘1-1
電話 0994-47-3008
e-mail info@minami-kaze.com
URL http://minamikaze-library.site

印刷・製本　　朝日印刷
・定価はカバーに表示しています。
・乱丁、落丁はお取り替えします
ISBN978-4-910796-12-3